KB149912

작품목록

/

Arthur Conan Doyle ,
"The Disintegration Machine", 1929

Virginia Woolf,
"A Society", 1921

Edgar Allan Poe,
"The Angel of the Odd", 1844

Virginia Woolf ,
"An Unwritten Novel", 1921

Bram Stoker,
"Dracula's Guest", 1914

H. G. Wells,
"The Magic Shop", 1903

Ernest Hemingway,
"Nobody Ever Dies", 1987

Nathaniel Hawthorne,
"The Devil in Manuscript", 1835

D. H. Lawrence,
"The Wintry Peacock", 1922

처음, 옮기다

어느 영문학 번역 워크숍의 기록

김선형
엮음

김부민
김충호
노현정
송혜민
이민정
이윤지
정호수
조 현
최지원
옮김

xbooks

처음, 옮기다

어느새 수십 년이라는 세월 동안 번역가로 살아왔지만 여전히 텍스트를 만나는 경험은 매번 처음처럼 새롭다. 옮겨야 할 새로운 책은 언제나 아득하게 생경하다. 늘 생전 처음 맞닥뜨리는 미지의 세계. 작가의 마음을, 의도를, 기획을 가늠하며 한 문장, 한 단락, 한 챕터, 더듬거리며 탐험하듯 작품 속으로 파 들어가는 경험은 언제나 두렵고 경이롭다. 문학 텍스트를 '옮기는' 행위는 하나의 문화적 맥락에서 다른 문화적 맥락으로 이야기를, 캐릭터를, 그리고 정서를 옮겨 심는, 각색이고 연출이고 번안이고 공연이다. 수고롭고 지난하지만 누가 뭐래도 어김없이 보람찬 소통의 행위다.

과연 그런 경험을 '가르칠' 수 있는 것일까. 기회가 닿아 강의라는 형식으로 몇 번인가 시도해 보았지만, 매번 씁쓰름한 좌절과 회의가 마음 한구석에 남곤 했다. 하지만 엑스플렉스 영문학 번역 워크숍에서 열정과 성실로 뭉쳐 '처음으로' 문학 텍스트를 번역하는 사람들을 만나고, 함께 이야기를 나누고, 옆에서 지켜보면서, 텍스트를 옮기는 경험은 '가르치는' 것이 아니라 '나누는' 것이 해답이었음을 알았다. 치열하게 읽고 고민하고 옮기고 고쳐 쓴 시간들은 작가와 초짜 번역가를, 소위 '전문' 번역가와 초짜 번역가를, 작가와 독자를, 그리고 함께한 모든 사람들을 이어 주었고 배움과 나눔으로, 또 읽기와 쓰기로 풍요로워진 추억을 남겼다. 작품과 옮긴이의 화학작용은 예측 불가능성이 생명이다. 텍스트 뒤에 숨은 사람과 사람의 개성이 부딪힐 때 찬란하게 튀는 불꽃의 색깔과 모양은 백이면 백, 천이면 천, 모두 다르다. 번역은 읽기와 쓰기를 통해 텍스트와 텍스트가, 또 사람과 사람이 만나고 부딪혀 튀기는 불꽃의 기록이다. 우리들도 번역을 하고, 번역을 놓고 말하고, 번역을 생각하며 많이 부딪히고 치열하게 불꽃을 튀겼다. 그 불꽃을 귀히 담고자 최대한 각 번역자의 개성을 보존하고 고유의 문체를 살리고자 애썼다. 취지가 이러한지라 번역자들의 소회는 번역 작품만큼이나 의미 깊고 흥미로웠다.

마지막으로 이 기록의 제목을 『처음, 옮기다』라고 한 이유가 있다. 우리 중에는 생업으로 번역과 관련된 일을 하는 '프로'들도 있지만, 그럼에도 모두가 워크숍의 과정에서 '처음의 설렘'을 공유했다. 문학 작품을 옮기는 경험이 처음이거나, 온전히 활자로 박혀 나오는 책 번역이 처음이거나, 아니면 다 같이 문학 번역에 대해 생각하고 논하는 시간이 처음이거나, 아니면 필자의 경우처럼 처음 옮기던 경험의 설렘을 되살리거나, 아무튼.

더구나 이 책으로 처음 소개되는 대작가들의 소품들이 꽤 많다. 우리는 저작권에 구애받지 않고 훌륭한 문학 작품을 옮기기 위해, 주로 20세기 초반에 출간된 영문학 거장들의 작품 중에서 '무조건 짧은' 단편을 선택했다. 덕분에 에드거 앨런 포에서 버지니아 울프에 이르기까지, 영문학 거장들의 작품 세계를 살짝이나마 엿볼 수 있는 매력적이고 흥미로운 소품을 꽤나 여럿 처음으로 한글로 만나 보게 되는 곁가지의 수확을 얻었다. 통괄하는 일관된 원칙이나 테마를 정하지 않고 번역자 각자가 마음에 끌리는 작품을 선정했지만, 한데 모아놓고 보니 의외로 다양한 장르와 주제를 포괄하는 이야기들을 조곤조곤 들려주는, 고유한 책의 색채와 리듬이 생겨 뿌듯하다. 이렇게 '처음 옮기고' '처음 옮겨진' 이야기들은 문학을 사랑하고 독서를 사랑하고 텍스트의 창출에 뛰어들어 설렘을 느끼는, 우리 픽션 중독자들의 가슴을 부풀게 할 만큼 짜릿하게 재미있다.

2017년 11월

김선형(문학번역가, 영문학 번역 워크숍 코디네이터)

목차

책머리에: 처음, 옮기다　　　　　5
김선형

분해되었습니다　　　　　11
아서 코넌 도일 지음, 이윤지 옮김

어떤 학회　　　　　39
버지니아 울프 지음, 이민정 옮김

괴이의 천사 - 우연, 그 남용에 대하여　69
에드거 앨런 포 지음, 정호수 옮김

쓰지 않은 소설　　　　　91
버지니아 울프 지음, 노현정 옮김

드라큘라의 손님   121

브램 스토커 지음, 김부민 옮김

마술가게   147

H. G. 웰스 지음, 최지원 옮김

아무도 죽지 않는다   171

어니스트 헤밍웨이 지음, 송혜민 옮김

원고 안의 악마   203

너새니얼 호손 지음, 김충호 옮김

싸늘한 겨울 공작   221

D. H. 로렌스 지음, 조현 옮김

좌담회: 옮기고 나서 보이는 것들   255

"The Disintegration Machine"

by Arthur Conan Doyle

———

분해되었습니다

이윤지

옮김

챌린저 교수의 기분은 더할 나위 없이 최악이었다. 내가 문고리를 잡고 깔개를 밟으며 서재 문 앞에 섰을 때 교수의 목소리는 온 집안이 떠나가라 울려 퍼지고 있었다.

"그래, 두 번째로 전화가 잘못 왔다고 했소. 오늘 아침에만 두 번이라고! 아주 중요한 작업 중인 과학자가 전화선 반대편에 있는 어떤 멍청이 때문에 지속적으로 방해받는 상황을 상상이나 해봤소? 더는 못 참겠소. 당장 관리자를 연결해 주시오. 하! 당신이 관리자라고. 그런데 왜 관리를 안 하는 거요? 당신 머리로는 이해도 못할 만큼 중요한 작업을 하고 있는 내 집중력을 당신이 다 흐트러뜨려 놨단 말이야. 상관을 불러 주시오. 자리에 없다고? 보나마나 뻔하군. 이봐, 이런 일이 또 일어나면 당신은 법정에서 내 얼굴을 보게 될 거야. 시끄러운 닭이 재판을 받은 적이 있거든. 난 그걸 보고 판단의 기준을 얻었지. 울어대는 닭을 법정에 세울 수 있다면 전화벨 소리는 왜 안 되겠나? 사건이 명백한데. 서면으로 작성한 사과문이라. 아주 좋소. 고려해 보지. 안녕히 계시오."

이 와중에 내가 위험을 무릅쓰고 등장해야 했다. 정말로 운이 없는 순간이라고밖에 할 수 없었다. 전화기에서 돌아선 챌린저 교수와 마주했다. 잔뜩 화가 난 사자 한 마리가 있었다. 덥수룩한 검정 수염은 바짝 곤두서고, 넓은 가슴은 분노로 들썩거렸다. 오만한 회색 눈동자가 나를 위아래로 훑어보는데 금방이라도 애먼 나에게 불똥이 튈 것 같았다.

"지옥에나 떨어질 게으른 것들, 돈만 받아 처먹는 불한당들!"

챌린저 교수가 울부짖었다.

"정당하게 항의를 하는데 수화기 저편에서 웃는 것들이 있었네. 나를 방해하려는 음모가 틀림없어. 그리고 말론, 지금 자네가 이 재앙과 다름없는 아침을 완성해 주러 나타났군. 자네가 개인적인 일로 왔는지, 거지 같은 신문사의 사주를 받아 취재하러 왔는지부터 물어야겠는데? 친구로 왔다면 내 집에 들어올 특권을 주겠지만 기자로 왔다면 상대하지 않겠어."

나는 매커들 편집장의 편지를 찾으려고 주머니를 뒤졌다. 그 사이 챌린저 교수는 갑자기 새로운 불만거리를 떠올린 듯했다. 털이 북슬북슬한 교수의 손이 서류가 널린 책상 위를 뒤적거리더니 마침내 신문에서 오려낸 기사 조각을 끄집어냈다.

"자네가 최근에 공들여 쓴 기사 중에 친절하게도 나를 언급한 게 있더군."

교수가 나를 향해 신문 조각을 흔들며 말했다.

"근년에 졸렌호펜 석판에서 발견된 도마뱀 유해에 관해 자네가 얼빠진 논평을 하는 도중에 말이야. 문장을 이렇게 시작했지. 살아 있는 위대한 과학자 중의 한 명인 G. E. 챌린저 박사는."

"네, 그렇습니다만?"

"왜 불쾌하게 이런 제한적인 수식어를 둔건가? 나와 동등하거나 어쩌면 나보다 뛰어날지도 모른다고 생각하면서 뭉뚱그린 다른 탁월한 과학자들이 누군지 따로 언급해 주지 않고?"

"단어 선택이 잘못되었습니다. '살아 있는 위대한 과학자'까지만 썼어야 하는데요."

잘못을 인정했다. 어쨌거나 내 솔직한 생각도 교수와 일치했으니까. 이 몇 마디에 한겨울 같던 분위기를 녹이는 봄바람이 불었다.

"친애하는 우리 젊은 친구. 내가 까다롭다고 생각하지는 마시게. 호전적이고 비이성적인 동료들 틈에 있다 보면 내 편은 내가 들 수밖에 없거든. 뭔가 과시하는 건 영 성미에 맞지 않지만 반대 의견에 맞서려면 나도 내 입지를 다져야 해서 말이야. 들어오게! 앉아! 무슨 일로 왔나?"

잠잠해진 사자가 언제든 다시 울부짖을 수 있다는 것을 알기에 조심스럽게 발을 디뎠다. 나는 매커들의 편지를 펼쳤다.

"교수님, 이 편지를 읽어 드려도 될까요? 저희 편집장인 매커들 씨가 보낸 겁니다."

"그자는 기억하고 있어. 그쪽 부류치고는 나쁘지 않은 표본이었지."

"적어도 매커들 씨는 교수님을 굉장히 존경하고 있습니다. 조사를 하면서 최고의 지식이 필요할 때마다 몇 번이고 교수님을 찾았지요. 이번 경우도 그렇고요."

"원하는 게 뭔가?"

입에 발린 소리의 영향인지 챌린저 교수는 새가 요란한 깃털을 가다듬듯이 우쭐거렸다. 팔꿈치를 책상에 괴고 고릴라를 닮은 양손을 깍지 낀 채 자리에 앉은 교수의 수염은 전방으로 곤두서 있었다. 처진 눈꺼풀로 반쯤 덮인 교수의 커다란 회색 눈은 인자하게 나를 주시하고 있었다. 뭘 해도 어마어마하게 커 보이는 교수가 호의를 보이면 오히려 호전적으로 나올 때보다 더 버티기 힘들었다.

"매커들 씨가 제 앞으로 남긴 메모부터 읽어 드리겠습니다.

존경하는 우리의 친구 챌린저 교수에게 전화해서 다음 상황에 대한 협조를 요청할 것. 햄스테드의 화이트 프라이어 맨션에서 지내는 시어도어 네머라는 라트비아 출신 신사가 있어. 영향권에 들어오기만 하면 어떤 물체든 분해할 수 있는 대단히 기이한 성능을 가진 기계를 개발했다고 주장하고 있네.

물질이 분해되어 분자나 원자 상태로 돌아간다고 해. 역으로 처리하면 재조립이 가능하고. 허풍처럼 들리긴 하지만 확실한 증거가 있다고 하네. 이런 기계를 뒷받침할 근거이자, 정말로 이자가 우연히 놀라운 발명을 해냈다는 증거가. 이런 발명으로 어떤 혁명이 일어날 수 있을지, 이런 기계가 잠재적인 전쟁 무기로서 얼마나 막중한 역할을 하게 될지는 자세히 설명할 필요도 없겠지. 전함을 분해하거나 부대를 원자 집합으로 바꿀 수 있는 능력은 비록 짧은 시간 작동하더라도 세계를 지배하는 힘이 될 거야. 사회적, 정치적 문제가 될 수 있으니 시급하게 이 사건의 진상을 파악해야 하네. 이자는 자기 발명품을 팔기 위해 안달이 나서 선전을 하고 있기 때문에 접근에는 어려움이 없어. 동봉한 카드를 제시하면 문을 열어 줄 걸세. 내가 원하는 바는 자네와 챌린저 교수가 그를 방문해서 발명품을 조사하고 우리 『가제트』지를 위해 그 발명품의 가치에 대한 심도 있는 기사를 작성하는 거네. 오늘 밤 안으로 회신해 주길 바라네. R. 매커들.

그리고 제가 말씀드릴 것도 있습니다, 교수님."

편지를 접으면서 덧붙였다.

"저도 진심으로 교수님께서 저와 함께 가 주셨으면 좋겠습니다. 좁은 식견을 가진 제가 어떻게 이런 일에 혼자 움직일 수 있겠습니까?"

"그건 그렇지, 말론! 그렇고말고!"

거구의 교수가 고양이가 가르랑거리듯 말했다.

"자네의 타고난 지성이 결코 부족한 건 아니지만 이런 사안은 다소 버거울 수 있다는 점에 동의하네. 입에 담을 가치도 없는 전화기 너머의 인간들이 이미 내 오전 작업을 망쳐놨으니 좀더 망친다 한들 큰 차이도 없겠지. 광대 같은 이탈리아 놈 마조티에게 답변을 하느라 바빴네만. 열대 지방 흰개미 유충의 발달에 대한 견해로 내 비웃음과 경멸을 산 자인데 이 사기꾼의 정체를 완전히 까발리는 일은 저녁까지 내버려 둬도 되거든. 그동안 자네 마음껏 나를 부려 먹으라고."

이렇게 해서 10월의 어느 아침, 나는 교수와 함께 런던 북부행 지하철을 타고 내 평범하지 않은 인생에서도 특이한 경험 중 하나로 기록될 사건을 향해 달려갔다.

나는 챌린저 교수의 자택이 있는 엔모어 가든에서 출발하기 전에, 아까 잔뜩 욕을 먹었던 전화기를 이용해 네머가 집에 있는지 확인하고 우리의 방문을 미리 알려 두었다. 네머는 햄스테드에 있는 안락한 공동주택에 살고 있었는데 우리를 거의 30분이나 전실(前室)에 방치했다. 그 사이 네머는 한 무리의 방문자들과 활기차게 대화를 나눴는데 현관에서 작별 인사를 하는 말소리를 들어보니 러시아 사람들이었다. 반쯤 열린 문틈으로 스치듯 아스트라한 양털 목깃이 달린 코트와 반질반질한 실크해트가 보여 언뜻 부유한 지식인층 같았다. 중산층의 부가 드러나는 면면으로 보아 성공한 공산당원임을 쉽게 추측할 수 있었다. 시어도어 네머는 러시아 사람들이 나가고 현관문이 닫히자마자 우리가 있던 전실로 들어왔다.

가득 떨어지는 햇빛을 등지고 서서 길고 가느다란 손을 비비며 만면에 미소를 띤 채 교활해 보이는 노란색 눈동자로 우리를 탐색하던 그의 모습이 지금도 눈에 선하다.

네머는 키가 작고 몸집이 퉁퉁한 사내였다. 신체 어딘가가 변형된 것처럼 생겼는데 정확히 어느 부위인지 설명하기는 어려웠다. 누군가는 그가 혹이 없는 꼽추처럼 보인다고 할 수도 있다. 커다랗고 무른 얼굴은 색깔이 밋밋하고 꿉꿉한 덜 빚은 밀가루 반죽 같았는데, 얼굴을 장식한 여드름과 반점은 창백한 안색과 대비되어 더욱 강렬하게 눈에 띄었다. 눈은 고양이 같은 눈을 하고, 제대로 다물리지 않아 축축하게 침이 흐르는 입 위에 고양이 수염처럼 얇고 길게 곤두선 콧수염이 나 있었다. 모래 색깔의 눈썹 아래로는 모든 생김새가 저열하고 혐오스러웠다. 눈썹 위로는 좀처럼 볼 수 없는 훌륭한 두개골이 아치를 이루고 있었다. 저런 당당한 머리통이라면 챌린저 교수의 모자도 맞을 것 같았다. 누군가는 비열하게 아첨하며 음모를 꾸미는 시어도어 네머의 속내를 간파할 수도 있겠지만, 겉모습만으로는 세계의 위대한 사상가, 철학자와 어깨를 나란히 한다 해도 이상하지 않았다.

"자, 신사분들."

외국 억양이 아주 조금 남아 있는 유들유들한 목소리로 네머가 말했다.

"전화로 나눈 짧은 대화로는 네머 분해기를 더 자세히 알고 싶어서 오셨다고요. 맞나요?"

"그렇습니다."

"영국 정부에서 나온 분들이신지 여쭈어도 될는지요?"

"아닙니다. 저는 『가제트』지의 기자이고 이분은 챌린저 교수입니다."

"명성이 자자한, 유럽 전역에 이름이 알려진 그분이시군요."

네머의 노란 송곳니가 친절을 가장한 아부 속에서 희미하게 빛났다.

"영국 정부는 기회를 잃었다는 말씀을 드리려던 참이랍니다. 또 뭘 잃게 될지는 나중에 알 수 있겠지요. 그게 제국이 될 수도 있겠고요. 저는 가장 먼저 상응하는 가격을 제시하는 정부에 분해기를 팔 준비가 되어 있었답니다. 이제 기계는 영국 분들이 못마땅해 할 쪽으로 넘어갔으니 여러분에게 남아 있는 건 자책할 기회뿐이라고나 할까요."

"그럼 기밀을 이미 팔았다는 겁니까?"

"원하던 금액에요."

"구입자가 독점을 유지할 거라고 생각하시나요?"

"의심할 여지도 없지요."

"하지만 다른 사람들도 당신처럼 기밀을 알게 될 텐데요."

"아니지요, 선생님."

네머가 자신의 널따란 이마를 가리키며 말했다.

"이건 기밀을 안전하게 지킬 수 있는 금고랍니다. 어떤 강철 금고보다 튼튼하고 어떤 자물쇠보다 안전하지요. 전체 기밀의 이 부분은 이 사람만이, 저 부분은 저 사람만이 알고 있지요. 전부 다 알고 있는 건 저뿐이랍니다."

"좀 전에 기계를 산 신사분들도 이제 아시겠네요."

"아니지요, 선생님. 제가 대가를 받기 전에 관련 지식을 넘길 만큼 멍청하지는 않답니다. 지불을 마친 후에 그분들이 구매하는 대상은 제가 되는 거고 이 금고를 옮기는 거지요."

네머가 다시 이마를 두드리며 말했다.

"모든 내용물을 포함해서 어디든 원하는 곳으로 간답니다. 그럼 거래에서 제가 맡은 부분은 끝이 나겠지요. 충직하고도 무정하게 끝. 그 후에는 역사가 만들어질 겁니다."

네머는 양손을 비볐고 얼굴에 계속 띠고 있던 미소가 나무옹이 같은 모양으로 뒤틀렸다.

"실례 좀 하겠소, 선생."

지금까지 조용히 앉아 있던 챌린저 교수가 갑자기 말문을 열었다. 시어도어 네머를 도저히 용납할 수 없다는 표정이었다.

"우리가 이 사안에 대해 논의하기 전에 실제로 논의할 대상이 존재하긴 하는지부터 확실히 하면 좋겠소. 최근에 광산을 원거리에서 폭파할 수 있다고 주장하던 이탈리아인을 조사해 보니 순 협잡꾼으로 밝혀진 사건이 있었지. 우리는 그 사건을 잊지 않았소. 역사는 반복되는 법이니까. 선생께서도 내가 과학자로서 받는 평가를 알고 계실 거요. 선생은 내 명성이 유럽에 알려져 있다고 아주 너그러운 평가를 해줬지만 사실 미국에서도 내 이름이 눈에 띄지 않는 건 아니라오. 신중함은 과학자의 덕목이니 우리가 당신의 주장을 진지하게 고려해 보기 전에 증거부터 보여 줘야 할 거요."

네머는 악의가 넘쳐 흐르는 노란 눈동자로 챌린저 교수를 쏘아보았지만 친절을 가장한 입가의 미소는 더욱 커졌다.

"과연 명성에 어울리는 분이시군요. 교수님을 속일 수 있는 사람은 세상에 없을 거라는 얘기를 항상 들어왔지요. 교수님을 실망시켜 드리지 않을 실험을 준비해 놓았지만 진행하기에 앞서 일반적인 원리에 대해 몇 가지 말씀 드려야겠군요.

제 연구실에 세운 실험 시설은 허용 범위 안에서는 아주 훌륭하게 작동하긴 합니다만 그저 모형에 불과하다는 걸 알게 되실 거랍니다. 예를 들자면 당신을 해체하고 다시 조립하기에는 아무 문제도 없지만 훌륭한 정부가 수백만에 이르는 금액을 지불할 만한 목적에 맞는 시설은 아니라는 거지요. 제 모형은 단순한 과학적 장난감이랍니다. 같은 힘을 더 큰 규모로 적용해야 어마어마한 실질적인 효과를 달성할 수 있지요."

"모형을 볼 수 있겠소?"

"챌린저 교수님, 보는 것뿐만이 아니라 가장 확실한 실험을 교수님께서 직접 해보실 수 있답니다. 실험을 감수할 용기만 있다면 말이지요."

"용기!"

사자가 울부짖기 시작했다.

"선생이 사용한 가정법은 그 이상 모욕적일 수가 없군."

"저런. 교수님의 용기를 의심할 생각은 없었답니다. 그저 실험을 할 수 있는 기회를 드린다고 말하려던 것뿐이지요. 그러면 여기서 적용되는 기본적인 법칙에 대해 먼저 몇 마디 드리겠습니다. 소금이나 설탕 같은 어떤 결정이 물속에 들어가면 녹아서 사라지지요. 그 자리에 결정이 있었는지 알 수도 없고요. 여기서 증발을 시키거나 어떤 방식으로든 물의 양을 줄이면, 놀랍게도! 결정이 다시 나타나 전처럼 눈에 보이게 되지요. 유기체인 인간이 같은 방식으로 우주 속에 녹아들었다가 섬세하게 조건을 반전시키면 다시 조립되는 과정이 상상되시나요?"

"그 비유는 잘못되었소!"

챌린저 교수가 소리쳤다.

"인간의 분자가 어떤 파괴적인 힘에 의해 흩어진다는 말도 안 되는 소리를 인정한다 해도 어떻게 전과 똑같은 순서로 조합이 되겠소?"

"타당한 이의를 제기해 주셨는데 제가 답해 드릴 수 있는 건 유기체를 구성하고 있던 원자 하나까지 다시 조립된다는 거랍니다. 비가시적인 테두리가 있어서 모든 조각이 제자리를 찾아가지요. 지금은 웃으셔도 교수님의 불신과 그 웃음은 곧 상당히 다른 감정으로 바뀌게 될 겁니다."

챌린저 교수는 어깨를 으쓱했다.

"실험에 참가할 준비는 이미 된 것 같소만."

"두 신사분께 강조하고 싶은 사례가 또 있는데 이 현상의 요지를 이해하는 데 도움이 될 겁니다. 동양 마술이나 서양 신비주의에서 멀리 떨어진 곳의 물체를 다른 장소에 나타나게 하는 강령 현상을 들어 보셨겠지요. 헐겁게 연결된 분자들이 대기 속 파장으로 수송되고, 거스를 수 없는 어떤 법칙으로 한데 모여 각자의 정확한 자리로 다시 조립되는 것이 아니라면 그런 현상이 어떻게 일어날 수 있을까요? 제 기계가 일으키는 현상을 정확히 유추할 수 있는 사례 같군요."

"어떤 믿을 수 없는 일을 다른 믿을 수 없는 일을 인용해서 설명할 수는 없소."

챌린저 교수가 말했다.

"나는 네머 씨 당신의 강령술도, 기계도 믿지 않소. 내 시간은 귀중하니 어떤 종류든 실험을 할 수 있다면 형식적인 절차는 그만두고 그 실험을 진행하길 바라는 바요."

"그렇다면 저를 따라오시지요."

네머의 안내를 따라 집 밖으로 내려와 건물 뒤편에 있는 작은 공원을 가로질렀다. 꽤 큰 별채가 있었는데 네머가 잠긴 문을 열어 줘 함께 안으로 들어갔다.

실내에는 하얗게 칠해진 커다란 방이 있었는데 수없이 많은 구리선이 장식용 줄처럼 천장에서부터 늘어져 있었고 받침대 위에 균형 잡힌 거대한 자석이 놓여 있었다. 그 앞에는 유리 분광기처럼 보이는 길이 1미터, 직경 30센티미터의 물체가 있었다. 오른편에는 아연 재질의 단상 위에 놓인 의자가 있었는데 광택이 있는 구리 모자가 위에 걸려 있었다. 모자와 의자 둘 다 전선이 잔뜩 부착되어 있었다. 옆에는 홈마다 번호가 매겨진 톱니바퀴 같은 장치가 있었는데 천연고무로 덮인 손잡이가 0번에 위치해 있었다.

"네머 분해기입니다."

수상하기 짝이 없는 발명가 네머가 기계를 향해 손을 뻗으며 말했다.

"국가 간 힘의 균형을 뒤바꿀 수 있는, 유명해질 운명을 타고난 기계지요. 이 기계를 손에 넣는 자가 세계를 지배할 거랍니다. 자, 교수님. 굳이 짚고 넘어가자면 교수님은 이 발견에 관해 저를 존중하지도 배려하지도 않으셨지요. 용감하게 직접 저 의자에 앉아 당신 몸으로 이 새로운 기계의 능력을 검증해 보시는 건 어떤가요?"

챌린저 교수는 사자처럼 용맹한 사람이었다. 도전적인 성향을 일순 자극 받은 교수가 광분하여 기계로 돌진하려 했다. 하지만 나는 그의 팔을 잡아 저지했다.

"이러시면 안 됩니다. 교수님의 목숨은 너무나 귀중합니다. 이건 말도 안 돼요. 안전이 보장되기는 합니까? 제가 본 것 중 저

장치와 가장 비슷한 건 싱싱 교도소에 있는 전기의자였습니다."

"내 안전 보장은 자네가 목격자라는 것과 나한테 무슨 일이 닥칠 경우 최소한 이 인간이 확실하게 살인죄로 붙잡힐 거라는 사실이네."

"교수님만이 하실 수 있는 작업을 미완으로 남기고 떠나시면 그런 말은 과학계에 전혀 위안이 되지 않을 겁니다. 정 그러시면 적어도 제가 먼저 해보고 해가 없는 것으로 확인되면 교수님께서도 해보시는 것이 어떨까요."

챌린저 교수에게 신변에 닥칠 위험은 아무것도 아니었지만 연구가 미완성으로 남을지도 모른다는 사실은 갈등을 일으키는 듯했다. 교수가 망설이는 틈을 타 내가 먼저 달려 나가 의자로 뛰어들었다. 네머가 손잡이에 손을 올리는 것이 보였다. 딸각하는 소리가 났다. 그러자 잠시 감각이 혼란스러웠고 눈앞에 연기가 나타났다.

연기가 걷히자 이 기계의 발명자가 혐오스러운 미소를 지으며 내 앞에 서 있었고 챌린저 교수는 붉은 사과 같았던 뺨에서 혈색이 다 빠져나간 채 네머의 어깨 너머로 내 쪽을 쳐다보고 있었다.

"자, 시작하시죠!"

내가 말했다.

"다 끝났답니다. 훌륭한 반응이네요."

네머가 답했다.

"일어나시지요. 딴말할 것 없이 이제는 챌린저 교수님도 준비가 된 것 같답니다."

나는 챌린저 교수를 오래 알고 지내면서 교수가 이렇게 완전히 냉정을 잃은 것은 처음 보았다. 그의 강철 같은 신경이 잠깐 동안 아예 작동을 멈췄다. 떨리는 손으로 내 팔을 꽉 잡으며 교수가 말했다.

"맙소사, 말론, 진짜였어. 자네가 사라졌었네. 의심할 여지가 없어. 순간적으로 연기가 일더니 빈 공간만 남았었네."

"제가 얼마 동안 사라졌었나요?"

"2, 3분 정도일세. 나는, 솔직히 말하지. 겁에 질렸다네. 자네가 전혀 돌아올 것 같지 않았거든. 그런데 네머가 지렛대를 돌렸다가, 저게 지렛대가 맞다면 말이야. 그걸 다른 홈으로 돌리니 조금 얼빠져 보이긴 해도 전과 변함없는 자네가 다시 의자에 앉아 있었네. 자네를 다시 볼 수 있어서 난 신께 감사 인사를 드렸다고!"

교수가 커다란 빨간색 손수건으로 이마의 땀을 훔쳤다.

"자, 교수님." 네머가 교수를 불렀다. "아니면 혹시 겁이 나시나요?" 교수가 전의를 가다듬는 것이 역력했다. 그러더니 막으려는 내 손을 밀어내고 의자에 앉았다. 손잡이가 3번 홈으로 돌아갔다. 교수가 사라졌다.

네머가 아주 태연하게 기계를 작동시켰기에 나는 겁에 질려 떨지 않을 수 있었다.

"아주 흥미로운 변화지요? 챌린저 교수님의 엄청난 존재감을 생각하면 지금 교수님이 분자 구름이 되어 건물 안 어딘가를 떠다닌다는 게 신기하지요. 교수님은 지금 완전히 제 손안에 있답니다. 제가 교수님을 방치한다 한들 저를 막을 수 있는 건 세상에 아무것도 없지요."

"제가 당신을 막을 방법을 곧 찾아낼 겁니다."

네머의 미소가 다시 한번 나무옹이처럼 변했다.

"제 머릿속에 그런 생각이 떠올랐다는 걸 당신은 상상도 못 하겠지요. 저런! 저 위대한 챌린저 교수가 영원히 분해되어 우주 공간 속으로 사라진다니! 끔찍하지요! 끔찍해! 그리고 보니 교수는 지켜야 할 예의도 모르시던데. 어떻게, 교수에게 작은 교훈을 드려 볼까요…?"

"아뇨. 필요 없습니다."

"그럼 이걸 흥미로운 실험이라고 칭합시다. 당신 기사에 재미난 문단이 추가될 수도 있겠지요. 어디 보자, 저는 체모가 살아 있는 유기 조직과는 완전히 다른 진동을 하기 때문에 자유자재로 포함하거나 배제할 수 있다는 사실도 알아냈답니다. 털이 없어진 곰은 어떨지 정말 궁금하군요. 보시지요!"

딸깍하고 지렛대를 움직이는 소리가 났다. 눈 깜짝할 사이 챌린저 교수가 다시 의자에 앉아 있었다. 하지만 그런 모습의 챌린저 교수라니! 맨송맨송한 사자라니! 네머가 교수에게 농간을 부렸다는 사실에 분노가 차오르는 만큼 터져 나오는 웃음을 참을 수가 없었다.

교수의 커다란 머리통은 아기처럼 반들반들했고 턱은 소녀의 얼굴처럼 매끄러웠다. 영광스러운 갈기가 사라진 교수의 하관은 심하게 튀어나와 햄 덩어리 같았다. 동시에 교수의 전체적인 겉모습은 아래쪽이 널따란 불도그 같은 턱 때문에 두들겨 맞고 부어오른 늙은 검투사 같았다.

아마 네머와 내가 어떤 표정을 짓고 있었던 것 같다. 함께 교수를 쳐다보던 네머의 사악한 미소는 틀림없이 그 순간 더욱 깊어졌을 것이다. 어쨌든 간에 챌린저 교수는 빠르게 자기 머리를 훑었고 상태를 알아차렸다. 다음 순간 의자에서 튀어 오른 교수는 네머의 멱살을 잡고 바닥으로 내던졌다. 교수의 어마어마한 힘을 알고 있기에 나는 네머가 죽겠다 싶어서 소리쳤다.

"제발, 조심하세요. 그 사람을 죽여 버리면 아무것도 원래대로 되돌릴 수 없습니다!"

챌린저 교수가 내 외침에 납득했다. 정신이 완전히 나가 있는 상태에서도 교수는 항상 이성에 귀를 기울일 줄 알았다. 바닥에서 튀어 오른 교수는 덜덜 떨고 있는 네머를 끌어올렸다.

"5분을 주겠어. 5분 내에 원상복구가 되지 않는다면 네 처참한 몸뚱이에서 마지막 숨 하나까지 짜내 줄 거야."

챌린저 교수는 분노로 콧김을 씩씩댔다. 머리끝까지 화가 난 교수는 논쟁을 벌이기에 안전한 사람이 아니었다. 세상에서 가장 용감한 사람도 교수 앞에서는 쪼그라들 텐데 나는 우리 네머

씨가 특별히 용감한 사람이라는 인상은 받지 못했다. 오히려 네머는 안색이 본래의 퍼티 색깔에서 생선 배 색깔로 변하는 바람에 얼굴에 난 반점과 두드러기가 갑자기 훨씬 더 뚜렷해 보였다. 네머는 사지를 벌벌 떨면서 입도 제대로 떼지 못했다.

"정말이지, 교수님!"

네머가 한 손으로 자기 목을 만지며 더듬거렸다.

"이런 폭력은 정말 불필요하답니다. 친구 사이에 할 수 있는 무해한 장난인 게 당연하지요. 기계의 성능을 증명하려는 의도뿐이었어요. 교수님이 완전한 증명을 원한다고 생각했는데 말이지요. 모욕할 의도는 결단코 없었답니다. 교수님, 결단코!"

대답 대신 챌린저 교수는 다시 의자로 돌아갔다.

"말론, 저자를 잘 지켜보게. 어떤 여지도 주지 마."

"단단히 지켜보겠습니다, 교수님."

"자 그럼 원상복구를 시키든지 대가를 치르든지 하시오."

겁에 질린 네머가 기계로 다가갔다. 재조합 동력이 최고점으로 돌아가고 눈 깜빡할 사이에 챌린저 교수가 헝클어진 갈기를 가진 사자로 돌아와 있었다. 교수는 애정 어린 손길로 자신의 턱수염을 쓰다듬고 이어서 머리로 넘어가 모든 털이 제대로 돌아왔는지 확인했다. 그러고 나더니 근엄하게 횃대에서 내려오는 새처럼 의자에서 내려왔다.

"선생, 선생은 엄청난 결과를 불러올 뻔한 방만한 행동을 했소. 그렇지만 실험으로 증명하려 한 것뿐이라는 설명을 기꺼이 받아들이지. 이제 당신이 발견했다고 주장하는 이 뛰어난 힘에 대해 몇 가지 직접적인 질문을 해도 되겠소?"

"이 힘의 원천에 대한 질문이 아니라면 어떤 질문에도 답할 준비가 되어 있답니다. 힘의 원천은 기밀이니까요."

"그 기밀은 당신을 제외하면 이 세상에 아는 사람이 아무도 없다는 게 정말이오?"

"그 누구도 어떤 실마리도 모른답니다."

"도움도 안 받으셨고?"

"네. 저는 혼자 일을 한답니다."

"저런! 그게 가장 흥미롭군. 힘의 실체는 잘 봤지만 어떤 실용적인 쓸모가 있을지는 아직 잘 모르겠소."

"이건 모형일 뿐이라고 제가 설명 드렸지요, 교수님. 그렇지만 큰 규모의 설비를 세우는 건 꽤 쉽답니다. 알고 계시겠지만 이런 규모의 변화는 수직적으로 작용하니까요. 분해하거나 재조합하는 진동을 유발하는 특정 전류가 위아래로 흐르게 합니다. 전류가 양옆으로 흐르게 해도 되고요. 양옆으로 작동시켜도 효과는 같은데 전류의 힘이 닿는 공간이라면 작용이 일어나죠."

"예를 들어 주시오."

"양쪽 극이 각각 다른 작은 선박 안에 있다고 합시다. 그 사이에 있는 전함은 간단하게 분자가 되어 사라질 수 있답니다. 한 개 분대의 병력도 가능하지요."

"그리고 당신은 이 기밀을 한 유럽 국가에 판매한 거고?"

"네, 그랬지요. 지불이 완료되면 그 국가는 누구도 가진 적이 없는 힘을 갖게 될 거랍니다. 지금으로서는 이미 손에 쥔 무기를 거침없이 휘둘렀던 자들이 어떻게 이 기계의 가능성을 최대치까지 끌어올릴지 알 수 없답니다. 어떤 일이 일어날지 헤아릴 수가 없지요."

네머의 사악한 얼굴에 득의만만한 미소가 지나갔다.

"런던 면적의 4분의 1에 그런 기계가 세워졌다고 상상해 보시지요. 쉽게 사용할 수 있는 규모의 전류가 미칠 영향을요. 그게 말이지요."

네머가 별안간 웃음을 터뜨렸다.

"템스 강가가 전부 깨끗이 쓸려나간 풍경이 상상된답니다. 이렇게 바글거리는 수백만 명 중에 남자도 여자도 어린애 한 명도 남지 않은 풍경이!"

네머의 말에 나는 공포가 차올랐다. 그런 말을 하며 즐거워 어쩔 줄 모르겠다는 네머의 목소리는 더더욱 두려웠다. 그런데 같은 얘기를 듣고 있으면서도 챌린저 교수는 상당히 다른 반응을 보였다. 놀랍게도 교수는 다정한 미소를 짓더니 네머를 향해 손을 내밀었다.

"네머 씨, 축하 인사를 해야겠군. 당신이 자연 속 비범한 힘을 우연히 발견하고 인간이 사용할 수 있게 동력화하는 데 성공했다는 건 확실하고. 이 힘이 파괴적인 용도로 사용되고 말리라는 점은 몹시 개탄스럽지만 과학은 종류를 가리지 않고 다만 지식이 이끄는 대로 따를 뿐이니. 당신의 원칙과는 별개로 내가 이 기계의 구성을 시험해 봐도 이의가 없을 거라고 생각하오만?"

"전혀요. 이 기계는 그저 동체일 뿐이랍니다. 이 기계를 움직이는 원리이자 정수는 여러분이 원한다 한들 영영 알 수 없을 겁니다."

"바로 그거요. 하지만 단순한 기계 장치라도 기발한 발명품의 모형이지 않소."

한동안 챌린저 교수는 기계 주변을 돌아다녔고 몇몇 부분을 손가락으로 가리켰다. 그러더니 거대한 덩치를 움직여 절연 의자 위로 올라앉았다.

"우주로 다음 소풍을 떠나고 싶으신가요?"

네머가 물었다.

"다음에 기회가 있을 거요, 다음에! 그런데 알고 있겠지만 누전이 좀 있군. 몸을 통과하는 약한 전류가 분명하게 느껴지네."

"불가능해요. 절연은 철저하답니다."

"하지만 나는 전기가 흐르는 걸 확실히 느꼈소."

교수가 몸을 들어 의자에서 내려왔다. 네머가 서둘러 의자에 자리를 잡았다.

"아무 느낌도 안 납니다."

"척추를 간질이면서 내려가는 뭔가가 느껴지지 않소?"

"없답니다, 교수님. 아무것도 느껴지지 않아요."

그 순간 날카롭게 딸각하는 소리가 나더니 네머가 사라졌다.

나는 놀라서 챌린저 교수를 쳐다봤다.

"맙소사! 교수님, 지금 기계에 손대신 겁니까?"

교수는 조금 놀란 척 나를 향해 상냥하게 미소 지었다.

"나 좀 보게! 내가 무심코 손잡이를 건드렸나 보군. 이런 종류의 조잡한 모형은 당황스러운 사고가 일어나기 아주 쉬운 법이지. 손잡이에 보호 장치가 되어 있어야 해."

"3번이에요. 분해 작용이 일어나는 번호입니다."

"자네가 분해됐을 때 나도 봤다네."

"교수님께서 돌아오셨을 때는 너무 흥분한 나머지 정확히 어떤 번호가 되돌리는 기능인지 보지 못했습니다. 교수님은 보셨나요?"

"봤을 수도 있지, 말론. 하지만 나는 사소한 것까지 기억하느라 내 정신에 부담을 주지는 않는다네. 어디에 쓰는지 알 수 없는 번호가 많이 있어. 모르는 번호로 실험을 했다가는 사태를 더 악화시킬지도 몰라. 이대로 두는 게 낫겠군."

"그렇다면 교수님."

"바로 그거야. 이게 차선일세. 시어도어 네머의 흥미로운 인격은 이제 우주로 흩뿌려졌고 그자의 기계는 가치를 잃었어. 더불어 어떤 외국 정부는 엄청난 피해를 초래할지도 모를 지식을 빼앗기게 되었네. 오전 작업치고 나쁘지 않아, 말론. 자네의 쓰레기 같은 신문은 틀림없이 '라트비아 출신 발명가가 본지 기자의 방문을 받은 후 불가사의하게 실종되었다'는 흥미로운 칼럼을 싣겠지. 즐거운 경험이었어. 이렇게 숨 좀 돌리는 시간들이 판에 박힌 연구자의 일상을 밝혀 주지. 하지만 인생이란 즐거움이 있으면 의무도 있는 법이 아닌가. 나는 이제 이탈리아인 마조티와 열대 흰개미의 유충 발달에 대한 그의 터무니없는 견해로 돌아가야겠네."

뒤돌아보니 의자 주변에 여전히 살짝 기름진 안개 같은 것이 둥둥 떠다니는 듯했다.

"하지만 정말…"

나는 교수를 설득하려 했다.

"준법 시민의 첫째 의무는 살인을 방지하는 거라네."

챌린저 교수가 말했다.

"나는 그 의무를 지킨 거고. 그만하세, 말론, 그만하자고! 이론의 여지가 없는 주제일세. 이미 너무 긴 시간동안 이 일에 정신을 뺏겨 더 중요한 사안들을 소홀히 하고 있었어."

다만, 있는 힘껏 고통스러워하고 즐겼다

추리소설 셜록 홈스 시리즈로 유명한 아서 코넌 도일은 모험이나 탐험 이야기에도 깊은 흥미가 있었다고 한다. "모험담을 쓰는 작가라면 항상 실제 탐험가에게 어느 정도는 불만이 있다"고 적기도 했던 그는 탐험에 대한 관심을 공상과학 소설 시리즈로 풀어냈다. 이 시리즈는 챌린저 시리즈라고도 불린다. 장편소설 『잃어버린 세계』를 시작으로 이번에 소개한 단편 「분해되었습니다」(The Disintegration Machine)를 포함, 괴팍한 대학교수 조지 챌린저가 주인공으로 등장하는 장편 세 편과 단편 두 편이 이 시리즈를 구성한다.

그러나 뚱딴지같겠지만 이 챌린저 시리즈를 보면서 공상과학이라는 부분에 방점을 찍지는 말자. 공상과학 소설 초창기의 인기작품이라는 장르문학사적 의의도 일단 접어두자. 솔직히 백 년쯤 전에는 챌린저 시리즈의 사건들이 신선했을지 몰라도 지금 보기에는 어딘가 익숙하고 크게 놀랍지도 않다.

공상과학이라는 고갱이를 떼면 이 시리즈의 묘미는 어디서 찾나? 매 사건 사이로 배어나는 챌린저 교수와 그의 파트너인 젊은 기자 에드워드 말론의 독특하고 유쾌한 관계는 어떨까?

시리즈를 책임지는 주인공 챌린저 교수는 사실 공격적이고 성질이 급한 데다 남을 굴복시키기 좋아하는 고약한 성미의 소유자다. 게다가 불도그나 고릴라라는 묘사가 붙을 정도로 위압적인 생김새까지 갖췄다.

그러나 (첫 대면에서 교수의 비위를 거스르는 바람에 현관 밖으로 던져져 계단을 굴러야 했던) 말론이 교수의 강퍅한 성격을 다루는 방법을 터득하면서 교수의 인간적인 약점이 드러나기 시작한다. 분노에 찬 사자처럼 울부짖다가도 말론의 은근한 칭찬에 마음이 허물어져서 "새가 요란한 깃털을 가다듬듯이" 들뜬 티를 감추지 못하는 교수의 모습은 우스꽝스러운 걸 넘어 귀여워 보이기까지 한다. 말론은 눈치를 살피긴 하지만 교수의 우스운 모양새를 자세히 묘사하면서 내심 즐거워하고, 교수는 성질껏 말론을 휘두르는 것 같지만 미처 웃음을 숨기지 못하는 말론에게 못내 분함을 느낀다. 어른인 척, 안 친한 척하지만 짝꿍 사이인 장난꾸러기 두 명을 보는 것 같아 정겹기까지 하다.

혹시 이런 제안과 감상이 전혀 와닿지 않는다면 그건 전적으로 못난 번역 탓이다. 『잃어버린 세계』를 처음 접했을 때, 셜록 홈스 같은 냉철한 주인공이 나오는 걸까 은연중에 생각했다. 그러나 챌린저 교수는 누군가가 마음에 들지 않으면 짐짝처럼 집어던지는 괴팍한 면모를 자랑했고, 나는 그 모습을 보며 목청껏 웃었다. 주인공 캐릭터에 대한 예상이 박살나고 그 자리에 웃음이 가득 찬 순간, 챌린저 시리즈에 밑도 끝도 없는 호감이 생겨났다. 그렇기에 이번 책을 위한 작품을 고르면서 챌린저 시리즈를 떠올린 건 필연에 가까웠고, 단지 조금 더 바짝 코를 들이밀고 읽어 보고 싶다는 욕심 하나로 이 단편을 골랐다.

나에게 어떤 글을 번역한다는 건 그 글에 차라리 한번 빠졌다가 나오면 좋겠다는 생각이 들 정도로 가까이 다가가 읽는 일이다. 왜 여기서 이런 말을 써서 표현했을까, 이 말을 어떻게 옮기면 좋을까. 고민에 고민을 거듭하는 사이 나는 어느 때보다 빽빽하게 생각의 결을 짜면서 글을 읽는다. 고민의 답이 쉬이 얻어지지 않으면 몹시 괴롭지만 글에 빠져 둥둥 떠다니는 동안에는 현실 세계로부터 자유롭다는 착각마저 든다. 힘들지만 때로는 묘하게 들뜰 정도로 즐겁다.

이번에도 소설을 앞에 두고 머리를 쥐어뜯었다. 이걸 어떻게 하면 좋을까, 어떻게 수습해야 하나, 나는 왜 이리도 이해력, 어휘력, 문장력이 종합적으로 부족할까, 나도 네머 분해기로 흔적도 없이 분해시켜 줬으면 등등. 동시에 "살짝 기름진 안개"처럼 부유하는 정신 상태를 하고선 홀로 몹시도 즐거워했다. 이런 고뇌와 즐거움이 이상하게 뒤범벅된 번역은 분명 어딘가 모자라고 못난 글일 것이다. 다만 있는 힘껏 고통스러워하고 즐겼다. 그건 자신할 수 있다. 그러니 모자란 번역임을 뼈저리게 알면서도 배짱 좋게 소망해 보건대 짧은 모험을 떠난 챌린저 교수와 말론을 보며 조금이나마 즐거운 시간을 가진 독자가 있다면 엄청나게 행복할 것 같다.

　좋은 원문을 읽기 즐거운 우리말로 옮길 수 있게 되는 날을 꿈꾸며 서툰 역자는 마침표 뒤로 숨는다.

A Society

by Virginia Woolf

———————

어떤 학회

이민정

옮김

그러니까 이렇게 된 일이다. 우리는 여섯인가 일곱인가 되었는데 하루는 차를 마시고 앉아 있었다. 몇몇은 주홍 깃털과 금색 신발 위로 조명등이 비치는 길 건너편 여성용 모자 가게 창문을 쳐다보았다. 다른 사람들은 찻잔 받침 모서리에 각설탕을 쌓느라 정신이 팔려 있었다. 기억하기로는, 얼마 뒤 우리는 불가에 둘러앉아 늘 그랬듯이 남자들을 찬양하기 시작했다. 남자들은 강하고 충성심이 강해. 총명하고 용맹하고 아름답기까지 하지! 무슨 수를 써서라도 남자들 곁에 평생을 붙어 사는 사람이 얼마나 부러운지.

그때 아무 말도 없던 폴이 갑자기 울음을 터트려 버렸다. 이건 꼭 말하고 싶은데, 폴은 늘 이상했다. 하나 예를 들자면 아버지가 아주 이상한 사람이었다. 폴의 아버지는 그녀 앞으로 유산을 남긴다고 유언장에 기록해 두었다. 다만 런던 도서관에 있는 책을 모조리 읽어야 한다는 조건이 붙었다. 우리는 할 수 있는 대로 폴을 진정시켰지만 우리 모두 그 위로가 얼마나 헛된지 진심으로 알고 있었다. 그리고 우리가 폴을 좋아하는 건 맞지만, 폴이 미인은 아니었다. 신발 끈조차 제대로 못 묶었다. 우리가 남자를 찬양할 때도 폴은 내심 어떤 남자도 자기와 결혼하길 바라지 않을 거라 생각했으리라. 마침내 폴이 울음을 그쳤다. 우리는 폴이 무어라 하는 말을 한동안 이해하지 못했다. 정말로 이상했다. 그녀는 우리가 알다시피 온종일 런던 도서관에서 책을 읽는다고 말했다. 폴은 맨위층의 영문학부터 시작해 맨아래층에 있는 타임지까지 꾸준히 읽어 내려가는 중이었다. 그런데 반, 아니 반의반도 읽지 못했는데 끔찍한 일이 벌어졌다. 더 이상 읽을 수 없었다. 책은 예상과 전혀 달랐기 때문에. "책은," 폴은 박차고 일어나며 ──절대 잊지 못할── 강렬한 상실감에 북받쳐 올라 울먹였다. "말로 표현할 수 없을 만큼 엉터리야!"

우리는 당연히 놀라 소리쳤다. 셰익스피어가 책을 썼다고! 밀턴도! 셸리도!

"아, 그래." 폴이 끼어들었다. "너네가 교육을 참 잘 받았지. 나도 알아. 하지만 너네는 런던 도서관 회원이 아니잖아." 폴은 다시 흐느끼기 시작했다. 한참 뒤에 조금 진정한 폴은 가지고 온 책 중 하나를 펼쳤다. 벤튼인가 헨슨인가 하여튼 그런 이름을 가진 작가가 쓴 『창문에서』나 『정원에서』 같은 책이었다. 폴이 초반부를 조금 읽어 주었다. 우리는 조용히 듣고 있었다. 누군가 말했다. "그건 책이 아니잖아." 그래서 그녀는 다른 책을 골랐다.

이번에는 역사책이었는데 저자의 이름을 까먹었다. 폴이 읽을수록 우리의 공포는 커져만 갔다. 책의 한 마디조차 사실 같지 않았다. 문체도 조악했다.

"시! 시!" 우리는 참지 못하고 외쳤다. "시를 읽어 줘!" 우리 사이에 돌던 그 황망함은 차마 말로 다할 수 없다. 폴이 작은 책을 한 권 펴들고 장황하고 감정적인 헛소리를 읽을수록 상황은 심각해졌다.

"분명 여자가 썼을 거야." 누군가 강한 어조로 주장했다. 하지만 아니었다. 폴은 그게 요즘 제일 잘나가는 젊은 남자 시인의 작품이라고 말했다. 그 사실을 안 뒤 우리가 느낀 충격이 어땠을지는 여러분의 상상에 맡기겠다. 우리가 더는 읽지 말아 달라고 구걸하다시피 울었지만, 폴은 '수상들의 생애' 초록을 집요하게 읽어 내려갔다. 폴이 다 읽자 가장 나이가 많고 현명한 제인이 일어나서 자기는 이해가 되지 않는다고 말했다.

"대체 왜, 남자들이 이런 쓰레기들을 쓰는데도 우리 어머니는 남자들을 세상에 내놓기 위해 당신 청춘을 바쳐야만 했을까?"

적막뿐이었다. 조용한 가운데 불쌍한 폴이 울먹거리며 내뱉었다.

"왜, 왜 아버지께서는 나한테 읽는 법을 가르쳐 주신 거지?"

가장 먼저 정신을 차린 건 클로린다였다. "이건 우리 잘못이야. 우리 모두 읽을 줄 알잖아. 그렇지만 폴 말고는 아무도 제대로 읽으려 하지 않았지. 나는 개인적으로 아이를 낳기 위해 청춘을 바치는 게 여성의 의무라고 당연하게 생각해 왔어. 난 우리 어머니를 존경해. 아이를 열 명이나 낳았으니까. 할머니는 더 존경하지. 열다섯 명이나 낳으셨으니까. 고백하자면, 난 내 욕심 같아선 스무 명을 낳고 싶었어. 우리는 남자도 똑같이 성실히 자기들 의무를 이행하고, 또 남자들이 해내는 일도 우리 일과 똑같은 가치를 지닌다고 생각하고 해내 왔잖아. 우리가 아이를 낳을 동안 남자들은 책과 그림을 세상에 내놓았어야 한다고 생각했지. 우리는 세상을 채우고, 남자들은 문명을 만들고. 하지만 우리는 읽을 수 있잖아. 결과를 평가 못할 건 또 뭐람? 우리가 또 다른 아이를 세상에 내놓기 전에 세상이 어떻게 생겨 먹었는지 알아내야지."

그렇게 우리는 질문하는 학회를 결성했다. 우리 중 한 명은 해군에, 또 다른 한 명은 대학에 잠입하기로 했다. 누구는 사업가 모임에 참석하기로 했다. 그동안 우리는 책을 읽고 그림을 감상하며 연주회에 가고 길가에서는 눈을 똑바로 뜨고 다니며 끊임없이 질문하기로 마음먹었다. 우리는 아주 젊었다. 이 얘기를 하면 당신도 우리가 얼마나 단순했는지 알 수 있으리라. 그날 밤 흩어지기 전에 우리는 좋은 사람과 좋은 책을 만들어 내는 게 인생의 목적이라는 데에 모두 동의했다. 우리의 질문은 남자들이 얼마만큼 소기의 목적을 달성했는지 알아내는 데에 중점을 두었다. 그리고 우리가 이 질문에 만족할 만한 답을 얻을 때까지 절대 새 생명을 품지 않으리라 맹세했다.

그 이후로 우리 중 누군가는 대영박물관에 갔고 또 다른 몇 사람은 해군기지에 갔다. 옥스퍼드나 케임브리지로 간 사람도 있었다. 우리는 왕립 학교와 테이트 갤러리에 갔다. 현대 음악 연주회에 갔다가 법원에 갔고 새로 나온 연극도 보았다. 애인과 약속이 있는 날에는 정해 놓은 질문을 했고 답변을 세세히 기록하지 않는 경우가 없었다. 그리고 중간마다 만나 관찰 결과를 비교했다. 아, 그 즐거웠던 모임들! 나는 로즈가 "명예"에 대해 기록하느라 에티오피아인 왕자로 변장한 채 배를 타고 외국에 나간 얘기를 세세히 얘기했을 때만큼 많이 웃어 본 적이 없었다. 선장은 변장을 알아채고 나서 (이번에는 그냥 남자로 변장한) 로즈를 찾아와 "명예"가 충족되어야 한다고 요구했다. "하지만 어떻게요?" 로즈의 대꾸에 선장은 이렇게 소리쳤다. "당연히 매를 맞아야지!" 화를 주체하지 못하는 선장을 보며 로즈는 이제 죽었구나 하고 생각했다. 로즈는 몸을 앞으로 숙였는데 놀랍게도 때리는 건 맞나 싶게 선장은 아주 살짝 여섯 대만 때리고 말았다. "대영 해군의 명예가 회복되었소!" 선장이 소리쳤다. 로즈가 몸을 일으키고 보니 선장은 땀범벅이 된 얼굴로 오른손을 덜덜 떨고 있었다. 그러면서 떨리는 손으로 악수를 청하고 있었다. "치우시오!" 로즈는 함장의 화난 표정을 따라 하며 소리쳤다.

"내 명예는 아직 회복되지 않았소!"

"신사처럼 말하는군!"

선장은 겨우 진정하더니, 깊은 생각에 빠졌다.

"회초리 여섯 대로 영국 해군의 명예가 충족된다니. 신사의 명예가 회복되려면 몇 대나 맞아야 하나?"

선장은 다른 선원들과 그 문제에 대해 의논해 보겠다고 말했다. 로즈는 코웃음 치며 고것 참 기대된다고 답했다. 선장은 로즈가 참 센스 있다고 칭찬했다.

"잠시만, 아버지에게 마차가 있었소?"

"없었소." 로즈가 대꾸했다.

"그렇다면 말은 타셨소?"

"우리는 당나귀를 한 마리 가지고 있었지." 로즈가 곰곰이 생각하다 선장의 면전에 대고 말했다. "잔디 깎는 기계를 끌고 다니는 놈이었지." 선장이 표정을 풀었다.

로즈가 "우리 어머니의 성함은 ──"이라 덧붙이자, 선장은 "세상에나! 자네 어머니 이름을 말하지 마시오!"라더니 사시나무처럼 떨어댔다. 선장의 정수리까지 홍조가 올라왔고 일이 다시 진행될 때까지는 십 분이 걸렸다. 선장은 로즈더러 자기가 가리키는 허리 뒷부분에 넉 대 반을 때리라고 했다. (로즈네 증조할머니의 삼촌이 트라팔가 전투에서 전사한 걸 참고해서였다.) 그렇게 하면 로즈의 명예가 새것처럼 회복될 것이라 선장이 제안했다. 로즈와 선장이 식당에 마주 앉아 선장이 사주겠다고 한 와인을 두 병 마시고 영원한 우정을 약조하며 이 이야기는 마무리된다.

그리고 우리는 패니가 법정에 갔던 일화를 들었다. 첫 방문에서 패니는 이런 결론을 내렸다. 판사들이란 나무로 만들어졌거나, 엄청 위엄 있게 움직이거나 중얼거리고 고개를 끄덕이도록 훈련받아 사람인 체 앉아 있는 사람과 닮은 커다란 동물이 분명하다고. 그 가설을 증명하려고 패니는 손수건에 싸간 금파리를 재판의 중요한 순간에 풀어놓았지만 그 생명체들이 인간인지는 파악하지도 못했다. 파리의 윙윙대는 소리 때문에 패니가 그만 깊은 잠에 빠져 버렸기 때문이다. 패니가 잠에서 깬 순간, 죄수들은 감방으로 돌아가고 있었다. 하지만 패니의 증언을 토대로 우리는 다수결에 부쳐 판사들이 사람이라 추측하는 데는 무리가 있다고 결론지었다.

헬렌은 왕립 학교에 갔었다. 우리가 헬렌에게 그림에 대한 조사 결과를 말해 달라고 하자마자 헬렌이 느닷없이 얇고 푸르스름한 책을 들고 시를 읊었다. "오! 사라진 손의 손길과 여전한 말의 소리를 위하여. 언덕에서 온 집은 사냥꾼이라네. 남자는 고삐를 당기네. 사랑은 달콤하고 또 사랑은 짧지. 봄이여, 맑은 봄날이여, 그대는 한 해의 즐거운 왕이지. 오! 나는 영국에 있고 4월은 지금 찾아왔네. 남자들은 일해야 하고 여자들은 울어야 하네. 의무의 길은 영광의 길이니──" 우리는 그 헛소리를 더 이상 들을 수 없었다.

"이제 시는 싫어!" 우리는 울었다.

"영국의 딸들아!" 헬렌은 다시 시작했다. 우리는 그녀를 잡아 내렸다. 옥신각신하는 중에 꽃병에 들어 있던 물이 쏟아졌다.

"세상에나!" 헬렌은 개처럼 몸을 털어대며 소리쳤다. "자, 난 이제 카펫 위에서 구를 거야. 내가 유니언 잭의 흔적을 털어낼 수 있는지 봐야지. 그리고 아마—" 그러더니 헬렌은 힘차게 몸을 굴려댔다. 그녀가 일어나서 현대 미술이 어땠는지 설명하려고 할 때쯤 캐스탈리아가 헬렌을 막았다.

"보통 그림의 사이즈가 얼마나 되지?" 캐스탈리아가 물었다. "가로 80센티미터, 세로 60센티미터 정도지." 헬렌이 대답했다. 캐스탈리아는 헬렌이 말하는 동안 메모했다. 캐스탈리아가 필기를 마쳤을 때 우리는 서로 눈을 맞추지 않으려 했다. 캐스탈리아는 일어나 말했다. "다들 바랐던 대로 나는 저번 주 내내 옥스브리지에 있었어. 청소부로 변장했지. 그래서 여러 교수들 방에 잠입할 수 있었어. 너네한테 할 말이 있는데…" 그러더니 잠시 숨을 골랐다. "어떻게 말을 해야 할지 모르겠어. 다 너무 이상했어. 그 교수들은," 그녀는 말을 이어나갔다. "잔디밭에 둘러싸인 아주 큰 집에 사는데 방들이 마치 감방 같았어. 하지만 편리하고 편안한 곳이지. 버튼을 누르거나 작은 불을 켜기만 하면 됐어. 논문이 아름답게 정리돼 있고 책들도 널려 있었지. 애들도 없고 동물도 없었지. 길고양이들만 대여섯 마리 있었나. 좀 나이든 피리새 한 마리도 있었고, 내 기억엔 그래." 그러더니 화제를 돌렸다. "이모는 덜위치에 살았는데, 선인장을 길렀지. 응접실을 거치면 온실이 나왔어. 거기에 있는 온수 수도관 위에 못생기고 까칠한 털로 뒤덮여서 쪼그라든 작은 식물들이 각기 다른 화분에 심겨 있었어. 알로에는 백 년에 한 번 꽃을 피운다고 이모가 그랬지. 이모는 보지 못하고 돌아가셨지만." 우리는 그녀더러 엉뚱한 길로 새지 말라고 했다.

"그래." 캐스탈리아가 다시 말을 이어 나갔다. "홉킨 교수가 나가 있을 때, 교수의 필생의 역작이라는 작품을 살펴봤어. 시인 사포에 대한 글이었어. 두께가 15센티쯤 되는 책이었는데 참 이상하게 생겼더라고. 책이 전부 사포에 대한 글도 아니었어. 으, 아니었지. 어떤 독일인이 부정한 사포의 순결에 대해 방어하는 내용이 책의 대부분이었어. 그 둘이 논쟁을 벌일 때 자랑하는 열정이나 해박한 지식, 재간은 내가 장담해. 그런데 아무리 봐도 그냥 머리핀에 불과한 어떤 기구에 대한 논쟁이 전부더라. 어찌나 놀랍던지. 특히나 문이 열리고 그 홉킨 교수가 등장했을 때는 심지어 더 놀라웠어. 아주 상냥하고, 순하고, 나이 지긋한 신사더라고. 하지만 그런 사람이 순결에 대해 뭘 알겠어?" 우리는 그 말을 잘못 해석했다.

캐스탈리아가 반박했다. "아니, 그게 아니라. 그 교수는 명예 그 자체야. 정말이야. 로즈가 봤던 선장 같은 사람이라는 말은 전혀 아니야. 나는 홉킨 교수가 차라리 이모네 선인장 같은 존재라고 생각하고 있어. 그게 순결에 대해 뭘 알겠어?"

우리는 다시 캐스탈리아더러 논점을 흐리지 말라고 짚어 주었다. 그래서 옥스브리지 교수들은 좋은 사람과 좋은 책을 양산하는 데—말하자면 삶의 목적—에 힘쓰고 있는지 말이다.

"그래!" 캐스탈리아가 소리질렀다. "그걸 물어볼 생각을 못했어. 그 작자들이 무얼 만들어 낼 수 있으리라는 생각조차 들지 않더라고."

수가 말을 이었다. "나는 네가 실수했다고 생각해. 홉킨이 산부인과 의사였을 수도 있지. 학자는 매우 다른 종류의 사람이야. 학자는 재치와 발상을 주체하지 못하는 사람들이지. 와인 중독일 수야 있지만. 그게 뭐 어때? 상식적으로 생각해 볼 때 유쾌하고 너그럽고 예리하고 창의적인 사람이야. 그 사람은 한평생을 세상 가장 괜찮은 사람들이랑 보냈을 텐데 그렇겠지."

캐스탈리아는 "흠, 아무래도 다시 가서 알아 봐야겠어."라고 답했다.

그 후 석 달 쯤 뒤, 캐스탈리아가 들어올 때 나는 혼자 앉아 있었다. 그의 어떤 모습이 그렇게 감동적이었는지 모르겠지만 나는 참지 못하고 방 중간을 가로질러가 그를 꽉 안았다. 캐스탈리아는 아주 아름다웠을 뿐만 아니라 최고로 기분이 좋아 보였다. "너 정말 행복해 보여!" 캐스탈리아가 앉자마자 나는 소리쳤다.

"나 내내 옥스브리지에 있었어."

"질문하면서?"

"대답을 했지." 캐스탈리아가 답했다.

"우리 서약을 깬 건 아니지?" 나는 불안한 마음으로 물었다.

캐스탈리아의 몸에 생긴 미묘한 변화를 알아챘던 것이다.

"아, 그 맹세." 캐스탈리아가 아무렇지 않게 말했다. "나 아이를 가졌어. 네가 말하는 서약이 이거라면. 너는 상상도 못할 거야, 얼마나 설레고 아름답고 만족스러운지…" 그녀는 울음을 터트렸다.

"뭐가?"

"대-대-대답하는 게." 캐스탈리아는 무언가 혼란스러운 듯 답했다. 그래서 캐스탈리아는 그녀가 겪은 일을 전부 얘기해 주었다. 여태 들어 본 적 없이 재미있고 흥미진진한 이야기였다. 그러다가 캐스탈리아는 울음을 터트렸다. 반쯤은 함성 같고 반쯤은 울부짖는 것 같은 울음이었다.

"내 순결! 내 순결은 어디 있는 거야! 도와줘! 향수병 좀 줘!"

방에는 겨자를 담아 놓은 양념통뿐이었다. 그걸 건네주려던 찰나, 캐스탈리아가 겨우 진정했다.

"그걸 석 달 전에 생각했어야지." 나는 단호하게 말했다.

"맞아." 그녀가 대답했다. "그걸 지금 생각해서 좋을 건 없지. 어쨌거나 우리 엄마가 나를 캐스탈리아라고 이름 지은 것부터가 참 유감이지만."*

"아, 캐스탈리아, 너희 어머니는…" 나는 말을 시작했고 그녀

---

* 캐스탈리아(Castalia)라는 이름이 거세를 뜻하는 단어 Castration을 연상시킨다.

는 겨자 통을 향해 손을 뻗었다.

캐스탈리아는 고개를 저으며 말했다. "아냐, 아니야. 네가 순결한 여자였다면 나를 보자마자 너는 소리를 질렀겠지. 대신 너는 방을 가로질러 와 나를 안아줬어. 아냐, 카산드라. 우리는 아무도 순결하지 않아." 그래서 우리는 대화를 이어나갔다.

그 사이 방에는 사람들이 모여들었다. 그날은 관찰 결과를 발표하는 날이었다. 내 생각에는 모두가 캐스탈리아를 보며 나와 비슷한 감정을 느끼는 듯했다. 모두 그녀에게 입을 맞추고 다시 만나 얼마나 반가운지 얘기를 나눴다. 한참 뒤 우리는 다 모였고 제인은 일어나 이제 시작하자고 말했다. 제인은 우리가 지난 오년간 질문을 끝없이 해왔고 그 대답을 내리기는 어려울 수밖에 없다고 입을 뗐다. 이때 캐스탈리아가 내 옆구리를 쿡 찌르더니 자기는 잘 모르겠다고 속삭였다. 그러고는 갑자기 일어서더니 제인의 말을 끊고는 자기 말을 시작했다.

"네가 말을 더 하기 전에 알고 싶은 게 있어서. 내가 이 방에 남아 있어야 할까? 왜냐면… 나는 순결하지 않은 여자거든."

모두가 놀라서 캐스탈리아를 쳐다봤다.

"아기를 가진 거야?" 제인이 물었다.

캐스탈리아는 고개를 끄덕였다.

모두의 얼굴에 다 다른 표정이 나타나는 것을 보는 일은 분명 보기 드문 경험이었다. 웅성거리는 소리 비슷한 것이 방 안을 스쳐갔다. 나는 거기서 "순결하지 않대", "아기", "캐스탈리아" 라는 말들을 들었다. 제인 역시 매우 흥분해서 말을 꺼냈다.

"캐스탈리아가 떠나야 할까? 순결하지 않기 때문에?"

그때 모두가 득달같이 소리치는 바람에 길거리에서까지 우리 소리가 들리지 않을까 싶었다.

"안 돼! 안 돼! 절대 안 돼! 있으라고 해! 순결하지 않다고? 말도 안 돼!" 열아홉이나 스물쯤 된 어린 회원들은 부끄럽기 때문인지 아무 말도 하지 않았다. 우리는 다시 캐스탈리아에 관해 이야기하며 그녀에게 무슨 일이 있었는지 물어보기 시작했다. 그리고 마지막에 나는 막내 중 한 명이자 늘 뒤에만 있던 아이가 수줍게 캐스탈리아에게 물어보는 걸 보았다.

"그래서 순결이 뭔데? 내 말은 그게 좋은 거야? 아니면 나쁜 거야? 아니면 아무것도 아닌 거야?" 캐스탈리아는 너무 조용하게 대답해서 나는 차마 무어라 말했는지 듣지도 못했다.

"내가 놀란 거 너도 알지? 십 분 정도지만." 누군가는 이렇게 말했다.

"내 생각에는" 런던 도서관에만 처박혀서 온종일 읽기만 하느라 신경질적으로 변하고 있는 폴도 말을 꺼냈다. "순결은 단지 무지에 불과해. 아주 수치스러운 지적 수준일 뿐이야. 우리 학회는 순결하지 않은 사람만 받아야 해. 나는 캐스탈리아가 우리 회장이 되어야 한다고 생각해."

순식간에 논쟁에 불이 붙었다.

"여자한테 순결하다는 딱지를 붙이는 건 순결하지 못하다고 하는 것만큼이나 불공평해." 폴이 덧붙였다. "우리들 중에 기회가 없던 사람도 있지. 그리고 캐스탈리아는 지식에 대한 순수한 사랑 때문에 그랬다는데 나는 믿지 않아."

"그 사람은 스물한 살인 데다가 거룩하리만치 아름다웠거든?" 캐스탈리아가 매혹적 표정을 지으며 말했다.

"나는 사랑을 하지 않는 사람 말고는 순결이니 순결치 못하니 말할 자격이 없다고 생각해." 헬렌이 말했다.

"세상에나." 과학적 문제를 조사하는 주디스가 말을 꺼냈다. "난 사랑을 하지도 않거니와, 의회 법령을 제정해 매춘부를 불필요하게 만들고 동시에 처녀들을 수정을 시킬 수 있는 내 조치에 대해 설명하고 싶어서 안달이 나 있거든?"

주디스는 자기의 발명품이 역이며 숙박업소에 설치되어야 한다고 말했다. 그 발명품을 쓰면 조금만 값을 지불하면 국민의 건강을 지킬 수 있고, 남자들은 욕구를 풀 수 있고, 여성이 해방될 수 있다는 것이다. 주디스는 밀봉된 시험관 안에 "미래의 수상일 수도 있고 아니면 시인이거나 화가거나 음악가일 수도" 있는 씨들을 보관하는 방법을 고안해 냈다는 것이다. "다만 조건이 있어. 이런 좋은 혈통들이 사라지지 않았어야 하고 또 여자들이 계속 아이를 낳고 싶어 해야지."

"당연히 아이는 낳고 싶지!" 캐스탈리아가 참을성 없이 소리쳤다. 제인은 테이블을 두드렸다.

"이게 우리가 논해야 할 진짜 문제지. 지난 오 년간 우리는 인류를 존속시키는 게 정당한 일인지 알아내려고 애썼잖아. 캐스탈리아는 우리의 결론을 예측한 거지. 그래도 남은 사람들은 스스로 어떻게 할지 결정해야 해."

또 다른 조사자인 로즈가 일어나 본인의 결과를 발표했다. 문명이 주는 경이는 우리의 기대보다 훨씬 앞서 있었다. 사람이 어떻게 처음으로 하늘을 날 수 있었는지, 공간을 초월해 대화를 나누고 원자의 심장을 꿰뚫었는지, 또 천체망원경으로 어떻게 우주를 가슴에 품었는지. 이 이야기들을 듣자 우리의 입에서는 찬미의 속삭임이 마구 터져 나왔다.

"이런 걸 위해 어머니들이 청춘을 희생했다니, 너무 자랑스러워!" 우리는 다 같이 외쳤다. 골똘하게 듣고 있던 캐스탈리아는 누구보다도 뿌듯해 보였다. 그러더니 제인은 우리가 배울 게 아직 많이 있다고 알려 주었고, 캐스탈리아는 서두르자고 재촉했다. 그리고 우리는 복잡한 통계의 실타래를 풀어 나갔다. 영국에서는 매년 수백만 명의 아이가 태어났다. 그중 아주 많은 수가 계속되는 굶주림에 시달리거나 감옥에 간다는 사실도 배웠다. 일하는 가장이 있는 가정의 규모는 비슷비슷했다. 그리고 많은 여자들이 출산 중 질병 때문에 죽는다는 사실도 알 수 있었다. 공장, 가게, 뒷골목, 그리고 조선소에 대한 보고가 있었다. 그리고 금융 거래소, 시의 거대 자본 회사나 정부에 대한 조사 결과도 나왔다. 영연방 식민지들이 거론되었기 때문에 몇몇 기록은 인도, 아프리카, 아일랜드의 이야기로 이어졌다. 나는 캐스탈리아 곁에 앉아 있었다. 나는 그 애의 불안을 알아챘다.

"이러다가는 아무런 결론도 못 낼 거야." 그 애가 말했다. "문명이 우리가 알던 것보다 훨씬 복잡한 개념이라면, 맨 처음 질문으로 돌아가고 그에 대해서만 생각하면 안 될까? 우리는 좋은 사람들과 좋은 책들을 만들어 내는 게 삶의 목적이라는 데에 동의했잖아. 그런데 지금은 비행선이니 공장이니 돈에 대해서만 떠들고 있네. 우리 이제는 사람과 예술에 대한 얘기를 하자. 그게 문제의 핵심이니까."

그래서 우리는 질문에 대한 대답을 가득 담은 보고서를 제출했다. 모두 숙고하여 한 답이었다. 좋은 남자는 ─ 우리가 동의하기로는 ─ 어쨌든 정직하고 열정으로 가득하며 물욕이 적어야 한다. 그러나 어쨌든 어떤 남자가 이런 성품을 갖추고 있는지는 질문을 해야만 찾을 수 있었다. 대화를 여는 질문들은 문제의 핵심과는 별로 상관이 없는 것이기도 했다. 켄싱턴은 살기 좋은 곳인가요? 아들은 어디서 교육시켜야 하죠? 딸은요? 그렇다면 제발 말해 주세요, 우리는 무엇을 위해 담뱃값을 내나요? 그보다, 조셉 경은 준남작인가요, 아니면 그냥 기사일 뿐인가요? 가끔 우리는 직설적인 질문보다 이런 사소한 질문에서 더 많은 걸 배운다. 번컴 경은 이렇게 말했다. "나는 작위를 수여받았지. 아내가 원해서였어." 이런 식으로 받는 작위는 몇 개인지 기억할 수조차 없게 많았다. "24시간 중에 15시간을 일하면서─"라고 수천 명의 전문직 남성들이 말을 시작했다.

"아뇨, 아뇨. 당신은 읽지도 쓰지도 못하잖아요. 그런데 왜 그렇게 일을 열심히 하죠?"

"아가씨, 가족 구성원이 많아지면—"

"그렇지만 왜 당신의 가족 성원이 늘어나죠?"

아내들도 원했기 때문이란다. 아니면 대영제국이든지. 답보다도 선명한 답은 거부였다. 도덕이니 종교니 이런 문제에 대답하는 사람은 거의 없었고 돌아온 답마저 전혀 진지하지 않았다. 부와 명예에 대한 질문들도 치우치기 마련이었다. 혹은 묻는 우리에게 막대한 손해를 안겨 주었다. 질은 이렇게 말했다. "확신컨대, 내가 자본주의 체제에 대해 물어봤던 때 할리 타이트부츠 경이 양고기를 자르고 있지만 않았어도 내 목을 쳤을걸. 우리가 계속해서 살아 도망칠 수 있었던 단 한 가지 이유는 그때 그 남자가 너무 배고팠고 기사도 정신도 넘쳤기 때문이지. 우리가 뭐라 말하는지 신경 쓰기에는 남자들이 우리를 너무 경멸해."

"그렇지, 남자는 여자를 경멸하지." 엘레노어가 말했다. "이건 어떻게 설명할래? 나는 예술가들에게 질문을 하지. 그런데 어떤 여자도 예술가였던 적이 없어. 혹시 있어, 폴?"

"제인 오스틴, 샬롯 브론테, 조지 엘리엇!" 폴이 뒷골목의 머핀 장사꾼처럼 소리쳤다.

"망할 여자들! 얼마나 지루한지!" 누군가가 언성을 높였다.

"사포 이후로 여성 일류 작가는 하나도 없었다." 엘레노어가 주간지를 인용하며 말을 시작했다.

"사포가 홉킨 교수의 선정적 발명품이라는 건 잘 알려져 있지." 루스가 끼어들었다.

"어쨌든 어떤 여자도 글을 쓸 수 있었거나 앞으로 그럴 수 있으리라고 생각할 근거는 없어." 엘레노어가 말을 이었다. "작가들은 만날 때마다 쉼 없이 자기네 책에 대해서 얘기만 해. 정말 달변이지! 셰익스피어라도 되는 줄 알았다니까! 그리고, 장담컨대 작가들은 내 말을 믿더라고."

"그게 뭐라도 증명해 주니?" 제인이 말했다. "남자들은 다 그래. 그래 봤자 우리한테 하등 도움이 안 되는 듯하지만. 다음에는 현대 문학에 대해 조사하는 게 좋겠다. 엘리자베스, 이제 네 차례야."

엘리자베스가 일어나 본인은 질문에 대한 답을 찾기 위해 남자로 변장해 평론가인 체했다고 말했다.

"지난 오 년 동안 나는 꾸준히 새로 나온 책을 읽었어. 웰스는 가장 유명한 작가지. 그 다음은 아널드 베넷, 콤프턴 매켄지, 매케나, 월폴 정도가 있고."

그리고 엘리자베스는 자리에 앉았다.

"뭐라고 말 좀 해봐!" 우리는 소리쳤다. "아니면 그 사람들이 제인, 엘리엇을 능가할 아주 대단한 사람이라는 거야? 그리고 영문학은——네 조사 결과가 뭔데? '그 작가들은 영국 문학을 잘 이끌어 가고 있다'고?"

"응, 아주 잘." 엘리자베스는 한 걸음씩 불안하게 움직였다.

"그리고 그 사람들은 받는 것보다 훨씬 많이 주고 있어."

우리도 그에 대해서는 모두 확신했다. "그렇지만, 남자가 좋은 책을 쓰니?" 우리는 그녀를 몰아붙였다.

"좋은 책?" 엘리자베스는 천장을 쳐다보며 말했다. "너희가 알아야 할 게 있지." 그녀는 몰아치듯 빠른 속도로 말을 시작했다. "소설은 삶의 거울이야. 너희들도 교육이 가장 중요하다는 사실을 부정하진 못할걸. 만약 너희가 밤늦게 브라이튼에 홀로 있으면 얼마나 짜증나겠니. 어떤 집에서 머무르는 게 가장 좋을지도 모른 채로 말이야. 비까지 내리는 일요일 저녁이라고 쳐. 영화를 보러 가는 것도 좋지 않을까?"

"그게 무슨 상관이야?" 우리가 물었다.

"아니야── 전혀. 아무 상관 없지." 엘리자베스가 대답했다.

"사실을 말해 줘." 우리는 명령조로 말했다.

"사실? 하지만 근사하지 않니?" 엘리자베스는 엉뚱한 소리를 했다. "치터 씨는 지난 삼십 년 동안 매주 사랑이나 버터 발린 뜨거운 토스트에 대한 글을 썼어. 아들들은 모두 이튼에 보내고."

"사실을 말해!"

"사실이라── 사실은 문학과 아무런 상관이 없지." 엘리자베스는 앉았고 더는 어떤 말도 하지 않았다.

아무런 결론도 나지 않았다.

"자, 우리 결론을 종합해 봐야지." 제인이 말을 꺼내자 갑자기 창밖에서 언젠가부터 들려오던 웅웅거리던 소리가 커져 제인의 목소리를 물었다.

"전쟁! 전쟁이다! 전쟁이 선포됐다!" 거리에서 남자들이 소리 치고 있었다.

우리는 겁에 질려 서로를 바라보았다.

"전쟁이라니?" 우리는 울먹였다. "어떤 전쟁?" 우리는 그제야 너무 늦게, 아무도 하원에 파견하지 않았다는 사실을 깨달았다. 우리 모두가 까맣게 잊어 버렸다. 우리는 폴을 쳐다보았다. 런던 도서관에서 역사책을 많이 읽었으니 우리에게 답을 주리라 생 각하고 질문을 했다.

"남자들은 왜 전쟁을 하지?"

"매번 다르지." 폴은 차분히 대답했다. "예컨대 1760년에 는…" 고함 소리 때문에 그녀의 목소리가 묻혔다.

"1797년에는… 1804년에는… 1866년에는 오스트리아가… 1870년에는 프러전쟁이었고… 한편 1900년에는…"

"하지만 지금은 1914년이잖아!" 우리는 폴의 말을 막았다.

"아, 지금은 왜 전쟁을 하는지 모르겠어." 폴은 인정했다.

전쟁이 끝나고 평화조약이 맺어질 무렵, 나는 다시 캐스탈리 아와 마주앉아 있었다. 우리의 학회가 열리던 그 방에서였다. 우 리는 옛날에 썼던 그 책들을 다시 펼쳐보고 있었다. "5년 전에 우리가 무슨 생각을 했는지 보고 있자니 기분이 참 이상해." 내 가 중얼거렸다. 캐스탈리아가 어깨 너머로 책을 보며 한 부분을 읽었다. "우리는 좋은 사람과 좋은 책을 만들기 위해 산다." 우리는 아무런 말도 하지 않았다. "좋은 남자라면 정직하고 열정으로 가득하며 물욕이 적어야 한다."

"여자들이 쓰는 말이란!"

"세상에!" 캐스탈리아가 책을 저만치 밀치며 말했다.

"그렇게 바보 같을 수가! 다 폴네 아버지 잘못이야. 내가 생각하기론 일부러 그랬던 것 같아. 그 우스꽝스러운 유언 말이야. 런던 도서관에 있는 책을 전부 읽으라니. 만일 우리가 읽는 법을 안 배웠다면, 우리는 무지 속에서 아이를 낳고 그런 게 가장 행복한 삶이라 믿었겠지. 네가 전쟁에 대해 이야기하고 싶어 하는 건 알아. 죽어 가는 걸 보기 위해 아이를 낳는 공포 말이야. 하지만 우리 어머니들도 그랬고, 우리 어머니의 어머니들, 그리고 할머니의 어머니들도 그랬지. 그렇지만 아무도 불평하지 않았어. 글을 읽을 줄 몰랐으니까. 난 내 딸이 글을 읽는 법을 모르게 하려고 최대한 애썼지만, 그게 다 무슨 소용이겠어?" 캐스탈리아는 씁쓸해하며 한숨지었다. "어제는 앤이 신문을 손에 들고서는 나에게 이게 '사실'이냐고 묻기 시작하더라. 다음에는 로이드 조지 씨가 좋은 사람인지, 아널드 베넷이 좋은 소설가인지, 그리고 끝내 내가 신을 믿는지에 대해서도 물어보겠지. 그 애가 아무것도 믿지 않게 할 수 있을까?"

"그 애더러 남성의 지성은, 앞으로도 늘 그러겠지만, 근본적으로 여성의 지성보다 우월하다고 가르쳐 주면 되잖아?" 나는 이렇게 제안했다. 캐스탈리아는 표정을 펴며 우리의 오래된 기록물을 다시 보기 시작했다. "그래. 남자들의 발견과 수학, 과학, 철학, 그리고 학식을 생각하면…" 그러더니 캐스탈리아가 웃기 시작했다. "홉킨 교수와 머리핀은 잊지 못할 거야." 그녀가 말했다. 그리고 나는 다시 책을 읽으며 '캐스탈리아가 참 행복한가 보다'라고 생각했다. 그런데 캐스탈리아가 갑자기 책을 집어 던지더니 소리를 질렀다.

"오, 카산드라, 왜 자꾸 나를 괴롭게 하는 거야? 남자의 지성에 관한 우리의 믿음이 거대한 착각이라는 걸 전혀 모르겠어?"

"뭐?" 나는 소리 질렀다.

"아무 언론인이나, 교사나, 정치인이나 주택 관리인한테 물어 봐. 다들 남자가 여자보다 똑똑하다고 하지!"

그녀는 퉁명스럽게 말했다.

"내가 의심했던 대로야. 어떻게 안 그럴 수가 있겠어? 남자들이 아무것도 아닌 존재였을 때부터 여자들이 기르고 먹이고 편안하게 유지해 줘서 겨우 똑똑해진 거잖아? 다 우리 덕이라고!" 캐스탈리아가 울먹였다. "우리는 지성을 갖고 싶어 했고 이제는 그걸 가졌어. 지성은 근간에 있지. 지성을 계발하기 전의 소년보다 매력적인 게 없지. 보기에는 아름답고, 잘난 체하지도 않고, 문학과 예술의 의미를 본능적으로 알아채잖아. 자신의 삶도 즐기고 다른 사람들도 삶을 즐기게 하고. 그러다가 남들이 그 소년더러 지성을 계발하라 가르치지. 그리고 소년은 변호사나, 공무원이나, 장군이나, 작가나 교수가 되는 거야. 날마다 사무실에 나가고 해마다 책을 쓰지. 악마에게 뇌를 팔아 집안을 먹여 살린다고! 나중에는 우리를 불편하지 않게 만들고는 우리에게 다가오지도 못해. 만나는 여자마다 시혜적으로 대하고, 자기 아내한테마저 진실을 말하려 들지 않지. 그런 남자들을 품에 안으려면 눈을 감고 있어야 해. 맞아, 남자들은 온갖 훈장과 견장, 소득으로 스스로를 위로하지만 우리는 어떻게 우리를 위로하지? 십년만 참으면 라호르에서 주말을 보낼 수 있다는 사실로? 아니면 일본에 있는 가장 작은 벌레는 그 몸뚱이의 두 배나 되는 이름을 갖고 있다는 사실로? 오, 카산드라, 제발 남자들이 아이를 낳는 방법을 고안해 볼 수는 없을까? 방법은 그뿐이야. 남자들에게 순수한 의무를 주지 않는다면 좋은 사람이고 좋은 책들은 절대 나올 수 없어. 우리는 남자들의 무책임한 행동의 결실로 인해 파멸하고 말 거야. 세상에 셰익스피어 같은 사람이 존재했는지 아무도 알 수 없게 모두가 죽을 거라고!"

"너무 늦었어. 우리는 우리 아이도 잘 부양하지 못할 거야." 내가 답했다.

"그런데 너는 나더러 지성을 믿으라고 하는구나."

우리가 그런 이야기를 나누는 동안 남자들은 거리에서 목이 쉬도록 소리를 지르고 있었다. 듣자 하니 평화 조약이 막 체결되었다는 것 같았다. 소리는 잠잠해졌다. 비가 내리는 탓에 불꽃놀이는 하지도 못할 테였다.

"요리사가 『이브닝 뉴스』지를 가져 올 거야." 캐스탈리아가 말했다. "앤이 차를 마시면서 그걸 보겠지. 집에 가야겠어."

"전혀 소용없을걸. 이미 글을 읽을 줄 안다면, 앤이 스스로를 믿도록 가르칠 수밖에."

"그러면 조금 달라질 수도 있겠지." 캐스탈리아가 한숨을 쉬었다.

그래서 우리는 학회의 보고서를 치웠다. 앤은 인형을 가지고 아주 행복하게 놀고 있었고, 우리는 엄숙히 앤에게 운명의 선물을 주었다. 너는 우리 학회의 미래 회장으로 선출되었어. 앤은 울음을 터트렸다. 불쌍해라.

좋아하는 일을 한다는 것

어릴 때 나는 욕심이 꽤 많았다. 특히 본인이 잘났다고 생각하는 어중간한 아이들이 그렇듯 남들에게 인정받고자 하는 마음이 컸다. 내가 가장 좋아했던 고등학교 시절 은사님은 다정했지만 단호한 분이었고, 나는 누구보다 그분께 인정받고 싶어했다. 그분은 영어 공부를 위해 내게 조금씩이라도 자주 번역을 해보라고 하셨다. 나는 시간이 날 때마다 칼럼을 찾아 조금씩 번역했다. 번역의 결과물을 모아 은사님께 보여 드렸을 때, 격려는 잘하셔도 칭찬에는 인색하셨던 그분께 처음 칭찬을 받았다. 그래서 내가 아르바이트를 하며 모아둔 월급을 덜컥 번역 워크숍을 등록하는 데 썼는지도 모른다.

　번역 워크숍에서 포트폴리오를 낸다고 했을 때, 나는 여성 작가가 쓴 여성의 이야기를 번역하고 싶었다. 그래서 새로운 세상을 알게 되며 변화하는 여성의 삶에 대한 이야기인 「어떤 학회」를 내 첫 번역 작품으로 골랐다. 나는 「어떤 학회」의 첫 세 페이지만 읽고서 바로 이 책을 번역해야겠다고 생각했다. 남자는 좋은 책, 여자는 좋은 사람을 양성하는 것이 삶의 목표라고 생각하던 여자들이 어느 날 남자들이 본인의 책무를 다 하지 못한다는 것을 깨닫고 대체 어떻게 세상이 돌아가고 있는지 사회 곳곳에 잠입하는 학회를 결성한다. 이것이 첫 세 페이지의 내용이었기 때문이다.

어떤 사건을 겪으면, 사람은 그 사건 이전의 자신으로 돌아가지 못한다. 나에게도 「어떤 학회」의 주인공들이 느꼈던 깨달음의 순간과 비슷한 경험이 있었다. 그리고 그러한 경험 때문에 나는 나를 억압하는 족쇄를 발견하고 싸우는 사람이 될 수 있었다. 그 과정에서 나는 기쁘기도 했고 한편으로는 현실에 절망스럽기도 했다. 삶은 참 바뀌지 않는다. 한 세기가 지난 작품인데도 나는 주인공들과 유대감을 느꼈다.

캐스탈리아는 소설의 마지막에 딸인 앤이 글을 알지 못했으면 좋겠다고 말하지만, 그 소망은 이루어지지 않으리라는 것을 안다. 캐스탈리아는 본인의 눈과 귀를 가리던 달콤한 무지에서 벗어나 본인을 옥죄는 현실과 마주했으니 막을 수 없다는 걸 알아도 자신의 딸은 차라리 영원히 무지하길 바랐을 것이다. 그러나 배우 에즈라 밀러의 말처럼 "진실을 외면하고 행복한 사람보다 사실을 직면하고 슬픈 사람이 되는 게 낫다"고 나는 생각한다. 나에게도 현실을 몰랐다면 더 편했을 수도 있겠다고 생각한 순간이 몇 번이고 있었지만, 다시는 그 시절로 돌아갈 수도 없고 돌아가고 싶지도 않다. 나에겐 달콤한 허상보다 씁쓸한 현실이 더 값지다.

나는 국어도 영어도 서툴기 때문에 좋은 번역 결과물을 단숨에 내놓지는 못한다. 그래도 워크숍에 참여한 분들과 서로 결과물을 봐주고 조언을 해준 덕에 여러 번 수정하며 그래도 출판을 할 수는 있는 결과물을 만들어 냈다. 「어떤 학회」뿐만 아니라 다른 잘 쓰인 영문 글을 직접 번역할 기회도 있었다. 번역을 하지 않았다면 그런 명문들을 그렇게까지 여러 번, 자세히 읽을 생각을 못 해봤을 듯하다. 한번은 이언 매큐언이 쓴 「오로지 사랑 그리고 소멸뿐」(Only love and then oblivion)을 번역하기 위해 여러 번 읽다 울컥해 혼자 눈물을 쏟은 적이 있었다. 아무리 열심히 배운다한들 영어는 영원히 이방인의 언어일 것이라 생각했는데, 영어로 쓰인 글을 읽다가 감정이 북받치고는 '글과 교감하는 게 이런 거구나'를 느낀 적도 있었다. 번역을 하지 않았다면 결코 못 해봤을 값진 경험이다.

어느 날은 워크숍을 끝내고 집으로 돌아가는 길에 한강을 건너면서 참 행복하다고 생각했다. 속으로 혼자 행복하다고 생각하고서는 흠칫 놀랐다. 당시 12시간씩 서서 일하며 매일 생존하기에 바빴던 나는 한동안 그런 생각을 아무렇지 않게 한 적이 없었으니까. 좋아하는 일을 하면 몸이 피곤해도 행복할 수 있다는 걸 그때 처음 느꼈다. 그래서 아마 나는 번역을 업으로 삼지는 않더라도, 혼자서라도 계속 번역을 하지 않을까 싶다.

"The Angel of the Odd"

by Edgar Allan Poe

———

괴이의 천사
우연, 그 남용에 대하여

정호수
옮김

싸늘함이 느껴지는 어느 11월의 오후였다. 난 평소답지 않게 푸짐한 저녁을 막 해치웠고, 소화불량을 일으킨 트러플은 그중에서도 상당히 중요한 역할을 했다. 식당에서 난롯가에 발을 걸친 채 홀로 앉아 있던 나의 팔 옆에는 불가에 바짝 대놓은 작은 테이블이 있었다. 테이블 위에는 디저트를 대신할 와인, 증류주, 리큐어 병이 잡다하게 놓여 있었다. 아침에 글로버의 「레오니다스」, 윌키의 「에피고니아드」, 라마르틴의 「성지순례」, 발로우의 「콜럼비아드」, 터커만의 「시실리아」, 그리고 그리스월드의 「호기심」을 읽었기에, 흔쾌히 고백하건대, 약간 바보가 된 기분이들었다. 라피트 와인을 계속해서 여러 번 들이켜 정신을 차리려고 노력했지만 모두 허사였고, 나는 절망적인 심정으로 널브러진 신문에 관심을 돌렸다. "세입자 구함"란과 "개를 찾습니다"란을, 그리고 나서는 두 문단의 "도망간 배우자/문하생 찾음"란을 주의 깊게 정독한 뒤, 결연한 마음으로 편집기사면을 공략했다. 처음부터 끝까지 읽는 동안 단 한 글자도 이해할 수 없어서 내용이 중국어로 된 것은 아닌지 의심했다. 다시 끝부분부터 역방향으로 읽어 보았지만 성과는 없었다. 혐오감에 차서 신문을 버리기 직전이었다. 이 4페이지짜리 책자는 요행으로 인한 산물로서, 시인들조차도 비판하지 않을 내용이었다.

그 순간, 다음과 같이 시작하는 문단이 왠지 모르게 내 관심을 끌었다.

죽음에 이르는 길은 무수하고 또한 기묘하다. 런던의 한 신문은 기괴한 이유로 발생한 한 남자의 죽음을 언급하고 있다. 사망자는 '불어서 맞추기' 게임을 하던 중이었다. 이는 소모사(梳毛絲)를 긴 바늘에 끼운 뒤 이를 금속튜브 사이로 불어 목표물을 맞히는 게임이다. 남자는 바늘을 튜브의 잘못된 방향에 꽂고 숨을 강하게 들이켰으며, 그 결과 목구멍 안으로 바늘을 삼켰다. 바늘은 폐를 통과했고, 며칠 뒤 남자를 죽음에 이르게 했다.

기사를 읽으면서 나는 크디큰 분노에 빠졌지만, 무엇 때문인지는 정확히 알지 못했다. "이런 건" 하고 나는 내뱉었다. "가증스러운 거짓이야 —— 조악한 장난질이지 —— 코카인에 취해서 실수로나 만들어 낸 형편없는 조합에, 하루 일당으로 벌어먹는 어떤 한심한 삼류작가가 생각해 낸 찌꺼기 같으니. 이러한 작자들은 분에 넘칠 정도로 어수룩한 이 시대의 성향을 알아서 턱도 없는 수준으로 발생하는 일을 상상하는 것에 글재주를 써먹지. 무슨 기묘한 우발, 이라고 용어까지 붙이던가. 하지만 생각하는 지성인에게, 나처럼 말이야." 무의식적으로 검지를 코 옆에 갖다 대면서 덧붙였다. "나 같은 사람이 갖춘 깊은 이해력으로 볼 때 근래의 이런 '기묘한 우발'이 놀랍게 증가하는 현상이야말로 훨씬, 어떤 경우보다 최고로 기이하다는 점이 명백해. 내 자신에 관한 한, 앞으로 '기괴'한 부분이 조금이라도 있는 말은 뭐든 믿지 않겠어."

"마인 고트(세상에)*, 저런 바보 같으니!" 이제껏 들어 본 중에 가장 독특한 목소리가 답했다. 처음에는 귀에 웅웅 울리는 소리, 심한 숙취로 인한 이명인 줄 알았다. 하지만 다시 생각해 보니 큰 막대기로 빈 술통을 두드릴 때 나는 소리와 더 흡사했다. 아니, 그렇게 결론 맺었어야 했는데. 그러나 음절과 단어로 구조를 갖춘 소리였기 때문에 그럴 수 없었다. 평소의 나는 결코 긴장 따위를 하는 사람이 아닌 데다, 라피트 와인 몇 잔을 아주 조금 축인 덕에 조금 더 대담해졌다. 그 덕에 공포심이라고는 전혀

---

* Mein Gott; 영어의 'My God'에 해당하는 감탄사. 괴이의 천사는 독일어 억양과 단어를 섞어 말하고 있다.

느껴지지 않았고 그저 눈만 느릿하게 치떠서 조심스럽게 방안을 둘러보며 침입자를 찾았다. 하지만, 아무도 보이지 않았다.

"허!" 내가 계속 두리번거리자, 목소리가 다시 들렸다. "넌 돼지처럼 취한 모양이군. 내가 바로 옆에 앉아 있는데도 보지 못하는 걸 보니 말이야."

그제야 나는 바로 코앞을 볼 생각을 했다. 앞에는 확실히, 테이블 위에 어떤 형상이 나를 마주한 채 앉아 있었다. 어디서도 본 적 없는 형태였지만, 한번에 설명할 수 없을 모양새는 아니었다. 몸체는 와인통이나 럼주통, 혹은 그런 유의 무언가였다. 진정 셰익스피어의 희곡 『윈저의 즐거운 부인들』에 나오는 팔스타프** 풍의 자태를 가지고 있었다. 몸체의 하단에는 작은 맥주드럼통 두 개가 꽂혀 있었는데 다리 역할을 하는 것 같았다. 팔의 경우 몸체 상단에 붙어 있을 수 있는 최대 길이의 긴 병 두개가, 병목 부분이 손을 대신해 바깥 방향을 향한 채로 대롱거리고 있었다. 괴물의 머리로 보이는 부분은 독일 헤센식 수통이었다. 수통은 뚜껑 가운데에 구멍이 나 있는 커다란 코담뱃갑을 닮았다. (꼭대기에 달린 깔때기는 마치 넓은 챙이 눈 위로 처진 모자 같았다.) 수통으로 된 머리는 술통 상단 모서리에 달려 있었고 구멍은 나를 향해 있었다. 그리고 그 구멍, 꼬장꼬장한 노처녀의 입

** 셰익스피어의 「헨리 4세」, 「윈저의 즐거운 부인들」에 등장하는 인물로서, 술통만 한 뱃살을 가진 뚱뚱한 체격의 호색한. 허풍쟁이이며 방탕한 생활을 하는 타락기사이다.

처럼 툭 튀어나온 구멍을 통해 그 괴물체는 분명히 알아들을 수 있는 언어를 웅얼거리며 투덜대는 소음을 토해내고 있었다.

"그러니까, 넌 돼지처럼 술에 취한 게 틀림없어. 거기 앉아 있으면서 내가 여기 앉아 있는 것은 보지 못하다니. 그리고 내가 보기엔, 진정 넌 거위보다도 더 멍청이인 것이 확실해. 그 신문에 나온 내용을 믿지 못하다니. 이건 진실이야 ──말 그대로── 글자 하나하나 모두가 말이야."

"그대는 누구인가?" 왠지 모르게 혼란스러웠지만, 충분히 위엄 있게 내가 물었다. "이 안에는 어떻게 들어왔지? 그게 무슨 말인가?"

"내가 이 안에 어떻게 들어왔는지는 네가 알 바 아니야. 내가 하는 말은 내가 생각하기에 옳은 말이지. 내가 누구인지 자네에게 직접 보여 주려고 여기에 왔지." 그 형상이 대답했다.

"그대는 술에 취한 부랑자로군. 벨을 울려서 하인에게 그대를 길거리로 차서 쫓아 내보내라고 하겠어." 나는 대꾸했다.

"히! 히! 히!" 그 작자가 말했다. "후! 후! 후! 넌 할 수 없어."

"할 수 없다니!" 나는 외쳤다. "그게 무슨 뜻이지? 할 수 없다니, 무엇을?"

"벨이나 울리시지." 형상은 그 작고 야비한 입꼬리를 올리며 답했다.

그 말에 나는 내 협박을 실행에 옮기려고 몸을 일으키려 했다. 그러나 그 악당은 금세 테이블을 아주 매끄럽게 가로질렀다.

그리고 두개의 긴 병 중 하나의 주둥이로 내 이마를 톡 쳐서, 안락의자에서 몸을 반쯤 일으켰던 나를 다시 넘어뜨려 앉혔다. 말도 못하게 몹시 놀라 순간적으로 어찌할 바를 몰라 하는 사이 그는 다시 말하기 시작했다.

"이봐." 그는 말을 이었다. "가만히 앉아 있는 것이 제일 좋을 거야. 그리고 이제는 내가 누군지 알겠지. 나를 봐! 자! 나는 괴이의 천사다!"

"충분히 괴상하기는 하군." 나는 용기 내어 대답했다. "지금까지 천사라면 날개가 있을 거라고 믿어 왔는데."

"날개라니!" 그는 몹시 화가 나서 울부짖었다. "날개를 가지고 무얼 해? 마인 고트! 나를 닭 취급해?"

"아, 아니!" 화들짝 놀라 답했다. "그대는 닭이 아니지 — 확실히 아니야."

"그럼, 좋아. 가만히 앉아서 얌전하게 있어. 그렇지 않으면 널 다시 주먹으로 두들겨 버릴 테니. 날개가 달린 건 닭이고, 운트(Und; 영어의 and[그리고]에 해당하는 독일어) 부엉이에게 날개가 달렸지. 또 작은 악마에게 날개가 있고, 대장 토이펠(Teuffel; 악마)한테나 날개가 있지. 천사에겐 날개가 없어. 그리고 나는 괴이의 천사야."

"그럼 현 시점에 나와의 볼일은, 그러니까 —"

"볼일이라니!" 그 물체가 폭발하듯 뿜어냈다. "이런 막돼먹은 하룻강아지 같으니, 신사이자 천사인 내게 볼일을 묻다니!"

그 표현은 내가 참을 수 있는 수준을 넘어섰다. 아무리 천사의 입에서 나온 말이라도 말이다. 용기를 끌어내어 손닿는 거리에 있던 소금통을 움켜잡고 침입자의 머리를 향해 힘껏 내던졌다. 그럼에도 그가 피했던지 아니면 내 겨냥이 빗나갔던지, 난로 선반 위에 놓인 시계의 크리스털 덮개만 깨졌다. 괴이의 천사로 말하자면, 그는 이전에 한 것처럼 내 이마를 세게 두세 번 연이어 두들기는 행동으로 내 공격에 대한 감정을 분명하게 드러냈다. 나는 단번에 제압당했고 고백하기에 매우 창피하지만 고통 때문인지 아니면 분해서였는지, 눈물이 약간 났다.

"마인 고트!" 내가 고통스러워하자 확연하게 누그러진 말투로 괴이의 천사가 말했다. "마인 고트, 넌 매우 취했거나 매우 후회스럽거나 둘 중 하나군. 너무 독한 술을 마시지 마─그 와인에는 물을 타서 마셔야 하지. 자, 이걸 마셔. 착하지, 이제 울지 마─그만!"

괴이의 천사는 내 잔을 채웠다. (잔에는 포트와인이 삼분의 일 정도 채워져 있었다.) 손 대신 달린 병에서 무색의 액체가 흘러나왔다. 관찰한 바로는 병 주둥이에 라벨이 각각 붙어 있었고, 라벨에는 "키르슈"*라고 적혀 있었다.

천사의 배려 넘치는 친절은 나를 상당 부분 진정시켰다. 그리

---

* Kirschenwasser; 체리나 버찌를 발효시킨 것을 증류한 무색의 브랜디.

고 내 포트와인을 두세 번 물로 희석해 준 덕분에, 한참 뒤에는 그의 매우 괴상한 화법에 귀 기울일 수 있을 징도로 충분한 평징심을 되찾았다. 내게 한 말 전부를 서술할 수는 없겠으나, 그의 말로 미루어 볼 때 괴이의 천사는 인류의 불의의 사고를 주재하는 능력자로, 하는 일은 회의론자들을 계속적으로 경악시킬 기이한 우연들을 만들어 내는 것이었다. 한 번인가 두 번인가 천사의 허세를 도저히 믿을 수 없다는 속내를 드러내자 그는 몹시 강하게 화를 냈다. 그래서 마침내 나는 아무 말도 하지 않는 것이 더 현명한 방법이라고 생각하게 되었고, 천사가 원하는 대로 하게끔 내버려 두었다. 그의 말은 상당히 길게 이어졌다. 그동안 나는 그저 눈을 감고 의자에 기대어 건포도를 오도독 씹어 먹으며 건포도 꼭지를 방안에 튕겨 던지며 놀았다. 그러나 잠시 뒤, 갑자기 천사는 그런 나의 행동을 자신을 무시하는 것으로 받아들였다. 끔찍할 정도로 흥분하며 일어난 그는 깔때기 모자를 눈 위로 내려썼다. 천사는 방대한 길이의 저주를 퍼부으며 내가 정확하게 이해할 수 없는 말로 협박 비슷한 것을 내뱉었다. 마지막에는 낮게 허리를 숙여 보이고 떠나면서 기원하기를, 프랑스 풍속소설 『질 블라스 이야기』 속의 대주교가 자신을 평가한 주인공 질 블라스를 해고하며 했던 작별인사를 그대로 인용했다. "beaucoup de bonheur et un peu plus de bon sens."(앞으로 번영과 더불어 좀 더 나은 분별력이 생기시기를.)

그가 떠나자 비로소 나는 안심할 수 있었다. 라피트 와인을 아주 조금 홀짝인 것 때문인지 졸음이 쏟아지기 시작했고 15분에서 20분 정도 눈을 붙일 마음이 생겼다. 낮잠은 평소 저녁 식사 후 내가 의례적으로 하던 습관이기도 하니까. 6시에는 중요한 일정이 있었다. 반드시 잊지 말아야 할 아주 중요한 일정이었다. 내가 살고 있는 집의 보험 약정이 어제부로 만료됐고, 무슨 문제가 발생해서 6시에 보험회사의 이사진과 만나 갱신 건에 대하여 정리하기로 합의한 상태였다.

난로 선반 위 시계를 흘긋 올려다본 뒤 (손목시계를 꺼내 보기에는 너무 졸음이 쏟아졌다), 나는 아직 25분이라는 시간이 남아 있다는 사실을 알고 기뻐했다. 현재는 5시 반이고, 걸어서 5분이면 보험회사 사무실까지 쉽게 도착할 수 있다. 평소 나는 식사 후 25분 넘게 낮잠을 잔 적이 없었다. 충분히 안심할 수준이라고 생각한 나는 곧바로 편안하게 수면에 자신을 맡겼다.

만족스럽게 낮잠을 마무리한 뒤 다시 시계를 본 순간, 나는 기이한 우연의 가능성을 믿어 볼까 하는 생각이 잠시 들었다. 졸았던 시간이 평소처럼 15분, 20분이 아니라 겨우 3분밖에 되지 않은 것이 아닌가. 약속 시간까지 20분하고도 7분이 더 남아 있었다. 나는 다시 낮잠에 빠져들었고, 한참 뒤 두 번째로 깨어난 순간 말을 못할 정도로 놀랐다. 여전히 6시가 되기 27분 전이었다. 벌떡 일어나 시계를 확인하니 시계는 멈춘 상태였다. 손목시계상으로는 7시 반이었다. 두 시간 동안 자 버렸으니 당연히 약속에 가기에는 너무 늦었다. "상관없겠지." 나는 중얼거렸다.

"아침에 회사에 연락해서 사과하면 돼. 그새 시계가 어떻게 된 거야?" 시계를 확인해 보고 괴이의 천사와 대화하던 중에 이리저리 날렸던 건포도 꼭지가 깨진 크리스털 틈새로 날아 들어갔음을 알았다. 날아 들어간 건포도 꼭지는 요상하게도 시계태엽 구멍에 끝부분이 튀어나온 채로 걸려서 분침의 회전을 막고 있었다.

"이런, 무엇이 문제인지 알겠군. 딱 보니 알겠어. 자연적인 현상이야. 간혹 발생할 수 있을 만한 그런 유의 현상이지."

그 일에는 더 이상 관심을 두지 않고 평소와 같은 시간에 잠자리에 들었다. 침실에서 침대머리 옆 탁자에 초를 하나 두고 『신의 편재성』몇 페이지를 정독하려 시도하던 나는 20초도 지나지 않아 불행히도 촛불을 끄지 않은 채 잠들어 버렸다.

괴이의 천사의 환영(幻影) 때문에 꿈자리는 기가 막히게 뒤숭숭했다. 그가 소파 끄트머리에 서 있는 듯한 느낌이 들었다. 커튼을 걷어 젖히고는 럼주통에서 나오는 공허하고 밉살스러운 톤으로 나를 위협하며 이전 자신에게 준 모욕에 대한 가장 쓰디쓴 복수를 했다. 긴 설교는 깔때기 모자를 벗는 것으로 마무리되었다. 천사는 내 식도에 튜브를 꽂아 엄청난 양의 술에 푹 잠기도록 대양과 같이 키르슈를 들이부었다. 끊임없는 홍수와 같이 부어진 키르슈는 팔 대신 달린 목이 긴 병에서 흘러나왔다. 고통은 참을 수 없을 만큼 길었고, 쥐가 탁자 위 켜진 촛불을 넘어뜨리는 순간 깨어났다. 하지만 쥐가 구멍으로 도망치는 것만큼은 잡지 못했다. 얼마 되지 않아, 질식할 것 같은 강한 악취가 내 코털을 강타했다. 명백하게 알 수 있었다. 집이, 불타고 있었다. 몇 분 되지 않아 화염이 맹렬하게 들이닥쳤고, 놀라울 정도로 짧은 시간 안에 건물 전체가 불꽃에 휩싸였다.

방의 출구는 창문을 제외하고는 모두 차단되었다. 구경꾼들이 재빨리 긴 사다리를 가져다 세웠다. 나는 신속하게 사다리를 타고 내려갔고, 누가 봐도 안전해 보였다. 하지만 바로 그 순간, 퉁퉁한 뱃살 그리고 무엇보다 전체적인 분위기와 인상이 왠지 모르게 괴이의 천사를 연상시키는 거대한 돼지가 나타났다. 이 돼지는 ──세상에 정말── 그전까지는 진흙 속에서 조용히 뒹굴고 있었다. 그런데 갑자기 왼쪽 어깨를 긁어야겠다는 마음을 먹고는 사다리 발치가 어깨를 대고 긁기에 가장 적격이라고 본 모양이다. 나는 순식간에 낙하했고, 불행히도 팔이 부러졌다.

보험자격을 이미 상실한 내가 이 사고로 인해 잃은 머리카락의 상태는 더욱 심각했다. 머리 전체가 불에 그슬려 벗겨진 것이다. 화재를 당한 뒤 강한 자극에 민감해진 나는 마침내 아내를 맞이하기로 마음을 먹었다. 일곱 번째 남편을 잃고 비탄에 잠긴 부유한 미망인이 있어 그 상처 입은 영혼을 결혼서약으로 감싸주겠다고 말했다. 미망인은 주저하며 내 청혼에 승낙했다. 나는 감사와 경애의 표시로 그녀의 발치에 무릎을 꿇었다. 얼굴을 붉힌 미망인은 고개를 숙였고, 풍성한 머리칼이 내가 임시로 붙인

그랑장표* 가발 가까이 닿았다. 어떻게 엉켜버린 것인지 모르겠으나 실제로 그런 상황이 발생했다. 나는 빛나는 정수리를 훤히 드러내고 가발 없이 일어섰고 경멸과 분노에 찬 미망인은 이질적인 머리칼 다발 속에 반쯤 파묻혀 있었다. 그렇게 그 미망인을 향해 품었던 내 희망은, 확언컨대 대비할 수 없었던, 하지만 자연스럽게 이어진 일련의 우발적 상황으로 인해 끝장나 버렸다.

절망에 빠지는 대신에 나는 덜 빡빡한 사랑을 사로잡는 작전에 착수했다. 운명은 짧은 시간 사이에 다시 순조로워졌지만, 또 한번 사소한 사건이 개입했다. 도시의 엘리트들로 가득 찬 거리에서 약혼녀를 만나게 된 나는 그녀에게 보여 줄 수 있는 가장 다정한 모습으로 인사를 건네기 위해 서두르던 참이었다. 하지만 순간, 알 수 없는 작은 입자가 눈에 들어가 아무것도 보이지 않게 되었다. 다시 볼 수 있게 되기도 전에 내 사랑은 —내가 일부러 무례하게 인사도 없이 지나쳤다고 믿고는 참을 수 없을 만큼 모욕감을 느낀 채 —사라져 버렸다. 나는 이 갑작스러운 돌발 상황(태양 아래 서 있는 사람이라면 누구에게든지 발생할 수 있는 일임에도 불구하고)에 어리둥절해서 서 있었다. 그리고 여전히 앞을 볼 수 없는 상황이 계속되는 와중에, 괴이의 천사가 다가와서 말을 걸었다. 천사는 전혀 기대치 않았던 정중한 태도로 도움

---

* Auguste Grandjean: 실존했던 뉴욕의 미용사, 가발장인.

을 제의했다. 망가진 내 눈을 조심스럽고 능숙하게 확인하고는 멍울이 있다며 ("멍울"이 무엇인지는 모르겠지만) 그것을 끄집어내고 나를 안심시켰다.

이제 차라리 죽어야 할 때라고 판단한 나는 (운명이 나를 박해하려는 것이 너무나도 분명했기에) 가장 가까운 강으로 향했다. 옷을 벗어 던지고 (태어난 모습 그대로 죽으면 안 될 이유는 없으니) 급류에 머리부터 거꾸로 뛰어들었다. 그런 내 운명의 유일한 목격자는 홀로 남겨진 까마귀 한 마리였다. 까마귀는 브랜디로 적신 옥수수에 정신이 팔려 비틀대며 무리로부터 떨어져 있었다. 이 새는 내가 물에 뛰어들자마자 내 옷가지 중 제일 없으면 안 될 부분을 가지고 날아가야겠다는 생각에 사로잡혔다. 그 때문에 현시점으로서는 자살 계획을 미루고, 다리 끝을 코트 소매에 꿰어 넣어 지금 필요로 하는 한, 그리고 상황이 허락하는 한 최대로 민첩하게 그 악당을 쫓았다. 그러나 악랄한 운명은 여전히 남아 있었다. 코는 위로 쳐들고 내 소유물을 훔친 도둑에게만 집중하며 최대 속도로 달리던 중에, 나는 갑자기 발이 더 이상 단단한 대지 위를 딛고 있지 않음을 깨달았다. 사실 나는 벼랑 위로 몸을 날려 버렸고, 추락해서 산산조각으로 부서질 뻔했다. 그러나 운 좋게 긴 밧줄의 끝을 붙잡았다. 지나가던 열기구에서 내려온 밧줄이었다.

내가 직면한, 아니 보다 정확하게 말하자면 매달려 있는 굉장한 곤경을 파악하는 데에 충분한 정신을 회복하자마자 젖 먹던

힘까지 다해 머리 위에 있을 열기구 비행사에게 내가 위기 상황임을 알려 주려 분투했다. 그러나 긴 시간 동안의 노력은 허사였다. 비행사가 멍청이라서 알아차리지 못했던지, 아니면 악당이어서 일부러 그랬던지 둘 중에 하나겠지. 잠시 뒤 열기구는 급속히 솟구쳤고, 팔 힘은 더 급속하게 빠졌다. 주어진 운명에 굴복하고 바다 속으로 조용히 추락하려던 순간, 갑자기 위에서 들려온 공허한 목소리에 정신이 번쩍 들었다. 그 목소리는 마치 오페라처럼 느릿하게 흥얼거리는 것 같았다. 위를 보고 나는 상대가괴이의 천사임을 알아차렸다. 그는 팔짱을 긴 채, 기체 가장자리에 기대어 파이프를 입에 물고 느긋하게 연기를 내뿜고 있었다. 천사는 그보다 더 평온해 보일 수 없었다. 말을 하기에는 너무나지쳐 그저 애원하는 눈빛으로 그를 보았다. 몇 분 동안 그는 내얼굴을 바라보면서도 아무 말도 하지 않았다. 한참 후에 그 존재는 오른쪽 입가에서 왼쪽으로 파이프를 조심스럽게 옮겨 물고는 거들먹거리며 말했다.

"넌 뭐지?" 그가 물었다. "감히 어떤 사람이 되려 하나?"

무례하고 잔혹한, 그리고 으스대는 그 언사에 나는 오직 한마디의 말만 외칠 수 있었다.

"도와줘!"

"도와줘!" 불한당이 따라 외쳤다. "안 돼. 저기 병이 있네. 얼마든지 마셔. 그리고 내게 복종해라!"

그렇게 말하며 그가 무거운 키르슈 병을 정확하게 내 정수리에 던지는 바람에 뇌가 완전히 튕겨져 나가는 줄 알았다. 정말 뇌가 튕겨져 나가 버릴지도 모른다는 생각에, 밧줄 잡은 손을 놓아버리고 기꺼이 죽음을 받아들이려고 했다. 그러던 차에 천사의 포효에 붙들렸고, 그는 줄을 잡으라고 명령했다.

"붙잡아!" 그가 말했다. "서두르지 마, 그러면 안 되지. 한 병더 받겠나, 아니면 이제 술이 깨서 분별을 찾은 건가?"

나는 곧바로 황급하게 고개를 두 번 끄덕였다. 한 번은 부정, 그러니까 지금은 더 마시고 싶지 않다는 뜻으로. 그리고 두 번째는 술이 깨서 완전히 분별이 생겼다는 걸 알리기 위해서였다.

"그리고 이제 넌, 마침내 믿는 건가? 기묘한 사건의 가능성을?" 그가 캐물었다.

나는 또 다시 동의한다는 뜻으로 고개를 끄덕였다.

"그리고 나, 괴이의 천사의 존재를 믿는가?"

나는 다시 끄덕였다.

"그리고 자신이 눈먼 주정뱅이에 멍청이임을 받아들이고?"

나는 한 번 더 고개를 끄덕였다.

"오른손을 들어 왼쪽 바지 주머니에 넣어. 괴이의 천사에 대한 완전한 복종의 표시로서."

이건 정말 명백한 이유로 내게 불가능한 행동임을 깨달았다. 우선 왼쪽 팔은 사다리에서의 낙하로 인해 부러진 상태이므로 오른손을 놓으면 전부 놓아야만 했다. 둘째로, 까마귀를 붙잡기 전엔 내게 바지가 없다. 그렇기에 나는 마땅히 ——매우 유감스럽게도 ——부정의 표시로 머리를 흔들어야 했다. 그 순간만은 천사에게 그의 매우 합당한 요구를 따르기엔 힘들다는 것을 이해시키기 위해서였다. 그러나 머리를 흔들자마자 괴이의 천사는 으르렁댔다.

"그러면 지옥에나 떨어져라!"

그렇게 판결한 그는 날카로운 칼을 내가 매달린 밧줄을 향해 던졌다. 다음 순간 우리는 내 집 바로 위에 있었고 (나의 긴 여정 동안 보기 좋게 수리된 상태였다) 나는 널찍한 굴뚝 아래로 거꾸로 굴러 떨어져 식당 난로 바닥에 안착했다. 정신을 차리자 (추락 때문에 완전히 넋이 나가 있었다) 새벽 4시쯤 된 것을 알았다. 나는 열기구에서 떨어진 자리에 뻗어 누워 있었다. 머리는 꺼진 불의 잿더미 속에 구르고 있었고, 발은 뒤집어진 작은 테이블의 잔해에 올려진 채였다. 그리고 잡다한 디저트 조각들 사이에는 신문, 깨진 잔과 산산조각이 난 병, 그리고 빈 스키담 키르슈 주전자가 뒤섞여 있었다. 괴이의 천사는 복수를 이룬 것이다.

내가 선보인 첫 연기

에드거 앨런 포. 영미단편문학선에서 빠지지 않는 이름이지만, 그의 작품들은 쉽게 손이 가지 않았다. 어릴 적 「검은 고양이」에 서 느낀 특유의 음울함에, 포는 펼쳐보는 것조차 꺼려지는 이름 이었다. 꽤 최근이 되어서야 포가 아름다운 「애너벨 리」의 작가 라는 걸 알았다. 머릿속 이미지가 본격적으로 변하게 된 건 우연 히 접하게 된 뮤지컬 「포」 덕이었다.

무대 위에 재연된 포에게는 사람을 끌어당기는 낭만적인 매 력이 있었다. 그의 삶은 짧았지만 한순간 불타오르는 불꽃만큼 강렬했고, 가슴을 두드리는 울림이 있었다. 자신의 눈에 비친 생 동감 넘치는 아름다움 자체를 표현하고자 했던 천재. 「검은 고 양이」만이 포의 전부는 아니었다. 연인의 죽음을 노래하는 「애너벨 리」, "안 돼"(Nevermore)라는 말만이 공허하게 울리던 「갈가마귀」까지. 포는, 이제껏 듣지 못한 목소리로 이야기를 다시 들려주었다. 그는 더 이상 기괴함의 대명사가 아니었다. 그래서 처음으로 옮길 대상으로 망설임 없이 포를 선택했다.

옮긴다는 것, 즉 번역이란 두 언어 사이의 간극을 줄여나가는 것이라고 생각해 왔다. 내게 있어 언어는 항상 놀이 대상이었다. 언어가 좋았다. 언어에 따라 새로워지는 발음과 거기에 담긴 이야기가 좋았다. 하나의 언어를 다른 언어로 완벽하게, 그대로 변환할 수 없다는 사실과 그 미묘한 차이점을 알아가는 과정은 지금도 나를 즐겁게 한다.

처음으로 작품을 옮기면서 새로 깨닫게 된 점은, 문학 번역은 그러한 놀이를 넘어선 복합적 재창작의 영역이라는 것이다. 나만의 즐거움을 넘어 그 감정을 표현하는 부분까지 포함하고 있었다. 실존인물인 포의 삶을 재해석해서 보여 준 무대 위 배우들처럼, 일종의 액팅(Acting)인 것이다.

처음에는 욕심이 많았다. 각 문장의 분위기와 묻어나오는 뉘앙스를 최대한 살리고 싶었다. 「괴이의 천사」는 전에는 알지 못했던 포의 익살스러운 유머감각마저 보여 주는 매력적인 작품이었기에, 내가 느낀 매력을 독자가 동일하게 느낄 수 있는 번역을 하고 싶었다.

고고한 지식인인 척, 담담한 말투로 이야기를 풀어가지만 일련의 우발적인 사고로 오만의 대가를 톡톡히 치르는 주인공은 알코올중독자에 신랄한 문학비평가였던 포를 연상케 한다. 자칭 천사지만 행동거지나 외모는 오히려 심술궂은 악마에 가까운 괴이의 천사의 모습과 그의 독일식 억양 역시 소설을 더욱 흥미롭게 만들었다.

아이러니하게도 이는 나를 제일 괴롭힌 점이기도 했다. 제목부터가 난관이었다. 과연 원제인 "Angel of the Odd"를 어떻게 표현할 것인가? 천사는 사실 우리나라 정서와는 잘 맞지 않는 소재다. 게다가 괴이의 천사는 일반적인 천사의 이미지와 정반대인 캐릭터이기도 하다. 천사의 말투 역시 고민을 많이 했다. 제3국 언어를 구사하는 모습으로 표현할지, 아니면 어눌한 억양을 구사하는 모습으로 표현할지 고민했다. 하지만 우스꽝스럽게 보일 수 있어 억양에 대한 발음 묘사를 제외했다.

작품의 부제는 'Extravaganza'이다. '과도하게 사치스러운'라는 의미의 부제를 살리기 위해 내용과 연관 지어 고민을 했다. 작품의 내용은 남발되는 우연에 대한 불신을 내세운 오만한 주인공의 수난기쯤 되므로, 「우연, 그 남용에 대하여」라는 부제로 표현했다.

배우나 관객에게 좋은 연기란 대사와 지문만을 달달 외워 그대로 전하는 것이 아니다. 번역 역시 마찬가지다. 제1의 독자로서 작품과 소통하며 만난 이야기를 생동감 있게 전해야 한다. '옮김'이란 과정은 완전히 다른 문화적 배경과 어휘, 구조로 변환해 자연스럽게 읽히도록, 그리고 원문의 긴장감까지도 느낄 수 있게 문장 하나하나를 재구성하는 작업이었다. 배우가 대본을 본인이 해석한 대로 무대 위에서 호흡 하나하나를 표현해 내는 것과 같다.

「괴이의 천사─우연, 그 남용에 대하여」는 술주정뱅이의 한바탕 꿈과 같은 기이한 경험담이다. 내가 선보인 첫 연기를 본 독자에게 포에 대한 새로운 시각이 생김과 더불어 오만한 주인공의 기구한 운명에 한번쯤 피식, 하고 웃음 지을 수 있는 시간이 되었기를 바란다.

"An Unwritten Novel"

by Virginia Woolf

쓰지 않은 소설

노현정

옮김

참담할 만큼 불행한 그 표정만으로도 시선을 끌기에 충분했다. 불행이 아니라면 특별하지 않았을, 인간의 운명을 다 담고 있는 것만 같은 여자의 얼굴. 그 표정이 아니었다면 내 눈길이 신문 가장자리를 슬며시 타고 넘어 그 얼굴에 이끌리지는 않았을 것이다. 사람들의 눈에서는 그들의 삶이 보인다. 그 사람들이 배워서 터득한 삶이다. 한번 배우고 나면 아무리 감추거나 숨기려고 해도 절대 의식하지 않을 수 없게 된다. 무슨 말이냐고? 여하튼 인생이란 그런 것 같다는 얘기다. 맞은편에 앉은 다섯 개의 성숙한 얼굴. 묻어나는 다섯 가지 저마다의 앎. 그런데 참 이상하지, 왜들 저렇게나 감추고 싶어 하는지! 아무 말도 하지 않으려 애쓰는 게 저 얼굴들 가득 보이니 말이야. 입술은 굳게 다물고 눈은 내리깔고서, 다섯 사람 모두 자기 인생의 앎을 숨기거나 별것 아닌 것처럼 보이게 하려고 무엇인가를 하며 애쓰고 있지. 한 사람은 담배를 피워. 다른 한 사람은 책을 읽고, 세 번째 사람은 수첩의 목차를 훑어보지. 네 번째 사람은 건너편에 걸려 있는 노선도를 빤히 바라보고 있고. 그리고 다섯 번째 사람이 최악인데, 이 여자는 아무것도 하지 않고 있다는 거야, 글쎄. 그저 물끄러미 인생을 들여다보고 있지. 하지만, 이 불쌍하고 불행한 여자야, 이 게임 좀 제대로 해보자! 제발 우리 모두를 위해 좀 숨겨보란 말이야!

마치 내 이야기를 듣기라도 한 듯 여인은 위로 스윽 올려보더니, 자리에서 몸을 살짝 들썩거리고는 깊은 숨을 내쉬었다. 마치 나에게 변명을 하는 것 같기도 했고, 한편으로는 "당신이 뭘 안다고!"라고 말하는 것 같기도 했다. 그러더니 여자는 다시 인생을 바라보았다.

"하지만 나는 안단 말이야."

혼자 속으로 대꾸하고는 예의상 『타임』지로 눈길을 돌렸다.

"세상 일이 어떻게 돌아가는지 나는 알지. '독일과 연합국 간의 평화 조약이 어제 파리에서 공식적으로 시작… ——이탈리아 니티 수상——돈카스터에서 승객을 태운 열차가 화물 열차와 충돌….' 우리 모두들 알고 『타임』지도 알아. 하지만 우리가 모른 척하고 있을 뿐이야."

내 시선은 다시 한번 슬금슬금 신문 너머로 향했다. 그녀는 몸을 떨더니, 희한한 모습으로 팔을 뒤틀어 등에다 갖다 대며 고개를 가로저었다. 나는 다시 내 손에 들린 삶의 거대한 저수지에 손을 쑥 담가 본다.

"원하는 걸로 골라 보라 이거지."

나는 속으로 말했다.

"탄생, 죽음, 결혼, 궁정 소식, 새의 습성, 레오나르도 다빈치, 샌드힐즈 살인사건, 높은 연봉과 생활비… 오, 뭐든 골라 봐요, 『타임』지에 다 있답니다!"

끝없는 무기력이 가득한 얼굴로 그녀는 다시 고개를 이쪽저쪽으로 까딱까딱하다가, 이내 돌다 지친 팽이처럼 고개를 얌전히 내려놓았다.

여자가 내뿜는 슬픔은 『타임』지로도 막을 수 없는 지경에 이르렀다. 하지만 다행히도 다른 사람들이 우리의 소통을 막아 주었다. 신문지를 완벽한 정사각형 모양으로 접어서 삶도 뚫고 들어올 수 없을 만큼 빳빳하고 두껍게 만드는 것처럼 삶에 대항하는 좋은 방법도 없다. 나는 그렇게 나만의 방패로 무장한 후 흘끗 둘러보았다. 그런데 그녀가 내 방패를 뚫어 버리는 것이 아닌가! 그러더니 내 눈을 빤히 응시했는데, 마치 내 눈 깊은 곳에 가라앉은 용기의 조각을 찾아낸 다음 아주 흠뻑 적셔서 너덜너덜한 곤죽으로 만들어 버리려는 태세였다. 씰룩거리는 그녀의 얼굴만 봐도 모든 희망을 부정하고 모든 환상을 거부한다는 것을 알 수 있었다.

그렇게 우리는 덜컹거리며 서리 주를 지나고 서식스 주의 경계를 넘었다. 『타임』지 속의 인생에 한눈을 팔고 있던 나는 그동안 여행객들이 하나둘씩 모두 떠나 버리고 이제 책을 읽는 남자와 우리만 남았다는 사실을 뒤늦게 깨달았다. 스리브리지스 역에 들어섰다. 기차는 천천히 플랫폼을 끌어당기다 이내 정지했다. 남자가 우리만 남겨 두고 갈까? 그랬으면 좋겠기도 하고, 안 그랬으면 싫기도 하고, 마음이 이랬다저랬다 했지만 마지막 순간에는 그가 머물러 주기를 기도했다. 그 순간, 남자는 벌떡 몸을 일으키더니, 질렸다는 듯 거만한 태도로 신문을 구겨 접고서 문을 벌컥 열고 떠나 버렸다. 그렇게 우리 둘만 남아 버렸다.

　이 가련한 여인은 몸을 살짝 앞으로 기댄 채 창백하고 생기 없이 나에게 말을 걸었다. 정거장과 공휴일, 이스트본에 사는 형제들에 대해 이야기했다. 그리고 그맘때의 계절에 대해서도 이야기했다. 그게 언제쯤이었는지 지금은 다 잊어버렸지만 말이다. 그러다 마침내 여자는 창밖을 보던 눈길을 거두었다. 나는 그녀가 이제 오로지 삶만을 바라보고 있음을 직감했다. 그러더니 이내 속삭이듯 이야기를 꺼냈다.

　"멀리 떨어져 사는 것… 그게 문제예요…"

　아, 마침내 우리에게 재앙이 닥쳐오고야 말았다.

　"제 시누이가요…"

　여자의 말투는 차가운 칼날 위의 레몬처럼 쌉싸름하게 느껴졌고, 내가 아니라 자기 스스로에게 중얼거리듯 이야기를 이어

나갔다.

"허튼 소리라고 할 거예요. 사람들은 늘 그렇게 말하죠…."

마치 자기 등이 진열창에 걸린 닭의 깃털 뽑힌 등껍질인 것 마냥 여자는 이야기를 하는 내내 몸을 꿈지럭거렸다.

"오, 저기 암소!"

여자는 갑자기 하던 이야기를 멈췄다. 들판 위 나무 젖소 모형에 놀란 것 같기도 했고, 해서는 안 될 이야기를 하려다 이제야 제정신을 차린 것 같기도 했다. 그러고는 갑자기 몸을 부르르 떨더니 아까도 본 적 있는 이상한 각도로 움직거렸다. 경련이 일어난 듯 씰룩거렸고, 어깨 사이 어디쯤이 쓰리거나 가려운 듯 불편한 모양새였다. 이내 여자는 세상 가장 불행한 여인의 모습으로 돌아왔다. 아까와 같은 확신은 없었지만, 나는 다시금 속으로 그녀를 흠보았다. 뭔가 나름의 이유가 있을 수도 있겠지만, 혹시나 내가 알아 버린다고 해도 그 이유는 이미 삶에서 사라졌을 거라는 생각 때문이었다.

"시누이들이란."

내가 입을 떼자 여자는 불만이라도 있는 듯 앙 다문 입술을 삐쭉 내밀었다. 꼭 그 단어에다 독이라도 뿜어 버릴 것 같았는데, 막상 장갑을 벗더니 차창 유리 위 얼룩을 세게 문질러 대기만 하는 것이었다. 마치 영원히 없애 버리려는 듯했다. 어떤 자국, 지울 수 없는 더러운 흔적 같은 것을. 아나나 다를까 그렇게 문지르는데도 얼룩은 그대로였다. 여자는 몸을 바르르 떨며 팔짱을 끼더니 다시금 아까의 축 처진 모습이 되었다. 왠지 모르게 나도 그래야 할 것만 같아져서, 장갑을 벗고 유리창을 문질러 보았다. 내 유리창에도 작은 얼룩이 있었다. 역시나 아무리 닦아내도 그대로였다. 바로 그때 몸에 경련이 와서 나는 한쪽 팔을 구부려 등 한가운데를 잡아 뜯었다. 내 피부도 꼭 진열장에 걸린 닭 껍데기처럼 찝찝하게 느껴졌다. 양쪽 어깨 사이 어딘가가 간지럽고 성가신 것이, 뭔가 눅눅한 듯 쓰라린 듯 느껴졌다. 손이 닿으려나? 남몰래 슬쩍 한번 해봤다. 그녀가 나를 봤다. 무한한 비웃음과 슬픔이 비치는 미소가 휙 스치듯 사라졌다. 하지만 여자는 나에게 기어코 전달하고야 말았다. 자기의 비밀을 공유했고 내게 독을 전파하고야 말았다. 그러니 더는 말할 생각이 없는 듯했다. 나는 구석에 기댄 채 여자의 눈을 피하며 겨울 풍경 속의 회색과 보라색, 언덕과 골짜기를 바라보았다. 나는 그녀의 메시지를 읽고, 비밀을 읽어냈다. 그녀의 시선을 받으면서.

시누이의 이름은 힐다다. 힐다? 힐다라고? 힐다 마시라고 하자. 혈색 좋고 가슴이 풍만하며 딱 중년의 부인 같은 힐다. 택시가 정차하는 사이 힐다는 동전을 들고 문 앞에 서 있다. "불쌍한 미니. 왜 이렇게 비쩍 말랐대? 전보다 더 메뚜기 같아졌네. 외투는 작년에 입었던 오래된 망토에다… 어휴, 그래, 요즘 같은 세상에 애 둘 데리고서는 뭘 더 못하지 암. 아니, 미니, 내가 낼게. 여기 있슈, 기사양반. 나한테는 잔꾀 부려봤자 턱도 없어요. 들어와, 올케. 어이구, 내가 아주 번쩍 들어 올릴 수도 있겠어 그래! 바구니는 좀 내려놓고." 그렇게 그들은 다이닝룸으로 들어간다.

"얘들아, 미니 숙모야."

꼿꼿하게 서 있던 포크와 나이프가 천천히 내려앉는다. 밥과 바버라는 쭈뼛거리며 뻣뻣하게 손을 내민다. 다시 의자에 앉은 둘은 한입 가득 채우며 그녀를 쳐다본다. (이런 것들은 다 건너뛰자. 장식품, 커튼, 세잎클로버 모양 접시, 노랗고 길쭉한 치즈, 하얗고 네모난 비스킷… 다 생략하고… 어, 그런데 잠깐! 한창 식사를 하던 중 갑자기 한 사람이 몸을 떤다. 밥은 숟가락을 입에 문 채 그녀를 빤히 쳐다본다. "밥, 먹던 푸딩이나 계속 먹자." 힐다는 심기가 불편한 눈치다. "올케는 왜 움찔거리는 거야?"

생략… 또 생략하고… 이제 우리는 위층으로 간다. 놋쇠 모서리에, 리놀룸 바닥으로 덮인 계단… 오, 좋은데! 이스트본의 지붕들이 내려다보이는 작은 침실. 애벌레의 등껍질마냥 지그재그로 놓인 지붕들. 여기, 저기… 빨간 줄, 노란 줄… 짙은 남색 슬레이트 지붕….)

자, 미니, 이제 문이 닫혔어. 힐다는 아주 묵직한 걸음으로 지하실로 내려가지. 바구니 끈을 풀고, 변변찮은 네 나이트가운을 꺼내어 침대 위에다 올려놓고, 털 슬리퍼 옆에 나란히 서 보네. 거울이 있는데, 아, 거울은 안 보고 피하는구나. 그나저나 모자용 핀은 참 꼼꼼하게 잘도 정리해 두었네. 저 조개껍데기로 만든 상자 안에는 뭔가가 들어 있으려나? 당신은 한번 흔들어 보지. 작년에도 있던 진주 장신구가 전부구나. 그러더니 코를 훌쩍이며 한숨을 쉬고는 창가에 앉는다. 12월의 어느 오후 3시. 부슬부슬 비가 내린다. 포목점 채광창에서 한줄기 빛이 희미하게 새어 나오고, 하인의 방에서는 환한 빛이 뿜어져 나오다 금세 사라지고 만다. 미니가 바라볼 것이 사라지고 말았다. 순간 멍해진다. 바로 그때, 미니 당신은 무슨 생각을 할까? (저 여자의 반대쪽으로 가서 살짝 보고 싶단 말이야. 자고 있거나 아니면 잠든 척하고 있는 것 같은데, 오후 3시에 창가에 앉아서 저 여자는 과연 무슨 생각을 할까? 건강? 돈? 고지서? 아니면, 신?)

그래, 의자 끝에 걸터앉아서 이스트본의 지붕들을 바라보며, 미니 마시는 신에게 기도를 하는 거다. 그게 딱 좋겠다. 마치 신을 더 잘 보고 싶다는 듯 유리창을 또 문지르는 것도 좋겠네. 그런데, 무슨 신을 보려는 걸까? 그녀의 신, 이스트본 뒷골목의 신, 오후 3시의 신은 대체 누구일까? 나도 물론 지붕은 보고 하늘은 봐. 하지만, 세상에, 신을 본다는 건…! 앨버트 왕자보다는 크루거 대통령*에 가까운 걸로 하자. 그게 내가 해줄 수 있는 최선이겠네. 저기 그가 보인다. 무릎까지 오는 긴 검정코트를 입고 의자에 앉아 있는데, 일어서도 딱히 그리 크지는 않을 것 같은 느낌이야. 걸터앉을 만한 구름 한두 점쯤이야 내가 마련해 줄 수 있지. 구름 속에서 끌려 내려온 그의 손에는 막대 하나가 들려

---

* 폴 크루거: 남아프리카공화국의 초대 대통령

있는데, 검정색에 굵고 뾰족뾰족한 것이… 혹시 곤봉인가? 이 잔인하고 못된 깡패 영감! 그렇다면 간지러움, 반점, 경련, 그게 다 저자가 내려 보낸 것이었나? 그래서 미니가 기도를 하는 것일까? 그녀가 유리창에서 닦아내고 싶어 하는 자국은 죄의 흔적인 것이야. 오, 그래! 뭔가 죄를 저지른 것이 틀림없어.

그럼 이제 어떤 죄로 골라보면 좋을까나. 순간 어느 숲의 이미지가 휙 나타났다 사라진다. 여름에는 초롱꽃이 가득하고, 숲 가운데 빈터에는 봄이면 달맞이꽃이 가득한 곳이다. 이별했던 때가, 언제였더라… 20년 전이었나? 서약이 깨진 거겠지? 물론 미니 쪽에서 그런 건 아니지! 미니는 늘 믿음직스러운 사람이었으니까. 제 엄마를 얼마나 잘 보살폈는데! 모아둔 돈을 전부 묘비며, 유리관에 들어간 헌화며, 유리병의 수선화에다 몽땅 쏟아부은 사람인데 말이야. 아차, 이야기가 또 옆으로 샜네. 범죄라… 사람들이야 뭐 그 여자는 늘 슬픔에 빠져 있었고, 비밀을 숨겼다고 하겠지. 과학을 따지기 좋아하는 사람들이야 그녀의 섹스 이야기 같은 걸 할 테고. 미니를 섹스 따위와 엮어서 말하다니 무슨 말도 안 되는 소리를 하는 건지! 아니, 차라리 이런 거지. 20년 전 크로이던 거리를 지나가다가, 포목점 쇼윈도에서 보랏빛 리본 고리를 보는 거야. 형광등 불빛에 반짝이는 그 리본에 마음을 사로잡혀서 여섯 시가 넘도록 떠나지 못하고 머무르지. 아직은 그래도 뛰어가면 집에 도착할 수는 있는 시간이야. 미니는 유리로 된 회전문을 밀고 가게 안으로 들어가. 마침 세일기간이고, 야트막한 선반은 리본으로 가득하지. 미니는 멈춰 서서 이 것도 만져보고 저기 장미 장식이 달린 것도 건드려 봐. 사실 뭘 고를 필요도 없고 사지도 않을 거지만, 선반의 리본 하나하나가 다 너무 예뻐서 깜짝깜짝 놀라지.

"일곱 시까지는 영업해요."

그렇게 일곱 시가 됐지 뭐야. 미니는 달리고 또 달려서 집에 도착했는데, 너무 늦어버렸어. 이웃사람들… 의사… 어린 남동 생… 주전자… 화상… 병원… 그리고 죽음. 그것들에 충격을 받 아서 그런 걸까? 아니면 그게 다 자기 탓이었을까? 아니야, 그런 자세한 것들이 중요한 게 아니야 지금! 미니가 떠안고 있는 게 무엇인지가 중요한 거지. 미니는 두 어깨 사이에 평생 그 자국과 죄의식, 그리고 속죄해야 할 짐을 짊어지고 사는 거야.

"맞아요,"

그녀가 나를 향해 고개를 끄덕이는 것만 같았다.

"내가 저지른 일 때문이죠."

당신이 무엇을 했든 안 했든, 아니 그 무슨 짓을 했든, 나는 상 관없어요. 내가 원하는 건 그게 아니니까. 포목점 유리창이 보랏 빛 리본으로 가득했어. 그거면 됐지 뭐. 약간 싸구려처럼 보이기 도 하고 흔해 보일 수도 있겠지만 어찌됐든 죄의 종류를 선택했 으니, 이제 그 외의 다른 수많은 죄목들은 그쪽이랑 상관이 없는 거야. (이런 생각을 하며 맞은편을 다시금 흘깃 보는데, 여자는 여전히 자고 있다. 아니면 자는 척을 하고 있거나! 창백하고 지쳐 보이는 얼굴,

꼭 다문 입. 생각보다 훨씬 더 고집스러워 보이긴 하지만, 섹스에 대한 관심 따위는 찾아볼 수 없는 얼굴이다.)

그쪽이 저지른 잘못은 싸구려야. 속죄만이 엄숙할 뿐. 그때, 교회 문이 열린다. 미니는 딱딱한 나무 의자에 앉는다. 갈색 타일 위에 무릎을 꿇고 앉아서, 겨울이건 여름이건 해질녘이건 지금 같은 동틀 무렵이건 매일같이 기도를 한다. 모든 죄가 씻기고 씻겨 영원히 벗겨져 나간다. 그녀의 반점이 떨어져 나온 모든 죄를 빨아들인다. 반점은 점점 부풀어 올라 빨갛게 탄다. 미니는 얼굴을 씰룩거린다. 어린 꼬마들이 고자질한다. "밥이 오늘 점심 때…." 하지만 나이 든 여자들이 최악이다.

정말 이제 더는 앉아서 기도할 수 없다. 크루거의 모습을 한 신이 구름 아래로 가라앉아 버렸으니 말이다. 아니, 회색 물감을 묻힌 화가의 붓으로 그 위를 스윽 덮어 버린 다음 까만색을 아주 살짝 덧칠한 느낌이다. 심지어 곤봉 끄트머리마저도 이제 보이지 않는다. 일은 언제나 이렇게 되고 만다니까! 그를 만나고 느끼기가 무섭게 누군가 갑자기 방해를 한다. 힐다다.

당신은 얼마나 힐다를 증오하는지! 힐다가 밤이면 화장실 문을 걸어 잠가 버리는 바람에, 그냥 찬물이 좀 필요할 때나 가끔 기분이 좋지 않아서 씻고 나면 좀 나아질 것 같을 때에도 당최 화장실을 쓸 수가 없다. 그리고 아침식사 때 존이랑 애들은 또 어떻고. 음식은 최악인 데다 가끔 친구들도 오는데, 널찍하게 퍼진 고사리 이파리로도 다 가려지지 않는 이들이다. 심지어 추측하기 좋아하는 사람들이기까지 하다. 결국 당신은 밖으로 나간다. 파도는 회색빛에 신문지는 날아다니고, 유리로 된 초록빛 쉼터에는 찬바람이 새어 들어온다. 2펜스도 안 될 것 같은 의자도 있다. 모래 위에는 꼭 목사들이 있어야 할 것만 같은 느낌. 오, 저기 흑인도 있고… 우스꽝스러운 아저씨도 있고… 앵무새를 데리고 있는 남자도 있다. 작고 가여운 앵무새들 같으니라고. 이 중에 신에 대해서 생각하는 사람 누구 없나? 바로 저기 부두 위에 지팡이를 짚고 서 있는 신 말이다. 아, 아니다, 하늘이 온통 회색빛으로 덮여 있는데 뭘. 혹시라도 하늘이 파랗다면 흰 구름이 신을 다 가리고 있는 것일 테고 말이야. 그리고 음악은… 갑자기 웬 군악? 저 사람들은 뭐하려고 낚시를 하는 거지? 뭐가 잡히기는 잡히나? 꼬마들은 또 어찌나 그걸 열심히 들여다보고 있는지! 자, 그럼, 이제 집으로 가는 길이다. '집으로 가는 길!' 다 뜻이 있는 말이지. 비록 구레나룻을 기른 노인네나 했을 법한 말이지만. 아니, 아니야, 실제로 말을 했다는 게 아니야. 그저 모든 것에는 의미가 있는 법이라는 거지. 현관에 기대어 놓은 현판도 그렇고, 가게 유리창에 있는 이름들도 그렇고, 바구니에 담긴 빨간 과일도, 미용실에 있는 여자들 헤어스타일도 그렇고, 하나같이 다 의미가 있어. 모두들 "미니 마시"라고 외치지. 하지만 이런 소리를 하는 멍청한 애가 하나 나타나.

"달걀이 싸요!"

그래, 늘 이런 식이라니까! 내가 폭포 너머로 미니를 밀어내려고 했는데, 곧장 광기로 몰아넣으려 했는데, 그때, 그녀는 마치 꿈속의 양떼처럼, 오던 길을 되돌아서더니 내 손가락 사이로 빠져나가 버려. 아니, 계란이 싸다니. 세상의 끝자락까지 몰려 있는 가엾은 미니 마시에게는 그 어떤 죄도, 슬픔도, 랩소디도, 광기도 통하지 않지. 그녀는 식사시간에 절대 늦지 않아. 방수 외투 없이 태풍을 만나는 일도 없어. 달걀이 싸다는 한마디면 정신을 번쩍 차리지. 그렇게 그녀는 부츠를 끌며 아무 일 없이 집에 다다른다.

내가 당신을 제대로 읽었을까? 하지만 사람의 얼굴… 거기에는 훨씬 더 많은 것이 숨어 있잖아. 처음부터 끝까지 빈칸 하나 없이 글자가 빼곡하게 들어찬 인쇄물보다 더 많은 것들, 말해 주지 않은 것들 말이야. 그때, 여인은 감았던 눈을 뜨고 밖을 내다본다. 그 사람의 눈에는, 음, 뭐라고 정의할 수 있을까, 틈 같은 것이 있다. 무언가 벌어져서 간격이 생긴 느낌. 줄기를 손으로 잡자 그 위에 앉아 있던 나비가 날아가 버리는 느낌이다. 저녁나절 노란 꽃에 매달려 있는 나방. 움직이고, 손을 뻗고, 날아가고, 높이 올라, 사라지는 느낌. 나는 손을 뻗지 않겠다. 가만히 그대로 매달려 있을 테다. 떨림, 삶, 영혼, 정신, 혹은 미니 마시의 그 무엇이 되었든 간에 말이다. 나도 내 꽃 위에 앉아 있다. 언덕 위의 매처럼. 혼자서. 그게 아니라면 삶의 의미는 대체 무엇일까? 그건 바로 올라가는 것이다. 낮에나 밤에나 꽃술에 가만히 매달려 있다가, 살짝 스치는 손길에, 날아서, 위로 올라가는 거다! 그러고는 다시 가만히 있는 거다. 혼자서 눈에 띄지 않게. 저기 아래에 보이는 모든 것들이 너무나 차분하고 사랑스럽다. 아무도 보지 않고 아무도 신경 쓰지 않는다. 다른 사람들의 눈이 곧 감옥이고, 그들의 생각이 곧 우리를 가두는 철창이다. 위에도 허공, 아래에도 허공이다. 달… 불멸… 아, 그러다 나는 풀밭으로 떨어져 버린다! 구석에 앉은 당신도 떨어졌나? 이름이 뭐더라 저 여자, 그래, 미니 마시, 뭐 그런 비슷한 이름이었던 것 같은데…. 여자는 꽃을 손에 꼭 쥔 채 핸드백을 열더니, 찌그러진 껍데기를 하나 꺼낸다. 달걀 껍데기다. 달걀이 싸다고 누가 그랬더라? 그쪽이었던가, 나였던가? 맞다, 그쪽이었네. 집에 가던 길에, 아마 그 늙은 신사분이 갑자기 우산을 펼 때… 아니, 재채기를 할 때였나? 어쨌든, 크루거가 사라지고 당신이 '집으로 가는 길'을 갈 때였어, 부츠를 끌면서 말이야. 맞아, 그거네. 이제 무릎에 손수건을 깔고 거기에다 뾰족한 계란껍데기 조각을 떨어뜨리네. 지도의 파편 같기도 하고, 퍼즐 조각 같기도 해. 내가 다시 짜 맞춰 보고 싶은데! 그쪽이 그대로 가만히만 앉아 있다면 말이야. 여자가 무릎을 살짝 움직였다. 지도가 다시 산산조각 났다. 안데스 산맥 아래 하얀 대리석 덩어리가 마구 튀며 구르더니, 무리지어 있는 스페인 노새꾼과 짐 쪽으로 돌진해 모두를 깔아뭉개 버린다. 드레이크 제독의 전리품도 있고 금은보화도 있다. 하지만 다시 돌아가서,

그런데 어디로, 무엇으로 돌아가는 거지? 여자는 문을 열더니

스탠드에다 우산을 꽂는다. 이건 굳이 말할 필요가 없다. 지하실에서 풍기는 쇠고기 냄새도 마찬가지. 점. 점. 점. 하지만 꼭 없애야 하는데, 이런 식으로도 결코 없어지 못하는 것이 있다. 머리를 숙이고 눈 감은 사람들. 군부대 같이 용맹스럽고, 황소 같이 들이대는 사람들. 공격하고 흩어지는 사람들. 고사리 뒤에 숨겨진 사람들. 바로 외판원들이다. 어떻게든 모조리 사라지기를 바라는 마음으로 나는 그자들을 그곳에 내내 숨겨 놓았다. 아니, 등장하는 게 더 좋지. 등장해야만 한다. 그래야 이야기가 좀더 풍부해지고 유연하게 전개될 수 있으니 말이다. 모든 이야기에 운명이나 비극 따위가 필요하듯, 이야기가 재미있게 굴러가기 위해서는 더도 말고 딱 두 명의 외판원과 엽란 숲이면 충분하다.

'엽란의 이파리는 외판원을 아주 살짝 가려 주었을 뿐이다.'

진달래였다면 완전히 감춰 줄 수도 있는데, 내가 아주 기를 쓰고 좋아하는 빨간색과 흰색을 마음껏 즐기게 해줄 수도 있는데. 하지만 이스트본의 마시네 탁자 위에 놓인 12월의 진달래는, 아, 아니다, 더는 안 하는 게 좋겠다. 빵 껍질과 양념통, 주름장식과 고사리가 지금 중요한 거니까 말이야. 나중에 언젠가 바다 근처에서 이 이야기를 할 때가 있겠지. 게다가 지금은 초록색 장식품과 유리잔 무늬 너머로 맞은편 저 남자를 좀 자세히 엿보고 싶은 마음이 든단 말이지. 내가 할 수 있는 한 최대로 말이다. 저 남자가 제임스 모그리지인가? 마시네 식구들이 지미라고 부르는? 미니, 내가 이 부분을 명확히 정리할 때까지만 움찔거리지 말고 있어 줘, 제발. 제임스 모그리지는 여기저기 돌아다니는 외판원인데… 단추를 파는 것으로 할까? 하지만 아직은 단추 이야기를 시작할 때가 아니야. 기다랗고 두꺼운 종이에는 크고 작은 여러 단추가 있는데, 공작새 눈 모양도 있고 노란빛 도는 금색 단추도 있지. 회색빛 수정이 달린 것도 있고, 장식용 산호도 있고…. 하지만 내가 보기에 아직은 그 이야기를 꺼낼 때가 아니다. 여하튼 제임스 모그리지는 여기저기를 오가는데, 매주 목요일은 이스트본에 들러 마시네 식구들과 식사를 하는 날이지. 얼굴은 벌건데다 눈빛은 작고 흔들림이 없어 ──절대 안 돼, 완전히 진부하잖아 ──제임스는 식욕이 엄청나. (이게 안전하지. 그레이비소스에 빵을 담가 흠뻑 적실 때까지는 미니를 쳐다보지 않을 테니 말이지.)

다이아몬드 모양으로 꽂은 냅킨은 약간 미개하긴 한데, 그게 독자들에게 어떻게 보이든 나를 끌어들이지는 말았으면 해. 그럼 얼른 화제를 돌려서, 이제 모그리지네 집 이야기를 좀 제대로 시작해 볼까. 제임스는 일요일마다 식구들의 부츠를 직접 손보지. 『트루스』지를 읽는 남자고… 그럼 좋아하는 건? 장미가 좋겠다. 그리고 아내는 은퇴한 간호사인 것으로 하자. 오, 흥미진진한데? 제발 어떤 여자 이름이든 마음에 드는 것 하나만 생각났으면! 아, 하지만 그 여자는 아직 내 머릿속에서 제대로 태어나지도 않았는데…. 그럼에도 불구하고 사랑받는 존재라고 하자, 내 진달래처럼 말이야. 글로 쓴 모든 소설에서 대체 얼마나 많은 이들이 죽어나가는지. 그것도 심지어 아주 훌륭하고 소중

한 그런 인물들로 말이다. 모그리지 같은 사람도 살아 있는데 말이야. 그게 다 삶 탓이지. 그때, 맞은편에 앉아 달걀을 먹고 있는 미니가 보인다. 같은 쪽 반대편 끝에는 아마 지미가 앉아 있을 텐데… 아, 우리가 루이스를 지나쳤던가? ——틀림없이 지미가 있을 테고 ——어, 그런데 미니는 왜 또 찡긋거리는 거지?

모그리지가 반드시 있어야 한다. 역시나 삶의 탓이다. 삶은 규칙을 강요하고 가던 길을 막는다. 삶은 고사리 이파리 뒤에 숨겨진 것이다. 삶은 폭군이다. 아, 그렇다고 깡패까지는 아니지! 절대 아니야, 나는 기꺼이 삶에 참여하고 있거든. 고사리와 양념통, 지저분한 탁자와 얼룩덜룩한 유리병이 불러일으키는, 도대체가 무엇인지 모를 강박에 이끌려서 말이다. 나는 단단한 육체 어딘가에, 튼튼한 척추에, 혹은 어디든 내가 머무를 수 있는 곳을 찾아간다. 모그리지라는 한 인간의 영혼 어딘가 발 디딜 틈을 찾기 위해 그 안으로 뚫고 들어간다. 조직은 엄청나게 단단하다. 척추는 고래등뼈처럼 강하고 떡갈나무처럼 곧게 뻗어 있다. 갈비뼈는 사방으로 뻗은 나뭇가지 같고, 피부는 팽팽한 방수천이다. 빨간 구멍들. 빨아들였다 토해냈다 하는 심장. 위에서 갈색 고기 조각이 떨어지고 맥주가 쏟아져 내려와 한데 뒤엉키며 다시 피가 된다. 마침내 우리는 눈에 다다른다. 두 눈은 엽란 너머 무언가를 바라본다. 검고 희고 우울한 무언가. 이제 다시 접시로 돌아온다. 엽란 뒤편으로 나이가 지긋한 한 여자가 보인다.

"마시네 시누이 힐다가 더 저랑 잘 맞아요."

이렇게 말하고는 식탁보를 한번 본 다음,

"마시도 모리시스가 뭐가 문제인지 알 거예요…."

그렇게 이야기를 끝낸다. 치즈가 나온다. 접시를 한번 쳐다보고 옆으로 돌린다. 수많은 손가락들이 보인다. 이번에는 맞은편에 앉은 여자 차례.

"마시네 시누이와 마시는 전혀 달라요. 마시는 늙고 안쓰러운 여자죠. 암탉은 모이를 잘 먹여 줘야지…. 그런데 말이에요, 마시는 왜 계속 찡긋거리는 거죠? 저만 그 이야기를 하는 게 아니라고요? 저런, 저런! 나이 든 여자들은 참 안됐어요, 저런, 쯧쯧!"

(그래, 미니. 원래 찡긋거리는 걸 알지만, 제발 잠시만 참아 줘. ──이 대사는 제임스 모그리지)

"저런, 저런!"

그 소리가 얼마나 아름답게 들리는지! 잘 마른 장작을 쩍 가르는 소리 같기도 하고, 바다색이 짙어지고 잔디밭이 어두워지던 어느 흐린 날에 고래잡이배가 뿜어내는 뱃고동소리 같기도 하다.

"쯧쯧!"

영혼의 죽음을 알리는 종소리 같기도 하다. 칭얼대는 영혼을 달래주고 위로해 주며 천으로 잘 감싼 다음 "잘 가요. 행운을 빌어요!" 하고 인사하는 소리.

"당신 삶의 기쁨은 무엇이었나요?"

그렇게 모그리지가 그녀를 위해 장미를 뽑아 들면, 됐다. 이이야기는 여기까지 만이다. 그럼 이제 그 다음엔 무슨 이야기가 나와야 하지?

"사모님, 기차 놓치시겠어요."

기차는 오래 머물러 주지 않는다.

그게 그 남자의 방식이다. 계속 울려 퍼지는 소리. 세인트폴 대성당과 버스. 하지만 지금 우리는 빵 부스러기를 털어내고 있다. 오, 모그리지, 더 있다 가지 않고? 지금 꼭 가야 하는 거예요? 오늘 오후면 저 자그마한 마차를 타고 이스트본을 지나가는 건가요? 당신이 그 남자인가요? 초록색 마분지 상자 안에 갇혀 있는? 때로는 블라인드를 내리고 또 가끔은 혼자 스핑크스처럼 고독하게 앉아서 멍하니 바라보는 그 남자? 장의사나 관, 해질 무렵의 말과 마부 따위를 생각하면 항상 떠오르는, 음침한 모습으로 다닌다는 그 사람? 어디 말 좀 해봐요. 그때, 문이 쾅 하고 닫힌다. 이제 다시는 만날 수 없겠지. 모그리지, 잘 가요!

네, 갑니다, 가요. 그 집 꼭대기로 다시 돌아왔다. 잠시만 더 머물러야겠다. 마음속이 어찌나 진흙탕이 되었는지. 괴물 같은 이들이 남기고 간 소용돌이로 물이 요동치고 잡초가 나부낀다. 여기저기 초록빛과 검정빛이 모래와 충돌한다. 그러다 어느덧 원자들이 다시 모이고, 침전했던 것들이 제 스스로 걸러지면, 다시금 두 눈을 통해 선명하고 또렷하게 바라본다. 떠난 이를 위해 기도하는 누군가의 입술이 보인다. 장례식이다. 다시는 만날 수 없는 이에게 인사를 나눈다.

제임스 모그리지는 이제 죽었다. 영원히 떠나 버렸다. 그렇다면, 미니… 만약 미니가 "더는 안 되겠어요"라고 말했다면…. 잠시 쳐다보니 맞은편에 앉은 여자는 지금 달걀껍데기를 쓸어 담고 있다. 미니는 분명 확실하게 말했다. 침실 벽에 기대선 채, 자줏빛 커튼 끝에 달린 작은 털 뭉치를 잡아 뜯으면서 말이다. 그런데 자아가 자아에게 말을 건다고 할 때 말이다, 대체 누가 말을 한다는 걸까? 묻혀 있는 영혼인 걸까, 지하 묘지 한가운데로 끌려 간 정신인 걸까. 베일을 쓰고 속세를 떠난 자아. 겁쟁이일지는 모르지만, 캄캄한 복도에서 등불을 들고 서성이는 모습은 어쩐지 아름다운 구석이 있다.

"더는 못 참겠다고요."

그녀의 영혼이 말한다.

"점심 때 그 남자도, 힐다도, 애들도…"

맙소사, 그녀가 흐느껴 우는 것이 아닌가! 자신의 숙명을 한탄하는 영혼의 목소리였다. 가엾은 영혼은 여기저기 끌려다니다 쪼그라드는 카펫 위에 자리 잡았다. 변변찮은 자리다. 사랑…인생… 믿음… 남편… 아이들… 사라져 가는 이 우주의 수많은 단편적인 조각들. 그녀가 소녀였던 시절에 얼마나 멋지고 화려했는지는 전혀 알 수 없다.

"나를 위한 게 아니야. 나는 아니라고…"

하지만 그때, 머핀들… 늙은 대머리 개…? 탐나는 구슬장식

매트와 리넨 속옷이 주는 위안이 떠오른다. 만일 미니 마시가 차에 치여서 병원에 실려 간다면 의사와 간호사들이 비명을 지를 것이다. 그리고 멋진 경치와 환상이 펼쳐진다. 조금 멀리 떨어져 있다. 그 거리 끝에는 파란 얼룩이 있는데…. 어쨌든, 풍미가 좋은 차와, 따뜻한 머핀과, 그 개와….

"베니, 네 바구니로 들어가. 선생님, 엄마가 뭘 가져왔는지 한번 보세요!"

엄지가 다 해진 장갑을 집는다. 회색 털실을 안팎으로 꿰어서 튼튼하게 재무장한 뒤, 구멍을 내고 갉아 먹는 악마에게 다시금 저항해 본다.

안으로 밖으로, 가로지르고 위로 넘기며, 털실을 엮어서 거미줄을 짓는다. 한 땀 한 땀이 얼마나 야무지고 단단한지, 신마저도 걸려 버릴 것 같다! 아니, 쉿, 신은 생각하지 말자고! 틀림없이 당신은 자기 뜨개질 실력에 자부심을 가지고 있을 거야. 그녀가 아무 방해도 받지 않도록 해주자. 부드럽게 햇볕이 내리쬐고, 구름은 초록빛 새순의 속을 드러내 보인다. 나뭇가지 위에 앉은 참새는 가지 끝에 달린 빗방울을 흔들어 대는 것으로 하고…. 어, 갑자기 왜 올려다보는 거지? 무슨 소리가 들렸나? 아니면 갑자기 무슨 생각이 났나? 아이고, 세상에! 당신이 한 일이 다시 생각난 거야? 보라색 리본이 담겨 있던 그 유리 선반? 하지만 힐다가 올 거야. 그럼 창피하고 수치스럽겠지. 아, 빨리 구멍을 때워 버리자.

미니 마시는 장갑을 손본 후 서랍에다 집어넣는다. 그리고 망설임 없이 서랍을 닫는다. 나는 유리를 통해 미니의 얼굴을 본다. 입술은 오므리고 턱은 높이 들었다. 그녀는 신발 끈을 묶더니, 자기 목을 만진다. 그 브로치는 뭐지? 겨우살이 열매 같기도 하고 위시본* 같기도 한데. 그런데 지금 무슨 일이지? 내가 틀린 게 아니라면, 맥박이 빨라지고, 때가 임박했어. 실 가닥이 풀리고 실뭉치가 내달리고 있어. 나이아가라강이 저 앞에 있어. 이것은 위기야! 신의 가호가 있기를! 그녀는 아래로 내려간다. 용기가 필요해, 용기가! 맞서야 해! 그냥 그래야 해! 제발 그 매트 위에서 기다리고 있지 좀 말고! 저기 문이 있잖아! 난 네 편이야. 말해! 정면으로 맞서서 힐다를 물리쳐 버려!

"오, 실례합니다! 네, 이스트본이에요. 제가 내려 드릴게요. 손잡이 이리 주세요."

(미니, 우리가 계속 가식적으로 숨기고 있었지만 내가 그쪽을 제대로 읽어냈던 게 맞네. 난 이제 당신 편이야.)

"이 짐이 전부예요?"

"네, 감사해요."

(왜 주변을 둘러보는 거지? 힐다는 물론이거니와 존도 역에 나오지 않을 거고, 모그리지는 이스트본 저 멀리에서 운전 중인데 말이야.)

---

* wish bone: 닭고기·오리고기 등에서 목과 가슴 사이에 있는 V자형 뼈

"사모님, 가방을 내려놓고 서서 기다릴게요. 그게 좋을 것 같아요. 여기서 만나자고 했으니까…. 오, 저기 오네요! 제 아들이에요."

그렇게 두 사람은 유유히 멀어져 간다.

이상하다… 뭔가 혼란스러운데… 미니, 분명 당신이 더 잘 알 텐데! 저 이상한 젊은 남자… 거기 멈춰! 내가 말해야겠어. 미니! 마시! 아, 그런데 나도 잘 모르겠어. 바람에 펄럭이는 외투가 뭔가 의심스러운 구석이 있는데…. 아, 하지만 그건 너무 부정하고 음란하잖아…. 어, 저기 개찰구 앞에서 저 남자, 몸을 숙이는 것 좀 봐. 여자는 표를 찾고. 저건 또 무슨 상황이지? 이제 가네… 저 길 따라… 나란히… 아, 이제 내 세상도 끝났다! 난 어디서 있는 거지? 내가 아는 건 뭐지? 저 사람은 미니가 아닌데 말이야. 모그리지는 처음부터 없었고. 나는 그럼 누구지? 인생이 뼈다귀처럼 발가벗었다.

하지만 그들의 마지막 모습 ──연석에서 내려서는 남자와 그 뒤를 따르는 여자. 두 사람은 이제 큰 건물 모퉁이를 돌아간다. 그 두 사람의 마지막 모습을 보며 나는 의문에 가득 차서, 다시금 온갖 생각이 넘쳐흐르기 시작한다. 미스터리한 사람들이야! 엄마와 아들이라니. 대체 당신은 누구지? 왜 저기로 가는 거지? 오늘 저녁에는 어디서 자고, 내일은 또 어디서 자? 아, 생각들이 얼마나 소용돌이치며 휘감는지, 나는 또다시 둥둥 떠내려간다. 그들의 뒤를 좇기 시작한다. 이리저리 차들이 지나다닌다. 하얀 빛이 부르릉거리며 길 위로 쏟아져 내린다. 통유리 창… 카네이션… 국화…. 어두운 정원에는 담쟁이덩굴, 문 앞에는 우유 배달 수레. 어디를 가든 신비로운 인물들이 가득하다. 모퉁이를 돌아서자 엄마와 아들들이 보인다. 당신, 당신, 당신. 나는 발걸음을 재촉해서 따라간다. 여기가 바다인가 보다. 그랬으면 좋겠다. 풍경은 회색빛이고, 재처럼 흐릿하다. 바다는 중얼거리며 출렁인다. 혹시라도 내가 무릎을 꿇고 앉아서 고대의 이상한 의식들을 행한다면, 그건 누군지 모를 당신들, 내가 참 많이 좋아하는 당신들을 위한 것이다. 만일 내가 두 팔을 활짝 편다면, 그건 바로 당신들, 나에게로 당겨 와서 꼭 껴안아 줄 당신들을 위한 것이다. 아, 사랑스러운 세상이여!

상상으로 엮어낸 유일무이의 세계

작업에 열중하던 한동안은 밤마다 누군가에게 전화하고 싶은 기분이었다. 적당히 어렵고 충분히 흥미로워서 더 큰 호기심을 자극하는 시간을 보낸 기쁨, 나의 깨달음을 너에게도 알려 주고 싶어서 하염없이 조잘대고 싶은 그 느낌 때문이었다. 누군가의 이야기를 처음 옮기는 일은 세상 대부분의 처음이 그러하듯 설렘과 두려움을 오롯이 간직한, 그러나 설렘에 들떠 날아가지도 않고 두려움에 짓눌려 무너지지도 않게 묵묵히 또박또박 걸어가야 하는 여정이었다.

버지니아 울프를 만난 것은 우연히 자처한 고난의 시작이었다. 이름이 익숙하다는 이유로, 혹은 당대에 흔치 않았던 여성 작가의 작품 세계가 궁금하다는 지극히 단순한 이유로 만나기에는 '내겐 너무 무겁고 버거운 그녀'였음을 고백한다. 울프의 초기작으로 분류되는 이 작품은 기차에 마주 앉은 한 여인을 바라보며 작가가 떠올리는 수많은 생각이 그 자체로 한 편의 이야기가 되는 과정을 담고 있는데, 예리한 관찰과 상세한 묘사, 작가의 머릿속에서 벌어지는 수많은 상상과 끝없이 이어지는 혼잣말이 혼재되어 있다. 순간순간 일렁이는 의식의 너울을 날것 그대로 내버려둔 듯한 작품의 흐름이 내 의식을 이렇게도 혼미하게 할 줄이야. 그렇게 멀미를 하듯 끙끙 앓으면서도 그녀의 세계에 빠져들어서 비로소 애증을 말할 수 있게 된 이유는, 아마 내가 아닌 누군가가 되어 보는 기분에 흠뻑 젖어들었기 때문일 것이다. 요란하게 달리는 기차의 적막한 한쪽 구석, 분위기 있게 앉아서 잠시 고뇌하는 듯 그러나 이내 여유롭게 술술 이야기를 풀어가는 대작가가 된 기분. 때로는 그녀의 머릿속에 뛰어들어서 여기저기 헤집으며 신나게 돌아다니는 신비로운 기분. 처음이었다. 그렇게 버지니아 울프는 문학 번역의 숨 막히는 고통과 함께 무한한 창작의 재미를 한가득 안겨 주었다.

　매 문장마다 멈춰야 했다. 알고 있는 단어도 혹시나 다른 뜻이 있을까 싶어 꼭 찾아봐야 했고, 어떤 표현을 골라 써야 만족스러울지 온갖 사전을 뒤져보며 두 번 세 번 고민해야 했다. 그렇게 조금씩 한글로 써내려 갈라치면 스스로가 얼마나 영어식 문체에 젖어 있는지를 발견하며 놀랐고, 지극히 비문학에 치우쳤던 내 독서 취향의 균형을 맞춰야겠다는 다짐도 자주 했다. 번역가에게도 작가로서의 글 솜씨와 상상력이 요구된다는 사실이 낯설고도 재미있었고, 그것이 문학 장르이기 때문에 더 중요하게 빛을 발한다는 사실이 어렵지만 좋았다. 무엇보다 글을 곱씹고 또 곱씹으며 두 언어가 가진 차이점, 각각의 고유한 멋과 맛을 발견하는 일이 그저 신비로웠다. 비록 처음에는 한두 쪽짜리 짧은 이야기로 시작했지만, 하다 보니 우리말을 정말 유려하게 잘 쓰고 싶은 욕심이 생기고, 역으로 영어 문장을 조금 더 맛깔나게 쓸 수 있을 것 같은 용기가 생겼다. 인간의 생각을 그려내는 언어란 정말 신기하고도 아름다운 법칙이라는 생각을 절로 하게 되었다.

그런 점에서 외국어를 좋아하는 사람들에게 한번쯤 문학 번역을 해 볼 것을 적극 추천한다. 가독성 혹은 자연스러움을 빙자하여 창작과 변형의 여지를 둔 문학 번역을 하다 보면 무수한 가정을 갖가지 상상으로 촘촘하게 엮어낸 유일무이의 세계로 이동할 수 있다. 그 속에서 전에 없었고 앞으로도 결코 없을 단 하나의 이야기를 만들어 내는 작가의 행복감은 어느새 나에게도 옮아 온다. 세상이 주는 심리적 피로에 시달리는 우리 삶은 그렇게 창작이 주는 행복이 있어 조금씩 더 재미있고 다채로워지는 것이라고 믿는다. 적어도 나의 첫 문학 번역, 나의 첫 작가는 그러했으니 말이다.

보람과 자괴감이 엎치락뒤치락하던 긴 여정을 마무리하는 지금, 처음의 설렘과 두려움 위에다 처음이기에 가능한 이해와 용서를 두텁게 얹고 싶어진다. 감히 옮겨 본 이야기, 감히 읽어 낸 버지니아 울프의 세계를 따뜻하고 너그러운 마음으로 모두 함께 나눠 주시는 처음이 되기를.

"Dracula's Guest"

by Bram Stoker

드라큘라의 손님

김부민

옮김

마차가 출발했을 때 태양은 밝게 빛나며 뮌헨 시내를 비추고 있었고 대기에는 생기 넘치는 초여름 내음이 그득했다.

마차가 출발하기 직전에 내가 투숙하던 카트르 세종 호텔의 지배인인 헤어* 델브뤼크가 맨머리로 마차 곁으로 다가왔다. 델브뤼크는 내게 즐거운 여행이 되길 바란다고 했다. 그러고는 마차 문손잡이를 붙잡고 마부에게 말했다. "해가 지기 전에 반드시 돌아와야 하네. 하늘이 맑긴 하지만 북쪽에서 불어오는 바람에 한기가 서린 걸 보면 갑작스럽게 폭풍이 불지도 모르니 말일세. 자네가 늦지 않으리라 믿네." 델브뤼크는 미소 지으며 덧붙

---

* 영어의 Mr.에 해당하는 독일어 표현

였다. "오늘 밤이 어떤 밤인지 잘 알 테니까."

요한은 힘주어 "야, 마인 헤어(잘 알겠습니다, 지배인님)"라고 대답했다. 그러고는 모자를 들어 경례한 후 재빨리 출발했다. 나는 마을을 벗어났을 즈음 요한에게 멈추라는 신호를 보냈다.

"말해 보게, 요한. 오늘 밤이 대체 무슨 날이란 말인가?"

요한은 성호를 그으며 짧게 답했다. "발푸르기스 나흐트(발푸르기스의 밤입니다)." 그러고 나서 어깨를 살짝 움츠리며 굳은 표정으로 주먹만 한 고풍스러운 독일제 은시계를 꺼내 쳐다봤다. 이 모습이 불필요한 지연에 대한 요한 나름대로의 정중한 항의의 표시임을 눈치채고, 몸을 마차에 젖힌 채 출발하라고 고갯짓을 했다. 요한은 허비한 시간을 벌충하려는 양 급히 출발했다. 말들은 때때로 고개를 치켜세우고 무언가 의심스럽다는 듯이 킁킁거리며 냄새를 맡곤 했다. 나는 그럴 때마다 왠지 불안해서 주변을 둘러봤다. 우리가 가로지르는 곳은 바람이 심하게 부는 높은 고원이었으므로 꽤 황량했다. 길을 따라서 가다 보니 오가는 이가 적은 듯한 길이 나타났는데, 산속 깊은 곳에 있는 작고 굽이진 계곡으로 이어진 가파른 내리막길로 보였다. 그 길은 너무나도 매혹적이었다. 요한을 화나게 할 위험을 무릅쓰고, 멈추라고 신호했다. 마차가 멈춘 후 그 길로 가고 싶다고 했다. 요한은 온갖 핑계를 늘어놓았으며, 말을 하면서 계속 성호를 그었다. 그 모습을 보니 호기심이 동했기에 여러 가지 질문을 던졌다. 요한은 퉁명스러운 태도로 요리조리 대답을 회피하면서 항의하듯이 거듭 시계를 쳐다봤다.

마침내 나는 말했다. "이보게 요한, 나는 이 길로 가고 싶다네. 자네가 원치 않는다면 동행하지 않아도 좋아. 그렇지만 왜 가고 싶지 않은지 이유는 말해 줬으면 하네. 내가 바라는 건 그게 다일세."

대답 대신 요한은 마부석 밖으로 튕기듯이 뛰쳐나와 잽싸게 착지했다. 그러고는 호소하듯이 두 팔을 쭉 벌리고 가지 말라고 애원했다. 요한이 독일어로 쏟아낸 말에는 간신히 이해할 수 있을 만큼 영어가 섞여 있었다. 요한은 계속해서 뭔가를 말하려 하다가도, 생각하는 것만으로도 두렵다는 듯이 매번 "발푸르기스나흐트!"라고 말할 뿐이었다.

나는 요한에게 반박하고 싶었으나, 내가 알지 못하는 말을 쓰는 사람과 말싸움을 하기는 쉽지 않았다. 유리한 쪽은 명백히 요한이었다. 요한은 (비록 엉터리에 조잡하기는 했지만) 처음에는 영어로 말을 하다가도 흥분을 했다 하면 입에서 모국어를 쏟아냈는데, 말싸움은 항상 흥분으로 이어졌기 때문이다. 그리고 그럴 때마다 거듭 시계를 쳐다봤다. 바로 그때 말들이 불안해하며 킁킁거리기 시작했다. 그 모습을 본 요한은 백지장처럼 하얗게 질리며, 겁에 질린 채로 주변을 두리번거렸다. 그러다가 앞으로 풀쩍 뛰쳐나가 고삐를 잡고 말을 20피트 남짓 움직이게 했다. 그 뒤를 따라가면서 왜 그러는지 이유를 물었다. 요한은 대답 대신 성호를 그으며 우리가 서 있던 자리를 가리켰다. 다른 길에 마차를 댄 요한은 손가락을 겹쳐 십자가 모양으로 만들면서 말했다. 처음에는 독일어로 다음에는 영어로. "그를 묻었어요. 자신들을 죽인 그들을."

자살한 사람을 갈림길에 묻는 오래된 독일 관습이 떠올랐다. "아아! 알겠네, 자살한 사람을 묻었다는 거군! 정말 흥미로운 걸!" 그렇지만 아무리 생각해 봐도 어째서 말들이 겁에 질렸는지는 알 수 없었다.

이야기를 나누는 동안, 우리는 낑낑거리는 것도 같고 컹컹거리는 것도 같은 소리를 들었다. 멀리서 들려왔지만 말들은 안절부절못했고, 요한은 한참 동안이나 말을 진정시켜야만 했다. 요한은 하얗게 질렸다. "늑대 소리처럼 들리시겠지만, 지금 여기에는 늑대라곤 없습니다."

"늑대가 없다고?" 나는 캐물었다. "오래전부터 도시 바로 주변에서 살던 것 아니었나?"

"엄청 오래전부터요." 요한은 말을 이었다. "봄과 여름에만 그렇습죠. 눈이 내리면 늑대들은 여기 오래 머무르지 않습니다."

요한이 말을 쓰다듬으며 진정시키는 동안 시커먼 구름이 빠른 속도로 하늘을 가로질렀다. 햇살은 온데간데없었고, 한기가 서린 한 줄기 바람이 우릴 스쳐 지나가는 듯했다. 그렇지만, 날이 실제로 추워졌다기보다는 경고에 가까웠는데, 바람은 한번 불고 그쳤고 밝은 태양이 금세 다시 모습을 드러냈기 때문이다.

요한은 눈 위에 손을 대고 지평선 너머를 바라봤다. "눈보라가, 그가 곧 찾아올 겁니다." 그러고는 다시금 시계를 쳐다보더니 고삐를 꽉 움켜쥐었다. 말들이 계속해서 땅을 발로 차며 고개를 부르르 떨었기 때문이다. 그리고 떠날 때가 되었다는 듯이 마부석에 올라탔다.

나는 약간 고집을 부리고 싶은 마음이 들어서 곧바로 마차에 오르지 않았다.

"말해 주게, 이 길이 향하는 장소에 관해서." 땅바닥을 가리키며 물었다.

요한은 또다시 성호를 긋고 대답하기 전에 기도문을 웅얼거렸다.

"사악합니다요."

"뭐가 사악하단 말인가?"

"마을이요."

"마을이 있긴 한 모양이군?"

"아니, 아닙니다. 몇백 년간 아무도 거기서 살지 않았다고요."

호기심이 동했다. "방금 마을이 있다고 하지 않았나."

"있었다고 했습지요."

"그 마을은 지금 어디에 있나?"

영어와 독일어가 섞인 장황한 이야기가 봇물 터지듯 터져 나왔다. 두 언어가 너무나 뒤섞여서 무슨 말인지 정확히 이해할 수 없었다. 대강 이해한 바로는 오래전에, 그러니까 수백 년 전에 그곳에서 죽은 마을 사람들이 묻힌 땅속에서 이상한 소리가 났다. 묘지를 파헤쳤더니 남자도 여자도 마치 산 사람처럼 홍조를 띠고 있었고 입가는 피로 붉게 물들어 있었다. 그 사람들의 목숨을 (그리고 영혼을! 이 대목에서 요한은 또 성호를 그었다) 구하고자 서둘러 다른 안전한 장소로 옮기려 했다. 산 자는 살아 숨 쉬고 죽은 자는 망자로서── 다른 무언가로 변하지 않고 죽는 곳으로. 그는 그 다른 것에 대해 말하는 걸 눈에 띄게 두려워했다. 이야기를 이어가면서 요한은 점점 흥분했다. 상상의 존재에 붙잡히기라도 한 것처럼 이야기가 끝날 무렵에는 하얗게 질려 식은 땀을 흘리고 벌벌 떨면서 거의 발작을 일으킬 지경이었다. 그리고 해가 쨍쨍 내리쬐는 평야에 무시무시한 뭔가가 있기라도 한 것처럼 계속 주변을 두리번거렸다.

마침내 절망과 고뇌에 찬 요한이 울부짖었다. "발푸르기스 나흐트!" 그리고 마차를 가리키며 어서 타라고 했다.

이 말을 듣자 영국인의 피가 요동쳐서 나는 뒤로 물러섰다. "겁먹었군, 요한. 겁을 먹었어. 집으로 돌아가게나, 나는 알아서 돌아가겠네. 산책을 하면 건강에도 좋을 테니 말일세." 마차 문은 열려 있었다. 좌석에 놓인 참나무 지팡이를 챙기고 (휴일에 소풍 다닐 때 빼놓지 않는 물건이다) 문을 닫은 다음에 뮌헨을 가리켰다. "집으로 돌아가게, 요한. 우리 영국 남자들은 발푸르기스의 밤 따위는 개의치 않네."

말들은 전에 없이 안절부절못했고, 요한은 내게 제발 멍청한 짓을 하지 말라고 애원하는 눈빛을 보내면서 어떻게든 상황을 진정시키려 했다. 이 딱한 친구를 보니 안타까운 마음이 들었다. 그 태도가 너무나도 진지했음에도 웃음을 참기 어려웠다. 요한은 더는 영어로 말을 잇지 못했다. 너무나 불안하고 초조했기 때문인지 나를 이해시킬 수 있는 유일한 수단은 영어로 말하는 것이란 사실조차 잊고 모국어인 독일어로 계속해서 주절주절 지껄여댔다. 슬슬 지겹다는 생각이 들었다. 다시금 뮌헨 방향을 가리키며 말했다. "가라고!" 그리고 뒤로 돌아 계곡으로 향하는 교차로를 따라갔다.

요한은 포기했다는 몸짓을 하더니 뮌헨을 향해 말 머리를 돌렸다. 지팡이에 몸을 기대며 그가 떠나는 모습을 쳐다봤다. 한동안 천천히 길을 가던 요한은 언덕을 넘으려는 순간 웬 키가 크고 깡마른 남자와 마주쳤다. 먼 거리였지만 확실히 볼 수 있었다. 남자가 가까이 오자 말들은 펄쩍 뛰어오르며 다리를 찼고, 겁에 질려 울부짖었다. 요한은 상황을 통제할 수 없었다. 말들은 내리막길을 쏜살같이 질주하며 미친 듯이 도망쳤다. 나는 완전히 사라질 때까지 그 모습을 지켜봤다. 그러고 나서 아까 본 낯선 이를 찾아보려 했지만, 그 사람 역시 자취를 감추었다.

한결 가벼워진 마음으로 옆으로 난 길을 따라 내려가면서 요한이 가길 거부한 계곡 깊숙한 곳으로 향했다. 눈을 씻고 찾아봐도 그가 왜 가고 싶지 않아 했는지 이유를 알 수 없었다. 시간이나 거리를 신경 쓰지 않고, 집이나 사람이라곤 그림자도 보지 못하면서, 두 시간쯤 터덜터덜 걸었던 것 같다. 주변은 황량하기

이루 말할 수 없었다. 그렇지만 굽이진 길을 돌면서 나무가 듬성 듬성 난 숲의 외곽을 보기 전까지는 사실을 눈치채지 못했다. 그 제서야 지나온 땅의 황량함에 무의식적으로 깊은 인상을 받았음을 깨달았다.

잠시 쉬려고 앉아 주변을 둘러봤다. 문득 산책을 시작했을 때에 비해 날이 꽤 추워졌다는 사실을 깨닫고 깜짝 놀랐다. 주변에서는 한숨을 쉬는 듯한 바람 소리가 들렸고, 하늘에서는 이따금 희미하게 우르릉거리는 소리가 들려왔다. 위를 올려보니 북쪽 하늘 높은 곳에서 엄청나게 두꺼운 구름이 빠른 속도로 남하하고 있었다. 하늘 높이 폭풍의 전조가 드리웠다. 약간 으스스한 기분이 들었는데, 산책을 한 다음에 가만히 앉아 있었던 탓이라는 생각이 들어 여행을 재개했다.

지나온 땅이 이제는 훨씬 더 생생하게, 마치 그림처럼 아름답게 보였다. 눈을 잡아끄는 인상적인 사물이라곤 무엇 하나 없었는데도 실로 매혹적인 풍경이었다. 그때까지는 시간에 별 신경을 쓰지 않았었지만, 점차 황혼이 지자 집으로 어떻게 돌아갈지 걱정되기 시작했다. 공기는 차가웠고 하늘 높이 뜬 구름의 움직임은 더욱 뚜렷해졌다. 저 멀리 구름으로부터 희미하게 무언가 몰려오는 소리가 들려왔다. 마부 요한이 늑대가 울부짖는 소리라고 했던 이상야릇한 소리와 번갈아 가면서. 나는 잠시 망설였다. 그렇지만 버려진 마을을 보고 싶다고 말을 이미 내뱉은 다음이었기에 계속 전진했다. 그러자 사방이 언덕으로 둘러싸인 널

따란 평지가 나타났다. 언덕의 경사면에는 나무가 무성했는데 평지까지 이어져 있었다. 좀더 완만한 경사면에는 수풀이 점점이 흩뿌려져 있었고, 땅 여기저기가 움푹 파여 있었다. 굽이진 길을 눈으로 따라가 보니 가장 무성한 수풀 뒤편에서 휘어져 있었고 그 뒤는 더 보이지 않았다.

그 모습을 보는 동안 공기에 한기가 서렸고, 곧 눈이 내리기 시작했다. 지금까지 지나쳐 왔던 구석구석까지 황량한 땅이 머릿속에 떠올라서, 황급히 바로 앞에 있는 숲속에서 피난처를 찾으려 했다. 하늘은 점점 검게 물들었고 눈발은 점점 굵고 매서워졌다. 밝게 빛나는 새하얀 카펫이 주변에 펼쳐졌는데, 온통 뿌예서 그 끝이 보이지 않았다. 길이 나 있긴 했지만 조잡해서 평지에서조차 길의 경계를 구분하기 어려웠다. 언덕으로 접어든 지 얼마 지나지 않아 길을 잃었음이 명백해졌다. 발밑에서 더는 단단한 노면을 느낄 수 없었다. 풀밭과 이끼 속으로 발이 푹푹 빠졌다. 바람은 끝도 없이 강해졌다. 차라리 바람을 등지고 뛰는 게 나을 지경이었다. 공기가 얼음장처럼 차가워져서 계속 몸을 움직였음에도 고통스러워졌다. 펑펑 쏟아지는 눈이 너무나 매섭게 휘몰아치기 시작하면서 눈을 뜨기조차 힘들었다. 살아 움직이는 것만 같은 번개가 때때로 하늘을 갈라놓았다. 번개가 치면서 눈앞에 빽빽이 펼쳐진 나무들을 볼 수 있었는데, 주로 눈이 덮여 온통 새하얀 주목과 사이프러스 나무였다.

곧바로 숲 안으로 몸을 피했다. 숲 안은 비교적 조용하여 하늘 높은 곳에서 휘몰아치는 바람 소리를 들을 수 있었다. 곧 폭풍이 부른 칠흑은 밤이 부른 어둠과 합쳐졌다. 얼마 지나지 않아 눈보라가 잦아드는 듯했고, 때때로 거센 바람만이 세차게 불었다. 바로 그 순간 주변에서 늑대가 내는 야릇한 소리가 메아리쳤다. 동시다발적으로.

시커먼 구름 사이로 달빛이 뜨문뜨문 비추었고, 덕분에 여기가 주목과 사이프러스 나무숲 끝자락임을 알 수 있었다. 눈이 그쳤기에 작은 숲 밖으로 나와 주변을 더 자세히 조사했다. 여태까지 오래된 건물의 잔해를 수없이 지나쳤으니 어딘가에는 무너지지 않은 집이 있을 거라는 생각이 들었다. 폐허라도 얼마간 쉬어갈 피난처를 구할 수 있으리라. 숲의 가장자리를 따라 걸어갔더니 숲을 에워싼 낮은 담장이 보였다. 담장을 따라가니 금세 입구가 보였다. 사이프러스 나무 사이로 난 오솔길은 건물처럼 보이는 웬 네모난 물체로 이어졌다. 그렇지만, 건물을 발견한 순간 구름이 달을 가려 버려서 어둠 속에서 더듬더듬 길을 찾아야 했다. 바람이 더 차가워졌음이 분명했다. 추위에 벌벌 떨면서 걸어야 했으니까. 그렇지만 피난처를 구할 수 있으리라는 희망에 맹목적으로 길을 더듬었다.

주위가 갑자기 고요해졌기에 나는 잠시 멈춰섰다. 폭풍은 완전히 잠잠해졌다. 침묵한 대자연과 발을 맞추기라도 하듯, 내 심장 소리조차 멎은 듯했다. 그렇지만 이 순간은 곧 지나갔다. 달빛이 구름을 뚫고 내리면서 내가 서 있는 곳은 무덤 한가운데이

며 눈앞의 네모난 물체의 정체는 주변을 온통 뒤덮은 눈만큼이
나 새하얀 거대한 대리석 무덤이라는 사실을 알려줬다. 달빛이
비추자 여러 마리의 개나 늑대가 내는 듯한 길고 낮은 울부짖음
과 함께 폭풍이 부는 소리가 다시금 들려왔다. 나는 두려움과 충
격에 빠졌고 추위가 눈에 띄게 심해지고 있다고 느꼈다. 마치 추
위가 내 심장을 움켜잡은 기분이었다. 달빛이 대리석 무덤을 비
추는 동안에 마치 폭풍이 돌아왔다고 말하는 것처럼 사방에서
폭풍이 다시 불 것 같은 조짐이 나타났다. 나는 홀린 듯이 무덤
으로 다가가 그 안에 무엇이 있는지, 그리고 왜 이런 장소에 세
워졌는지 알아보려고 했다. 무덤 주변을 걸으면서 도리아 양식
으로 만들어진 문 위에 적힌 독일어를 읽었다.

스티리아의 그라츠 백작 부인
돌링겐
끝내 죽음을 찾아내다
1801

무덤의 윗부분은 견고한 대리석으로 보였는데, 엄청나게 큰
대리석 덩어리 몇 개로 만들어졌으며 말뚝처럼 보이는 거대한
철못이 박혀 있었다. 무덤 뒤편에는 러시아 글자가 커다랗게 새
겨져 있었다.

죽은 자는 빠르게 여행한다.

이 모든 일이 너무나 이상하고 불가사의하게 느껴져서 기절할 것만 같았다. 처음으로 요한의 충고를 따랐으면 좋았을 뻔했다는 생각이 들었다. 불가사의한 상황 속에서 끔찍한 충격과 함께 어떤 생각이 뇌리를 스쳐 지나갔다. 이것이 바로 발푸르기스의 밤이었다!

수없이 많은 사람들은 발푸르기스의 밤이 악마가 출몰하고, 무덤이 열려 죽은 자들이 깨어나 움직이며, 땅과 물, 하늘에 사는 온갖 사악한 존재가 축제를 벌이는 밤이라고 믿는다. 이곳이 바로 마부가 그토록 두려워한 장소였다. 이곳이 바로 수 세기 전에 버려진 마을이었다. 이곳이 바로 자살한 사람들이 묻힌 곳이었다. 그리고 바로 이곳에서 나는 도와줄 사람 하나 없이 혼자였다. 수의처럼 나를 감싼 눈 속에서 추위에 벌벌 떨면서 거친 폭풍에 다시금 집어 삼켜질 신세로. 공포에 질려 발작을 일으킬 것만 같았다. 쓰러지지 않기 위해서 밑바닥까지 끌어낸 용기와 함께 내가 배운 철학적, 종교적 가르침을 모두 동원해야 했다.

그리고 이제 토네이도가 나를 덮쳐 왔다. 수천 마리의 말이 질주하는 것처럼 대지가 뒤흔들렸다. 폭풍이 얼어붙은 날개를 펼치며, 이번에는 눈이 아니라 우박을 발레아레스 투석병이 돌팔매질을 하는 듯한 맹렬한 기세로 쏟아내기 시작했다. 처음에는 바로 옆에 있는 사이프러스 나무 밑으로 뛰어갔지만 금세 우박이 나뭇가지와 잎을 손상시켰다. 줄기가 꼿꼿이 버티긴 했지만, 더는 나무 밑에 숨을 수 없게 되었다. 얼마 지나지 않아 피난처 구실을 할 수 있는 유일한 곳으로 옮길 수밖에 없었다. 대리석 무덤의 도리아식 문 앞이었다. 청동 문 앞에 쪼그리고 앉으니 우박을 피할 수 있었다. 지면과 대리석에서 튕기는 우박만 제외하고는.

몸을 기댔더니 문이 살짝 움직이면서 안으로 열렸다. 폭설은 실로 무자비했으므로 묘실이라곤 해도 피난처를 보니 반가운 마음이 들었다. 묘실에 들어서려는 순간 번개가 갈래갈래 내리치면서 밤하늘 전체를 밝혔다. 바로 그 순간 살아 숨 쉬는 인간인 나는 보고야 말았다. 어두컴컴한 묘실 안을 바라본 내 눈 앞에 펼쳐진, 볼이 통통하고 입술이 붉은 아름다운 여자가 상여 위에 잠든 듯이 누워 있는 모습을. 그 순간 하늘 높이 천둥소리가 울려 퍼졌고, 나는 거대한 손아귀에 붙잡혀 폭풍 속으로 내던져졌다. 이 모든 일이 너무나도 갑작스럽게 일어나서 정신적으로도 육체적으로도 충격을 받을 틈이 없었다. 우박이 내 온몸을 두들기고 있다는 사실을 깨달은 동시에 내가 혼자가 아니라는 이 상야릇하고 강렬한 감각에 휩싸였다. 나는 무덤을 쳐다봤다. 바로 그때 번갯불이 다시금 눈을 어지럽혔다. 무덤 위에 박힌 쇠말뚝에 떨어진 벼락이 대지로 흘러가면서 커다란 불꽃을 일으키며 대리석을 산산조각 냈다. 불길에 온몸이 휘감겨 죽은 여자가 벌떡 일어났고 고통에 몸부림치며 내지른 쓰라린 비명이 천둥벼락 소리에 파묻혔다. 또다시 거대한 손아귀에 붙잡혀 질질 끌려가면서, 온몸을 두들기는 우박과 허공에 울려 퍼지는 늑대의 울부짖음 가운데 내가 마지막으로 들은 건 비명과 천둥소리가 뒤섞인 끔찍한 소리였다. 마지막으로 기억나는 장면은 희뿌연 물체가 움직이는 모습이었다. 주변의 모든 무덤이 잠든 망자의 유령을 깨워 내게 보낸 듯했다. 유령들은 몰아치는 새하얀 우박을 뚫고 내 주위로 몰려들었다.

흐릿하지만 점차 의식이 돌아오기 시작했다. 엄청난 피로감이 느껴졌는데 몹시 두려운 마음이 들었다. 한동안은 무슨 일이 있었는지 기억하지 못했지만, 서서히 감각이 돌아왔다. 발이 정말 아팠지만, 마치 마비된 것처럼 움직일 수는 없었다. 목 뒤편에서부터 척추 끝부분까지 얼음장처럼 차가운 느낌이 들었고, 귀는 발과 마찬가지로 먹통이었지만 고통만은 생생했다. 그런데 가슴에서만큼은 온기가 느껴져서 다른 부분과 비교했을 때 아주 만족스러웠다. 마치 악몽을 꾸는 듯했다. 만약 그런 표현이 있다면, 육체적 악몽과도 같았다. 가슴을 짓누르는 무게 때문에 숨을 쉬기 어려웠다.

한참 동안 반쯤 죽은 상태였던 것 같지만, 희미한 의식조차 사라진 걸 보니 잠이 들었거나 기절했던 모양이다. 그러다가 마치 뱃멀미라도 하는 것처럼 갑자기 토할 것 같은 기분이 들었고, 뭔지는 모르겠지만 무언가를 게워내고 싶다는 맹렬한 충동이 샘솟았다. 주변은 너무나 고요해서 마치 온 세상이 잠들거나 죽은 듯했는데, 내 곁에서 어떤 동물이 나지막하게 헐떡이는 소리가 정적을 깨뜨렸다. 뜨겁고 거친 무언가가 나의 목을 핥는 게 느껴졌다. 그 순간 끔찍한 사실을 깨닫고 심장까지 소름이 돋는 기분이 들었고, 화들짝 놀란 심장은 온 힘을 다해 뇌로 피를 퍼 올렸다. 바로, 거대한 짐승이 내 위에 올라타서 내 목을 핥고 있었던 것이다. 본능적으로 가만히 누워 있는 편이 현명하다는 생각이 들었고, 두려움에 몸을 뒤척일 수 없었다. 그렇지만 야수는 내게 뭔가 변화가 일어났다는 사실을 알아차린 듯 고개를 치켜들었다. 속눈썹 너머로 내 위에 올라탄 거대한 늑대의 불타오르는 눈동자가 보였다. 크게 벌어진 시뻘건 입 안에서 날카롭고 새하얀 이빨이 빛났다. 코를 찌르는 맹렬하고 뜨거운 숨결이 쏟아졌다.

또다시 기억이 끊어졌다. 그러다가 어느 순간 정신이 돌아왔는데, 낮게 으르렁거리는 소리와 날카롭게 컹컹 짖는 소리가 번갈아가면서 계속해서 들렸기 때문이다. 곧이어 아주 멀리서 여럿이서 함께 외치는 듯한 "홀로아! 홀로아!(이보시오! 이보시오!)"하는 소리가 들렸다. 나는 조심스럽게 고개를 들어 소리가 들려오는 방향을 쳐다봤지만, 묘지에 가려서 아무것도 보이지 않았다. 늑대는 계속해서 기묘하게 컹컹 짖어댔고, 둥글게 무리지은 붉은 불빛이 마치 늑대가 짖는 소리를 추적하는 듯이 작은 사이프러스 나무숲을 향해 다가오기 시작했다. 사람들의 외침이 점점 가까워지자 늑대는 더 크고 빠르게 컹컹거렸다. 겁에 질려서 소리를 지를 수도 움직일 수도 없었다. 붉은 불빛이 새하얀 눈의 장막 위에서 점점 커지며 내 주변의 어둠을 향해 다가왔다.

별안간 나무 뒤편에서 빠른 속도로 행군하는 횃불을 든 기수 무리가 나타났다. 늑대는 내 가슴 위에서 일어나 묘실로 도망쳤다. 기수 한 명이 (군모와 기다란 군용 망토를 입은 걸 보니 병사임에 틀림없었다) 기병용 소총을 들고 조준하는 모습이 보였다. 동료 병사 한 명이 황급히 그의 팔을 밀쳤고, 그 순간 내 머리 위로 휑하고 총알이 날아가는 소리가 들렸다. 나를 늑대로 착각하고 발포한 모양이었다. 다른 병사는 살금살금 몰래 도망치던 늑대를 찾아내고는 총격을 가했다. 기병대는 전방을 향해 전속력으로 질주했다. 어떤 이들은 내게 왔고, 다른 이들은 눈 덮인 사이프러스 나무 사이로 사라진 늑대를 추격했다.

기병대가 다가오는 걸 보면서 어떻게든 움직이려고 했지만, 몸에 힘이 들어가지 않았다. 그렇지만 나를 둘러싼 사람들을 보고 소리를 들을 수는 있었다. 병사 두셋이 말에서 뛰어내려 내 곁에 무릎 꿇었다. 한 병사가 내 머리를 받쳐 들곤 내 심장 위에 손을 얹었다.

"좋은 소식이오, 대원들!" 병사가 소리쳤다. "심장이 여전히 뛰고 있소!"

브랜디가 목을 타고 넘어오자 기운이 샘솟았고, 그제야 완전히 눈을 뜨고 주변을 둘러볼 수 있었다. 나무 사이사이에서 불빛과 그림자가 일렁였고, 병사들이 서로 부르는 소리가 들렸다. 병사들은 온통 겁에 질려 비명을 지르면서 모여들었다. 그리고 실성한 사람처럼 병사들이 허둥지둥 묘실에서 쏟아져 나오면서 불빛이 일렁였다. 선두에 선 병사들이 도착하자 내 곁의 병사들이 참지 못하고 물었다. "어찌 되었소, 그놈을 찾았소?"

그들은 황급히 대답했다. "아니! 못 찾았소! 당장 물러납시다! 당장요! 이곳은 절대 머물 만한 곳이 아니오, 하물며 오늘 밤에는 더더욱 안 되오!"

온갖 형태로 이루어지긴 했지만, 질문은 결국 "그건 대체 뭐였소?"였다. 대답은 제각각이었지만 전부 알아듣기 어려웠다. 병사들은 모두 무언가 말하고자 하는 충동에 빠진 것처럼 보였지만, 공포에 억눌려 생각을 제대로 표현하지 못했다.

"그게…그게… 사실이었다니!" 누군가 어찌할 바를 모르고 더듬거렸다.

"그것은 늑대면서… 늑대가 아니었소!" 다른 병사가 몸서리쳤다.

"신성한 총알이라도 있지 않은 한, 놈을 죽이지 못할 거요." 세 번째 병사는 조금 더 침착하게 말했다.

"오늘 같은 밤에 우리를 불러내다니 제대로 보상해야 할 거요! 족히 일천 마르크는 받아야겠소!" 네 번째 병사가 불현듯 외쳤다.

"깨진 대리석 위에 피가 묻어 있었소." 다른 병사가 잠시 뜸을 들였다. "번개 때문에 핏자국이 생겼을 리 만무하지. 그리고 그 사람… 그자는 무사합니까? 그자의 목을 좀 보세요! 대원들, 목을 보란 말이오. 늑대가 그자의 위에 누워 피가 식지 않게 했소."

장교는 내 목을 보고 대답했다. "이자는 무사하네. 목에 구멍이 난 건 아닌 듯하군. 이게 무슨 소리인지 알겠나? 늑대가 짖지 않았다면, 우리는 결코 이자를 찾지 못했을 거라는 의미일세."

"그게 뭐 어쨌다는 겁니까?" 내 머리를 받치고 있는 병사가 물었다. 무리 중 가장 덜 겁에 질린 병사였다. 손도 목소리도 떨지 않았으니까. 병사의 소매에는 하급 장교임을 나타내는 갈매기 문양이 새겨져 있었다.

"그놈은 집으로 돌아간 겁니다." 창백한 얼굴을 찌푸린 병사가 대답했다. 그 병사는 겁에 질려 벌벌 떨었고, 두렵다는 듯이 주변을 흘끗거렸다. "여기에는 무덤이 너무 많아요. 그놈이 무덤 안에 숨어 있을지도 모릅니다. 어서요, 대원들… 당장 떠납시다! 당장 이 저주받은 곳을 떠나자고요."

장교는 나를 말안장에 올리라고 명령하면서 나를 일으켜 앉혔고, 그러자 병사 몇몇이 나를 말안장에 올렸다. 장교는 풀쩍 뛰어올라 내 뒤편에 앉았고, 나를 품 안에 안으며 전진 명령을 내렸다. 우리는 사이프러스 나무숲을 뒤로 한 채 군형 대형을 갖춘 후 빠르게 말을 달렸다.

내 혀는 여전히 작동을 거부했으므로, 침묵을 지킬 수밖에 없었다. 그러다가 깜빡 잠이 들었던 모양이다. 정신을 차려 보니 일어선 채로 좌우에 선 병사들에게 부축을 받고 있었으니 말이다. 어느새 대낮에 가까운 시간이었다. 북쪽에서 내리쬐는 붉은 햇볕이 반사되면서 설원에 핏빛 길이 생긴 것만 같았다. 장교는 병사들에게 무슨 일을 겪었는지 함구하라고 지시했다. 영국인을 찾아냈다는 사실과 커다란 개가 영국인을 지켜줬다는 사실을 제외하고는.

"개라니요! 그건 절대 개가 아니었습니다." 중간에 끼어든 병사가 진저리쳤다. "저는 늑대와 개를 구분할 줄 안다고요."

젊은 장교는 태연히 답했다. "개라고 했다."

"개라고 했다!" 다른 병사가 비꼬듯이 따라 했다. 해를 보니 용기가 솟은 모양이었다. 그 병사는 나를 가리켰다. "저 목덜미를 보십시오. 대장님, 저걸 개의 소행이라고 할 수 있습니까?"

나는 본능적으로 손을 들어 목을 만졌고, 참을 수 없는 고통에 비명을 질렀다. 병사들은 둥글게 모여 내 모습을 구경했는데, 몇몇은 안장에서 허리를 굽히며 쳐다봤다. 또다시 젊은 장교의 태연한 목소리가 들렸다. "개라고 하지 않았나. 다른 무언가라고 말해 봐야 비웃음을 살 뿐이네."

그 후 어떤 병사가 나를 말 뒤편에 태웠다. 우리는 뮌헨시의 교외를 향해 말을 몰았다. 그곳에 도착하니 길가에는 마차가 세워져 있었고, 병사들은 나를 들어 그 마차에 태웠다. 마차는 카트르 세종 호텔을 향해 출발했다. 젊은 장교는 기마병 한 사람을 대동한 채로 나와 동행했고, 다른 병사들은 병영을 향해 말을 몰았다.

호텔에 도착하자 헤어 델브뤼크가 쏜살같이 계단을 내려와 우릴 맞이했다. 안에서 지켜보고 있었음이 분명했다. 그는 걱정스럽다는 듯이 나를 양손으로 부축하며 안으로 들였다. 장교는 경례를 마친 후 뒤로 돌아 떠나려 했다. 나는 장교가 그냥 떠나려 한다는 사실을 눈치채고 내 방으로 같이 가자고 강권했다. 와인을 한 잔 따라 주며 그와 대원들에게 마음에서 우러나온 감사를 표했다. 장교는 도움이 되어 기쁘다고 짧게 답했고, 헤어 델브뤼크가 이미 수색대를 기쁘게 할 조치를 모두 취했다고 설명했다. 호텔 지배인은 이 알쏭달쏭한 말을 듣고 미소 지었고, 장교는 임무를 수행하고자 물러갔다.

"그런데 헤어 델브뤼크, 어떻게, 그리고 왜 병사들이 나를 수색한 겁니까?"

델브뤼크는 대수롭지 않다는 듯이 어깨를 으쓱했다. "운이 좋았지요. 예전에 모셨던 연대장께 허가서를 받았습니다. 수색할 지원자를 요청하라는 허가서를요."

"제가 조난한 줄은 어떻게 알고요?"

"마부가 마차 잔해를 들고 여기로 찾아왔습니다. 말들이 도망치면서 마차가 뒤집힌 듯하더군요."

"하지만 그 말만 듣고 수색대를 파견하진 않으셨을 텐데요?"

"오오, 물론 그렇지 않지요!" 델브뤼크가 대답했다. "마부가 도착하기 전에 이미 손님을 초대하신 보야르*께서 전보를 보내

---

* 루마니아의 고위 귀족 작위

셨습니다." 그리고 품속에서 전보를 꺼내 내게 전해 줬다. 전보에는 이렇게 적혀 있었다.

비스트리차에서.[*]

부디 내 손님을 잘 보살펴 주시오. 손님의 안전은 내게 몹시 중요하다오. 손님께 무언가 좋지 않은 일이 일어나거나, 혹여 실종된다면 수색을 위해 돈을 아끼지 말고 어떻게든 구출하시오. 손님은 영국인이니 필시 모험을 즐길 터이오. 눈과 늑대, 밤은 때때로 위험천만할 수 있다오. 손님의 안위가 위험하다고 생각된다면 한시도 지체하지 마시오. 그대의 노고에 대해 섭섭지 않게 보상하리다.

드라큘라

전보를 잡아 든 순간, 방 전체가 핑핑 도는 듯했다. 사려 깊은 호텔 지배인이 잡아주지 않았더라면 분명 쓰러졌으리라. 이 모든 사건에는 너무나도 기묘한 구석이 있었다. 너무나도 이상하고 상상조차 할 수 없는 부분이 말이다. 날 적대하는 어떤 세력이 나를 노리개로 삼은 것이 아닌가 하는 의심마저 들었다. 막연

---

[*] 루마니아의 트란실바니아 지방에 있는 도시로 소설 『드라큘라』의 주 무대이다.

한 생각에 불과했지만, 이런 생각이 들자 온몸이 마비되는 듯했다. 어떤 불가사의한 존재가 나를 보호한 것은 확실하다. 촌각을 다투는 때에 머나먼 이국땅에서 전해진 메시지가 눈 속에서 영면을 맞을 위험과 늑대의 턱으로부터 나를 구해 줬으니 말이다.

어떤 해석

번역가로 데뷔하기 위해 한창 번역 공부를 하던 지난 겨울, 우연히 김선형 선생님의 〈영문학 번역 워크숍〉을 알게 되었다. 특별히 문학 번역을 할 생각은 없었지만 호기심이 동했고, 그 호기심은 결국 첫 문학 작품 번역으로 이어졌다. 문집에 실을 작품을 고르면서 많은 고민을 했다. 1900년대 초에 쓰인 유명 작가의 생소한 작품을 번역한다는 컨셉은 좋았지만, 아는 작가가 별로 없다는 게 문제였다. 그러다가 우연히 다른 역자분이 정리한 작품 목록에서 브램 스토커의 이름을 봤다. 평소 호러와 픽션을 즐기는 편인데, 이번 기회에 호러 장르의 대부 격인 드라큘라 시리즈를 번역하면 좋겠다는 생각이 들었다. 다행히 스토커의 초기작인 「드라큘라의 손님」은 분량도 적당하고, 기존에 나온 한

글 번역본도 따로 없었다. 비문학 번역을 하면서 글의 논리와 의미를 전달하는 데 집중했다면, 「드라큘라의 손님」을 번역하면서는 주로 작품에 등장하는 인물들은 어떤 성격이고 서로 어떤 관계를 맺는지, 등장하는 사물이나 풍경은 무엇을 상징하는지에 집중했다. 비록 짧은 작품이었지만 몇 달에 걸쳐 검토하면서 작가의 의도와 숨겨진 뉘앙스를 고민했고, 그렇게 원고는 조금씩 나아졌다. 문학 작품 번역은 비문학 번역에서는 느껴 보지 못한 신선한 경험이었고, 원고를 수차례 검토하면서 점점 나아지는 모습을 지켜보는 것 역시 커다란 즐거움이었다. 혹여 드라큘라 시리즈를 좋아하지만, 이 작품의 번역이 없어서 아쉬워한 독자분들이 계신다면 부디 즐겁게 감상하셨으면 좋겠다.

「드라큘라의 손님」은 수수께끼로 점철된, 끝내 발표되지 못한 비운의 작품이다. 드라큘라 시리즈의 저자 브램 스토커는 죽기 전까지 이 작품을 발표하지 않았고, 스토커가 죽은 후인 1914년이 되어서야 아내 플로렌스 스토커에 의해 단편 소설집 『드라큘라의 손님과 다른 기이한 이야기들』(*Dracula's Guest and Other Weird Stories*)에 실려 세상에 공개되었다. 이 작품은 본래 드라큘라 본편의 1장에 해당한다고 한다. 스토커가 왜 이 작품을 본편에 싣지 않았는지 정확한 이유는 알 수 없지만, 편집부에서 본편의 스토리와 밀접한 관계가 없으며 작품의 분위기가 본편과 다소 상이하다는 이유로 반대했다는 이야기가 있다. 이 작품에는 수수께끼가 참 많다. 당장 주인공 영국인이 누구인지조차 명확히 드러나지 않는다. 본편에서 빠지는 과정에서 원작과의 연관성이 떨어졌기 때문일 것이다. 아무튼, 나는 영국인이 본편의 중요 인물인 조너선 하커라고 믿고 번역했다. 본편에서 하커는 영국에서 저택을 구매하고자 하는 드라큘라의 초대를 받아 비스트라차로 향하는 과정에서 뮌헨에 들렀으며, 이 시기에 드라큘라 백작이 관심을 가질 만한 영국인은 하커가 유일하다고 생각했기 때문이다. 이 작품에는 드라큘라 백작이 총 몇 번 등장할까? 드라큘라 백작이 주인공 영국인에게 호의적인 태도를 취한다면, 영국인을 적대하는 세력은 과연 누구일까? 비범한 능력을 지닌 호텔 지배인과 온갖 일을 겪으면서도 눈 하나 깜빡하지 않는 장교의 정체는 과연 무엇일까? 이런 질문은 독자분들께 흥미로운 생각거리를 제공할 것이다. 작품에는 이런 질문에 답할 수 있는 여러 가지 장치가 등장한다. 그리고 이런 장치들 역시 내 나름대로 해석하면서 작품을 번역했다. 내 해석이 확고부동하다고 주장할 생각은 추호도 없다. 어쩌면 억지로 해석한 듯이 보이는 부분도 있을지 모른다. 그렇기에 그저 하나의 해석으로서 재미있게 읽어 주시길 바랄 뿐이다.

"The Magic Shop"

by H. G. Wells

마술가게

최지원

옮김

나는 그 마술 가게를 먼발치에서 몇 번 본 적 있다. 한두 번쯤은 지나쳐가기도 했을 것이다. 진열창에 사람을 유혹하는 아기자기한 장식품과 마술 공, 마술 암탉, 예쁜 솔방울, 복화술 인형, 바구니 마술용 재료, 꽤 멋진 카드 몇 벌 등등 별게 다 있었다. 들어가 볼 생각은 전혀 없었다. 하지만 어느 날 깁이 뜬금없이 손가락을 잡고 진열창 앞으로 끌고 가는 통에 아이를 데리고 들어갈 수밖에 없었다. 솔직히 말하자면, 그 가게가 리젠트 스트리트의 그림 가게와 부화기에서 갓 나온 병아리들이 뛰어다니는 곳 사이에 아담하게 자리한 줄은 몰랐다. 그러나 분명히 그곳에 있었다. 늘 길 건너에 있는 곳처럼 동떨어져 있고 위치도 뭔가 모르게 혼동되어서 원형 광장이나 옥스퍼드 스트리트 모퉁이 근처나 심지어 홀번 같은 곳 근처에 있다고 생각했었다. 하지만 가게는 그곳에 떡하니 서 있었고, 깁이 오동포동한 손가락으로 진열창을 톡톡 쳤다.

"내가 돈이 많으면 저걸 살 거야."

깁이 '사라지는 달걀'이 진열된 곳을 톡톡 쳤다.

"저것도."

이름이 '우는 아기, 진짜 사람 같음'이었다.

"저것도."

뭔지는 알 수 없었지만 아주 단정하게 끼워 놓은 카드에 '이 것 하나로 친구를 깜짝 놀라게 해주자'라고 쓰여 있었다.

"저 원뿔 안에 들어가는 건 다 사라져. 책에서 봤어."

"아빠, 저건 '사라지는 동전'인데, 어떻게 사라지는지 안 보여 주려고 한쪽 면만 보여 주는 거야."

깁 그 녀석은 엄마를 닮아서 들어가자고 한다거나 성가시게 굴지 않았다. 그저, 그런 거 있지 않은가, 무의식적으로 손가락을 잡아당겨서 관심을 드러내는 거.

"저거."

깁이 '마술 물병'을 가리켰다.

"저게 있으면 뭐 할 건데?"

기대감을 주는 질문에 나를 올려다보는 깁의 얼굴이 반짝반짝 빛났다.

"제시한테 보여 줄 수도 있지."

늘 그렇지만 참 사려 깊은 아이다.

"네 생일까지 100일도 안 남았어, 기블스."

나는 문손잡이를 잡았다.

대답은 없었지만 깁은 내 손가락을 더욱 꼭 쥐었고, 우리는 그렇게 가게에 들어가게 되었다.

과연 흔치 않은 가게였다. 그곳은 마술 가게지 않나. 깁이 의기양양하게 읊었던 장난감 수준의 도구들은 없었다. 대화의 짐은 내가 지게 되었다.

가게는 아담하고 길쭉한 구조였고, 어두컴컴했다. 우리가 들어가서 문을 닫자 종소리가 한 번 더 애처롭게 울렸다. 얼마간 가게엔 우리뿐이었다. 우린 가게를 둘러보았다. 종이로 만든 호랑이 인형이 유리상자에 들어 있었다. 진열대 아래 칸에 있던 그 호랑이 인형은 표정이 근엄하고 눈길은 따뜻했고 고개를 계속 까딱였다. 수정 구슬 여러 개, 마술 카드를 쥔 손 모양의 도자기, 크기별로 쌓여 있는 마술 어항도 있었다. 어떤 마술 모자는 부끄러운 줄도 모르고 뻔뻔하게 용수철을 드러내고 있었고. 바닥에 세워둔 마술 거울을 보니 몸이 길쭉해지기도, 머리가 부풀고 다리가 사라지기도, 난쟁이처럼 키가 작고 술독 같이 뚱뚱해지기도 했다. 그 모습을 보며 웃고 있을 때 점원이 들어왔던 것 같다.

여하튼 점원은 진열대 뒤에 서 있었고, 우리에게 흥미가 인 듯했다. 낯빛은 누렇게 뜨고 어두운 데다 귀도 한쪽이 다른 쪽보다 크고 턱은 장화 코를 닮은 사람이었다.

"도와드릴까요?"

점원이 말하며 마술을 부려서 손가락을 유리상자까지 길게 내리뻗었다. 우린 그때서야 화들짝 놀라 그 사람이 거기 있다는 걸 알게 되었다.

"아들에게 간단한 마술 도구를 사 주러 왔습니다."

"손기술 쪽이요? 아니면, 기계를 쓰는 마술? 댁에서 하실 건가요?"

"재미있는 거라도?"

점원이 "흠!" 하면서 생각을 하는 양 머리를 긁적였다. 그러고는, 똑똑히 봤는데, 머리에서 유리구슬을 꺼냈다.

"이런 거 말입니까?"

점원이 유리구슬을 내밀었다.

예상에 없던 일이었다. 그 기술은 여흥 자리에서 수없이 봐왔잖은가. 마술사들의 기본 기술이랄까. 하지만 거기서 보게 될 줄은 몰랐다.

"그거 괜찮군요."

나는 말하며 웃음을 터트렸다.

"그렇죠?"

점원이 대답했다.

깁이 내 손가락을 놓고 손을 내밀어서 그 구슬을 잡으려고 했지만 손바닥은 텅텅 비어 있을 따름이었다.

"네 주머니에 있단다."

점원 말 대로였다!

"얼마죠?"

"유리구슬은 무료입니다."

점원이 정중하게 말했다.

"애초에."

점원은 말하면서 팔꿈치에서도 유리구슬을 하나 꺼냈다.

"공짜로 구하니까요."

뒷목에서도 하나를 뽑아내더니 진열대 위에 먼저 보여 준 유리구슬 옆으로 줄지어 놓았다. 깁이 그 유리구슬이 신성한 것이라도 되는 양 보더니 호기심이 이는 얼굴로 진열대 위의 유리구슬 두 개로 시선을 옮겼다가 결국 휘둥그레진 눈으로 점원을 바라보자 점원이 웃었다.

"둘 다 주마. 너만 괜찮으면 입에서도 하나 꺼내 주지. 자!"

깁은 내 눈치를 살피더니 정적 속에서 유리구슬 네 개를 거절하고, 내 손가락을 다시 꼭 쥐고 다음 일을 대비해 마음을 다잡았다.

"작은 마술 도구는 이런 식으로 구합니다."

나는 농담을 이해한다는 듯이 웃었다.

"도매상 대신 말이죠. 당연하지요, 이 편이 저렴할 테니."

"어떻게 보면 그렇습니다. 하지만 결국 대가는 다 지불합니다. 사람들의 생각만큼 대단한 대가는 아니지만요. 저희가 쓰는 비교적 큰 도구나 일용할 양식을 비롯해서 원하는 건 전부 저 모자에서 나옵니다. 아, 그리고, 손님, 이런 말씀 드려도 괜찮을지 모르겠지만, 도매상 같은 건 없습니다. 진짜 마술 도구니까요, 손님. 저희의 간판 문구를 알아채셨는지 모르겠습니다. '진정한 마술 가게'잖습니까."

점원이 볼에서 명함을 뽑아내어 주었다.

"진정한."

점원은 '진정한'이라는 단어를 가리키면서 덧붙였다.

"단 한 치의 거짓도 없습니다, 손님."

나는 점원이 농담을 참 꼼꼼하게도 한다고 생각했다.

점원이 깁에게는 친근하게 웃어 주었다.

"애, 너는 착한 아이구나."

점원이 그 점을 안다는 게 놀라웠다. 우리는 가정교육 차원에서 집에서조차 그런 말을 해주지 않기 때문이다. 깁은 말은 없었지만 당황하는 기색 없이 점원을 바라보았다.

"저 문은 착한 아이만 들여보내거든."

그런데 때마침 예시라도 보여 주듯이 문이 흔들리는 소리가 나고 찡찡대는 아이 목소리가 희미하게 들려왔다.

"시져! 들어갈래! 아빠, 나 들어갈래애애애!"

아이에게 시달린 아버지가 아이를 어르고 달랬다.

"문이 잠겼어, 에드워드."

"안 잠겼는데요."

내가 말했다.

"잠겼습니다, 손님."

점원이 말했다.

"언제나 잠겨 있죠. 저런 아이에게는요."

점원과 나는 같이 그 아이를 흘긋 보았다. 몸집이 작고 얼굴이 희멀건 아이였다. 사탕이나 자극적인 음식을 너무 먹었던지 생기도 없고, 심성이 비뚤어져 성질을 부리고 있었다. 안하무인에다 저밖에 모르는 아이가 마술에 걸린 창틀을 계속 쾅쾅 두드렸다.

"소용없습니다, 손님."

나는 원래 남들을 잘 돕는 편이었고, 점원이 말했을 때는 이미 문을 열어 주러 가고 있었다. 버르장머리 없는 아이는 안긴 채로 울부짖으며 멀어졌다.

"저런 건 어떻게 감당하죠?"

그제야 숨을 쉬기도 좀 편해졌다.

"마술로요!"

점원이 아무렇게나 손짓하니, 참으로 신기하게도 색색의 불꽃이 손가락 끝에서 뿜어져 나와 가게의 어둠 속으로 사라졌다.

"그러고 보니."

점원이 깁에게 말을 걸었다.

"가게 밖에서 '이것 하나로 친구를 깜짝 놀라게 해주자' 상자에 든 게 갖고 싶다고 했지?"

깁은 용기를 한껏 끌어올린 다음에야 "네"라고 했다.

"주머니를 뒤져 보렴."

점원은 진열대 위로 몸을 기대오면서, 몸은 또 어찌 그리 긴지, 마술사들이 흔히들 하는 동작을 하며 물건을 만들어 냈다.

"종이."

용수철이 튀어나온 모자에서 종이를 꺼내 썼다.

"줄."

줄 보관함은 입이었다. 점원은 입에서 끝없이 줄을 뽑아 쓰더니 포장을 마치자 이로 끊었다. 보아하니 남은 줄 뭉치는 삼킨 것 같았다. 그러고서 복화술 인형의 코끝으로 초에 불을 붙이고 손가락을 (손가락은 이미 붉은 봉랍으로 변해 있었다) 촛불에 갖다 대자 포장이 끝났다.

"사라지는 달걀도 갖고 싶다고 했지."

점원은 말을 마치더니 내 코트 가슴팍에 있는 주머니에서 달걀을 만들어 내고, '우는 아기, 진짜 사람 같음'도 만들어 냈다. 나는 포장이 끝날 때마다 깁에게 건넸고 깁은 선물들을 품에 끌어안았다.

깁은 말이 거의 없었지만, 눈과 힘이 잔뜩 들어간 팔에서 감정이 드러났다. 깁은 말로 표현할 수 없는 감정들의 놀이터가 되었던 것이다. 이 모든 게, 그렇지 않은가, 진짜 마술이었으니까.

순간 나도 소스라치게 놀랐다. 내 모자 속에서 무언가 움직였던 것이다. 몰랑몰랑하고, 폴짝거리는 무언가. 모자를 획 벗어 보니 깃털이 북슬북슬한 비둘기였다. 분명히 마술사와 일당이겠지. 비둘기가 툭 튀어나와 잽싸게 진열대로 가더니 종이호랑이 뒤의 판지 상자로 들어갔다.

"쯧쯧!"

점원이 솜씨 좋게 내 모자를 낚아챘다.

"조심성 없긴. 살다 보니 별일이 다 있습니다, 여기서 둥지까지 텄군요!"

점원은 내 모자를 흔들더니 손을 뻗어 비둘기 알 두세 개, 커다란 구슬 한 개, 손목시계 한 개, 이런 곳에서는 빠질 수 없는 유리구슬, 구깃구깃 뭉쳐 놓은 종이 등을 끝없이 꺼내며 그러는 동안 사람들이 모자 겉만큼 안은 솔질을 해주지 않는다고 내내 주절댔다. 말투는 물론 예의 바르지만 그는 열변을 토하다시피 말했다.

"별별 물건이 다 쌓입니다, 손님… 손님만 그렇다는 말씀은 당연히 아닙니다… 거의 모든 손님들이 그렇다는 겁니다… 모자 속에 든 것들을 보면 참 질겁합니다…"

구겨진 종이가 굽이치며 진열대를 집어삼키고 점원의 모습을 가리다 결국 점원이 전혀 안 보일 지경이 되었지만, 점원은 말을 멈추지 않았다.

"우리 중 그 누구도 사람이 반듯한 겉모습 속에 무얼 숨겼는지 모릅니다. 손님, 우리는 모두 말끔한 껍질이나 회칠한 무덤과 다를 바 없…"

목소리가 뚝 끊겼다. 벽돌을 잘 조준해 던져서 이웃집 축음기를 맞췄을 때 별안간 모든 소리가 멈추는 것처럼 부스럭거리는 종이 소리도 멎고 사방이 멈췄다.

"모자 손질은 다 끝났나요?"

내가 조금 기다리다 물었다.

답이 없었다.

나는 깁을 바라보고, 깁도 나를 바라봤다. 마술 거울에 비쳐 일그러진 우리 모습은 무척이나 기묘하고 음울하고 조용해 보였다.

"이만 가야겠군요. 전부 다 해서 얼마죠?"

나는 조금 더 크게 말해 보았다.

"이봐요. 계산도 하시고, 모자도 주시죠."

종이 무더기 뒤에서 코웃음 소리가 난 것 같았다.

"진열대 뒤로 가보자, 깁. 우리를 놀리는 거 같구나."

깁을 데리고 고개를 까딱이는 호랑이 뒤로 갔더니 진열대 뒤에 무엇이 있었을 것 같은가? 아무도 없었다! 내 모자는 바닥에 떨어져 있고, 마술쇼에 등장하는 전형적인 토끼처럼 귀가 접힌 토끼가 멍하니 있는데, 그 맹하게 웅크리고 있는 모습이 마술사의 토끼다웠다. 나는 모자를 다시 썼고 토끼는 깡충깡충 뛰어 내 앞에서 사라졌다.

"아빠!"

깁이 죄책감을 느끼면서 내게 속삭였다.

"왜 그러니, 깁?"

"아빠, 나 이 가게 진짜 좋아."

"왜 아니겠니. 진열대가 갑자기 늘어나서 문밖으로 못 나가게 막지만 않으면 좋겠다."

나는 웅얼거렸다. 깁에게는 안 들리게.

"복슬이다!"

깁이 우리를 지나쳐서 깡충깡충 멀어지는 토끼를 보고 말했다. 깁은 "복슬아, 깁한테 마술을 보여 줘!"라면서 토끼의 뒷모습을 눈으로 좇는데, 토끼는 방금까지만 해도 있는 줄도 몰랐던 문으로 몸을 욱여넣어 들어가 버렸다. 문이 점점 넓어지더니 짝 귀인 그 점원이 나왔다. 여전히 웃는 얼굴이었지만, 나와 눈이 마주쳤을 때 보니 그는 우리를 재미있어 하는 것 같기도, 무시하는 것 같기도 했다.

"전시실도 보시죠, 손님."

점원의 말은 온화하기 그지없었다. 깁은 내 손가락을 잡고 앞을 가리켰다. 나는 진열대를 슬쩍 쳐다본 다음 나를 바라보던 점원의 눈을 마주보았다. 마술이 좀 지나치게 진짜 같다는 생각이 슬슬 들었다.

"저희가 시간이 얼마 없어서요."

하지만 어찌 된 일인지 우리는 내 말이 끝나기도 전에 전시실 안에 들어가 있었다.

"도구의 품질은 모두 같습니다."

점원은 말을 하며 유연한 두 손을 비볐다.

"전부 최고라는 말씀이죠. 이곳에 진짜가 아닌 마술은 없습니다. 기묘함 또한 장담합니다. 잠깐만요, 손님!"

점원이 내 소매에 달라붙은 것을 떼는 느낌이 났고, 점원의 손에 꼬리가 붙잡힌 채로 꼬물거리는 빨간 악마를 보았다. 악마는 깨물고 발버둥 치며 공격하려 했지만, 점원은 이내 별것도 아니란 듯이 진열대 뒤로 던져 버렸다. 분명히 여기저기 꼬여 있는 탄성고무였을 것이다. 하지만 그 순간만큼은…! 게다가 그 몸짓이 사람들이 자꾸 달려들어 물어대는 귀찮은 흡혈 벌레를 대하는 것과 흡사했다. 슬쩍 보니 깁은 마술 흔들 목마를 보고 있었다. 악마를 못 봐서 다행이었다.

"이봐요."

나는 목소리를 깔고 깁과 빨간 악마 쪽으로 번갈아 눈짓했다.

"저런 건 많이 없겠죠?"

"저희 게 아닙니다! 손님이 가져오셨겠죠."

점원 또한 목소리를 낮게 깔고 대답했지만 웃는 낯이 그렇게 밝을 수가 없었다.

"사람들이 뭔지도 모른 채 가지고 다닐 걸 생각하면 참으로 놀랍죠!"

그러더니 이제 깁에게 물었다.

"마음에 드는 게 있니?"

깁의 마음에 드는 것은 많았다. 깁은 이 신기한 상인을 신뢰와 존경 섞인 태도로 돌아보았다.

"저건 마술 칼이에요?"

"마술 장난감 칼이지. 그래서 갖고 놀다가 손가락이 꺾이거나 부러지거나 베일 일은 없단다. 칼의 주인은 18세 이하의 적이라면 누구와 싸워도 무적이 되지. 반 크라운에서 7실링 6펜스까지 크기에 따라 가격이 달라. 카드에 나와 있는 투구와 갑옷은 용감한 소년 기사가 쓰는 건데 아주 유용해. 방패는 기사를 보호하고, 샌들을 신으면 재빠르게 움직일 수 있고, 투구를 쓰면 투명인간이 되니까."

"우와, 아빠!"

깁은 감탄해 마지않았다.

나는 가격을 알아보려 했지만 점원은 나를 무시했다. 점원은 깁을 완전히 사로잡은 것이다. 깁은 이미 내 손가락을 놓아 버렸고, 점원과 빌어먹을 마술 도구 속으로 탐험을 시작했다. 그 무엇도 점원을 막을 수 없었다. 나는 상황을 불신의 시선으로 바라보며 깁이 내 손가락을 잡듯이 이 사람의 손가락을 잡은 데 질투 비슷한 걸 느꼈다. 그래, 확실히 재미있는 사람이지. 가짜지만 흥미로운 물건도 많고, 정말로 잘 만든 가짜, 라고는 생각했지만 그래도…

나는 두 사람을 뒤따라가며 말수를 줄인 채 그 요술쟁이 같은 남자를 계속 주시했다. 어찌 됐든 깁이 즐거워하고 있지 않은가. 가야 할 때가 되면 분명 어렵지 않게 나갈 수 있을 터였다.

전시실은 길쭉하고 물건이 어지럽게 배치된 공간이었다. 전시 공간은 선반이나 칸막이나 기둥으로 나뉘었고 아치형 입구를 통과하면 전시 주제가 바뀌는데, 그럴 때마다 생전 본 적도 없는 기묘한 모습의 보조들이 정신 사나운 거울과 커튼 옆에서 게으름을 부리며 지나가는 사람을 뚫어지게 쳐다보았다. 어찌나 혼란스러운지 우리가 들어온 문이 어디 있는지조차 알아볼 수 없었다.

점원은 깁에게 증기나 태엽장치 없이 신호만으로 달리는 마술 열차를 보여 준 뒤 무척이나 진귀해 보이는 상자에 들어 있는 병정들을 보여 주었는데 상자 뚜껑을 열자마자 병정들이 살아나서 한 말이… 나는 귀가 그다지 예민하지 않아 그저 혀를 차는 소리로만 들렸는데 깁은 귀가 좋은 엄마를 닮아 즉시 이해했다. 점원은 "브라보!"라고 외치면서도 아무렇게나 병정들을 다시 집어넣고 깁에게 주었다.

"자, 그럼…"

점원의 말이 끝나고 얼마 지나지 않아 깁은 병정들을 다시 살려냈다.

"이것도 사실 겁니까?"

점원이 물었다.

"네, 주세요. 가격만 좀 조정해 주신다면요. 제값을 다 내려면 거부는 되어야…"

"저런! 아닙니다!"

점원은 작은 병정들을 다시 쓸어 담고 뚜껑을 닫은 후 허공에

다 대고 상자를 흔들자 갈색 종이로 포장이 끝났다. 깁의 이름과 주소까지 쓰여 있었다!

내가 감탄해 마지않자 점원이 웃었다.

"진짜 마술이니까요. 진정한 마술."

"제 취향에는 좀 지나치게 진짜 같군요."

그 후 점원은 깁에게 마술을 보여 주었는데 마술도 독특했지만 마술을 보여 주는 방식은 더 독특했다. 점원은 마술을 설명하고 뒤집어 보여 주기도 했고 내 사랑스러운 아이는 진지한 태도로 연신 고개를 끄덕였다.

나는 그 정도로 주의를 기울이지는 않았다. 마술 가게 점원이 "얍!" 하면 뒤따라서 아이도 "얍!" 하는 소리가 작지만 또렷하게 들려왔다. 하지만 내 정신은 다른 곳에 팔려 있었다. 점점 이곳이 말도 못하게 기괴한 곳이라는 확신이 들었다. 말하자면, 기괴함이 사방에 넘쳐흐르는 곳이랄까. 이곳은 심지어 천장이나 바닥 같은 설비도 기괴했고, 대충 늘어놓은 듯한 의자들도 기괴했다. 내가 똑바로 바라보고 있지 않을 때면 내 등 뒤에서 소리 없이 집 빼앗기 놀이라도 할 것만 같은 묘한 기분이 들었다. 천장에 있는 뱀 모양 돌림띠에 박힌 가면들도 회반죽이라고 하기엔 표정이 지나치게 생생했다.

그러다 갑자기 그 기묘한 모습의 조수들 중 한 명에게 관심이 쏠렸다. 그는 조금 떨어져 있어서 내 존재를 몰랐던 게 확실하다. 나도 장난감 더미 뒤로 보이는 아치형 입구를 통해 비스듬히 옆모습만 보았는데, 글쎄, 빈둥거리며 기둥에 기댄 채로 자기 얼굴에 끔찍한 짓을 하는 것이었다! 끔찍한 짓이라 함은 정확히 말하자면, 코에 한 짓이었다. 그저 심심해서 장난을 치는 것처럼. 그의 코는 원래 뭉툭한 들창코였는데 갑자기 천체망원경처럼 쑥 뽑으니 코가 가늘어지면서 길어졌고 결국 빨간 채찍이 될 때까지 늘어났다. 악몽에서나 볼 모습이 아닌가! 그는 코를 이리저리 흔들어 보더니 제물낚시꾼이 낚싯대를 휘두르듯 앞으로 휘둘렀다.

그 순간 나는 깁이 이 사람을 봐서는 안 된다고 생각했다. 뒤돌아 바라보니 깁은 점원에게 정신이 팔려 있고, 나쁜 생각은 없어 보였다. 두 사람은 서로 귀엣말을 하며 나를 바라보았다. 깁은 작은 스툴 위에 올라 서 있고, 점원은 큰 드럼 같은 걸 들고 있었다.

"아빠, 숨바꼭질하자!" 깁이 소리쳤다.

"아빠가 술래!"

그리고 내가 미처 말릴 틈도 없이 점원이 깁 위로 큰 드럼을 씌워 버렸다.

이제 어떻게 될지 나는 똑똑히 알고 있었다.

"그거 벗겨요, 당장! 애가 놀라잖아. 벗겨!"

귀가 짝짝이인 그 점원은 말없이 드럼을 벗겨서 커다란 원통의 속이 비었음을 보여 주었다. 작은 스툴 위에는 아무도 없었다! 그 짧은 순간 내 아들이 완전히 사라져 버린 것이다!

다들 그 불길함을 아마 알지 싶다. 보이지 않는 곳에서 튀어나온 손이 심장을 움켜쥐는 기분. 평상시의 나는 사라지고 팽팽한 긴장감과 함께 침착해지며, 느릿느릿하지도 성급하지도 않고 화가 나지도 두렵지도 않은 상태. 내가 바로 그랬다.

나는 히죽거리는 점원에게 다가가 스툴을 걷어찼다.

"장난은 집어치워! 내 아들 어디 있어?"

"그게 말입니다."

점원은 말하면서 텅 빈 드럼을 계속 보여 주었다.

"여기는 한 치의 거짓도 없이…"

나는 놈의 멱살을 잡으려 했으나 놈은 가뿐하게 피했다. 낚아채려 해봤지만 놈은 내게서 몸을 돌려 문을 열고 도망쳤다.

"거기서!"

놈이 웃으며 멀어져 갔다. 나도 뒤따라 뛰었지만 칠흑 같은 어둠뿐이었다.

쿵!

"아이고 깜짝이야! 갑자기 튀어나오면 어떡합니까!"

리젠트 스트리트였다. 나는 맞은편에서 오는 점잖아 보이는 일꾼과 부딪쳤다. 그리고 대략 1야드 떨어진 곳에 서서 얼떨떨해하고 있는 사람은, 깁이었다. 어정쩡하게 사과가 끝나니 깁이 밝고 귀여운 웃음을 띠고 다가왔다. 잠깐이지만 내가 보고 싶었던 모습이었다.

그리고 깁은 네 개의 선물 꾸러미를 팔에 끼고 있었다!

집은 바로 내 손가락부터 꼭 쥐었다.

나는 순간 말을 잃었다. 마술 가게의 문을 찾으며 주위를 둘러보았는데, 맙소사, 마술 가게는 그곳에 없었다! 문도 없고, 가게도 없고, 아무것도 없이 흔한 벽기둥만이 덩그러니 그림 가게와 병아리가 보이는 창문 사이에 자리하고 있었다!

나는 그런 혼란 속에서 취할 수 있는 유일한 행동을 했다. 나는 차도 쪽으로 단숨에 걸어가 마차를 잡기 위해 우산을 치켜들었다.

"이륜마차다."

집은 이로써 신나는 하루의 정점이라도 찍는 양 말했다.

나는 집을 먼저 태우고 애써 집 주소를 생각해 내어 마차에 올랐다. 내 코트 주머니에 익숙하지 않은 무언가가 있는 것 같아 만져 보았더니 유리구슬이었다. 기분이 언짢아져서 유리구슬을 거리로 내던져 버렸다.

집은 말이 없었다.

얼마간 우리 중 누구도 말을 꺼내지 않았다.

"아빠!"

결국 입을 연 건 집이었다.

"정말 굉장한 가게였어!"

아이 눈에 모든 게 어떻게 보였을지 생각하고 보니, 그랬겠구나 싶었다. 집은 그때까지 다친 곳 하나 없이 멀쩡해 보여 다행이었다. 겁먹지도 혼란스러워하지도 않고, 그저 오후에 실컷 신나게 놀아서 심히 만족해하고 있었을 뿐인 데다 양팔에 상자를 네 개나 끼고 있지 않나.

맙소사! 안에 뭐가 든 거지?

"으흠! 어린이들은 저런 가게에 날마다 갈 수는 없어."

집은 평소처럼 덤덤하게 받아들였다. 순간 아쉬워졌다. 내가 아버지가 아니라 어머니였다면 사람이 많은 곳에서도 마차에 탄 채로 불쑥 입맞춰 줄 수 있었을 텐데. 어찌 됐건, 마술 가게에 간 게 그리 나쁜 일만은 아니라는 생각도 들었다.

사실은 선물 꾸러미를 열고 나서야 정말로 마음이 놓이기 시작했다. 상자 세 개에는 납으로 만든 꽤 평범한 병정 모형이 들어 있었는데, 그 만듦새가 너무나 정교한 나머지 집이 이 병정들이 진짜 마술에 걸렸던 걸 잊을 정도였으며, 네 번째 상자에 든 하얀 새끼 고양이는 아주 건강하고 식욕 넘치고 성격 좋은 고양이였다.

집이 선물을 열어 보는 모습을 보면서 당분간은 안심할 수 있을 것 같았다. 하지만 나는 아이 방에서 무척이나 오랜 시간 서성였다.

그게 6개월 전의 일이었다. 그리고 이제야 아무 문제가 없다고 믿을 수 있게 되었다. 새끼 고양이는 마법이라고 해봤자 모든 새끼 고양이들이 갖고 있는 마법 같은 사랑스러움이 다였고, 병정 모형은 세상 모든 장군이 바랄 정도로 흐트러짐 없는 자세를 유지했다. 그러면 집은?

지적인 부모라면 내가 깁을 조심스럽게 대해야 한다는 점을 이해할 것이다.

하지만 어느 날, 나는 선을 조금 넘어 버렸다.

"이 병정들이 살아나서 스스로 행진하면 어떨 것 같아?"

"얘들은 그렇게 해. 뚜껑을 열기 전에 뭐라고 말만 하면 돼."

"그럼 스스로 행진해?"

"에이, 당연하지. 행진도 안 하면 좋아할 이유가 없잖아."

나는 볼썽사납게 놀라는 모습을 보이지 않았고, 그 후로 상황을 봐서 아이가 방에 병정들을 늘어놓았을 때 한두 번 정도 예고 없이 등장해 보았지만 아직 마술에 걸려 행진을 하는 모습 같은 건 포착해 내지 못했다.

진실을 알아내기 여간 힘든 게 아니다.

그리고 돈 문제도 걸려 있다. 나는 꼭 돈을 내야 직성이 풀리는 사람이다. 이미 마술 가게를 찾아 리젠트 스트리트에 몇 번이나 다녀왔다. 그러므로 내가 할 만큼은 했다고 생각하고, 그들이 깁의 이름과 주소를 알고 있으니 맡겨 놓고자 한다. 그들이 누구든, 언제든 편할 때 청구서를 보낼 테니.

옮기고 나서
내가 받은 선물

「투명 인간」에서는 어느 날 수차례의 실험 끝에 투명 인간이 된 사람을 통해 고독과 분노와 광기를 보여 준 작가, 「타임머신」에서는 자본가와 노동자라는 두 계급으로 나뉘어 진화한 두 종류의 인간으로 이루어진 디스토피아를 보여 준 작가, 「우주 전쟁」에서 무자비한 침략자인 화성인으로 해가 지지 않는 나라 영국을 비유했던 작가. 과학 소설의 아버지라는 별칭을 가진 H.G. 웰스, 그는 독자가 금세 빨려 들어갈 만한 흥미로운 이야기를 던져 주지만 작품 안에서 다루는 내용이 내용인 만큼 집중해서 읽다 보면 미간에 절로 힘이 들어가기 일쑤다. 하지만 묵직한 주제를 다루는 작가라도 늘 묵직하기만 할 수는 없는 법.

　「마술가게」는 앞서 언급한 작품들에 비하면 디저트 같은 단편 소설이다.

작중 화자는 자기의 손가락 하나를 꼭 쥔 아들의 손에 이끌려 마술 도구 용품점의 진열창 앞에 나란히 서 있다. 갖고 싶어 하는 게 눈에 뻔히 보이는데도 아들은 떼를 쓰는 법이 없다. 그저 신이 나서 이것저것 연신 가리키며 설명할 따름이다. 다가올 생일 선물을 구실로 가게 안으로 들어가는 화자. 텅 빈 가게 안에서 아이와 잠시 즐거운 순간을 보내다가 등 뒤로 양쪽 귀의 크기가 다른 점원이 등장한다. 여기서부터 아들에게 선물을 사 주러 들어간다는 단순한 현실에 비현실이 섞여 든다. 화자는 '진정한' 마술을 계속 강요하는 점원을 보며 뭔지 모르게 점점 불안해지지만 아무런 의심 없이 점원을 따르는 착한 아들은 '진정한' 마술의 세계에 홀딱 빠져 버린다.

'빠져 버린다'를 '빠져 버리는데…'혹은 '빠지기 시작한다!'로 써 놓는다면 팀 버튼 감독의 영화 시놉시스라고 해도 속아 넘어갈 내용이다. (정정한다. '빠지기 시작한다!'는 포스터에 더 어울리겠다.) 글만 읽어도 팀 버튼 감독의 영화에서 등장할 법한 기괴한 사람과 모습이 쉬이 그려지는 것을 보면 번역하는 과정에서 머리를 얼마나 쥐어뜯었는지를 논했으면 했지, 문장의 생동감은 따로 논할 것도 없겠다.

쉽게 추측할 수 있겠지만, '진정한' 마술의 존재에 마음을 닫고 있는 어른에게는 이 현실 속의 비현실이자 일상 속의 비일상이 불편하고 무서웠지만, 마음을 활짝 연 아이는 마술 가게에서 신나게 놀고 선물 꾸러미까지 챙긴다.

나는 번역된 소설을 읽으며 늘 문학 번역의 세계를 궁금해했었다. 오랫동안 진열창을 보며 문 앞에서 서성였다고나 할까. 화자처럼 두려워하며 들어가 보니 두려워할 마땅한 이유도 발견할 수 있었다. 번역을 시작한 뒤 새삼스럽게 알게 된 내 초라한 한국어 실력에 낯이 뜨거워졌고 문장 간의 부드러운 연결과 인물별 말투 설정에도 애를 먹었기 때문이다. 용케도 (이 총체적 난국 속에서!) 나는 깁이 되어 즐거워했다. 다만 번역을 마친 뒤에야 이 작품을 번역한 분이 이미 계시다는 사실을 알게 되어 이 작품의 번역이 나만의 첫걸음이 아니라는 점이 아쉬움으로 남는다.

그러나 분명한 것은 내가 이 번역 워크숍에서 얻은 선물은 비단 책뿐만은 아니라는 것. 앞으로도 낯설고 어려운 작업에 풍덩 뛰어들어 즐기는 나를 기대한다. 또 모를 일 아닌가, 예상하지 못한 어떤 선물을 얻어 나올지.

"Nobody Ever Dies"

by Ernest Hemingway

———

아무도 죽지 않는다

송혜민

옮김

그 집의 장밋빛 회벽은 습기 때문에 칠이 벗겨지고 바랬다. 현관 앞에 서면 길가 맨 끝에 있는 아주 짙푸른 바다가 보였다. 인도를 따라 죽 늘어선 월계수들은 키가 꽤 많이 자라 현관에 시원한 그늘을 만들어 주었다. 현관 한편에 걸린 나무 새장 안에 흉내지빠귀 한 마리가 있었는데, 지금은 노래를 부르지도 쩍쩍거리지도 않는다. 젊고 마른 데다 눈언저리가 푸르스름하고 수염이 삐쭉삐쭉 난 스물여덟 살의 한 청년이 입고 있던 스웨터를 방금 벗어 새장을 덮어 놓았기 때문이다. 청년은 가만히 선 채 입을 살짝 벌리고 귀를 기울이고 있었다. 빗장이 걸리고 자물쇠가 잠긴 문을 누군가 열려고 하는 소리가 들려왔다.

청년이 귀 기울여 듣고 있는데 현관 바로 옆의 월계수 잎은 바스락거리고 도로에서는 택시 경적, 공터에는 노는 아이들의 목소리가 들려왔다. 그때 앞문 자물쇠 여는 소리도 들렸다. 자물쇠가 풀린 소리가 들렸고, 문을 당기다 빗장이 걸린 소리도 들렸다. 그러고 나서 누군가 자물쇠를 다시 잠갔다. 동시에 야구방망이로 공을 치는 소리와 공터에서 스페인어로 날카롭게 얘기하는 소리도 들려왔다. 청년은 그 자리에 서 있었다. 마른 입술에 침을 적시며 귀를 기울이자 누군가 뒷문을 열어 보려 하는 소리가 났다.

엔리케라는 이름의 청년은 신발을 벗어 조심스레 바닥에 내려놓은 뒤 타일이 깔린 현관을 따라 살금살금 걸어서 뒷문을 내려다 볼 수 있는 곳까지 갔다. 아무도 없었다. 엔리케는 다시 집 앞으로 살며시 돌아와 눈에 띄지 않게 숨은 뒤 도로를 내려다보았다.

챙이 좁고 위가 평평한 밀짚모자를 쓴 깜둥이가 회색 알파카 코트에 검은 정장바지 차림으로 월계수 밑 인도로 걸어오고 있었다. 지켜봤지만 다른 이는 없었다. 엔리케는 한참을 그 자리에 서서 경계 태세를 늦추지 않았다. 그러고 나서 새장을 덮고 있던 스웨터를 걷어 다시 입었다.

엔리케는 듣느라 땀을 많이 흘렸는데, 지금은 그늘에 있는 데다가 차가운 북동풍 때문에 추웠다. 스웨터 안에는 가죽 권총집이 있었고 가죽고리는 땀의 소금기로 하얗게 변색되었다. 45구경 권총을 차고 있었는데 오랜 시간 쓸려서 겨드랑이 조금 아래에 물집이 잡혔다. 엔리케는 이제 벽 가까이에 있는 야전침대에 누웠고 여전히 귀를 기울이고 있었다.

흉내지빠귀가 짹짹거리며 새장 안을 이리저리 뛰어다니자 청년은 새장을 올려다보았다. 그러고는 일어나서 새장 문고리를 풀고 문을 열었다. 새는 문이 열려서 머리를 갸우뚱하다가 주춤하고는 부리를 세우고 머리를 다시 앞으로 홱 젖혔다.

"어디 계속해 봐라." 젊은이가 나긋이 얘기했다. "널 속이려는 게 아냐."

엔리케가 손을 새장 안으로 집어넣자 새는 손길을 피해 반대편으로 날아가 철장에 부딪히고는 새장 안에서 퍼덕거렸다.

"멍청한 것." 엔리케가 중얼거리며 새장 안에서 손을 뺐냈다. "계속 열어 둘 거다."

엔리케는 간이침대 위에 다시 얼굴을 묻었다. 두 팔을 포개 한쪽 뺨을 괴고 계속 귀를 기울였다. 새가 새장 밖으로 날아가는 소리가 들리더니 어느 월계수에서 노랫소리가 들려왔다.

'사람도 없는 집에서 새를 키우는 건 바보짓이지.' 그는 생각했다.

"저런 불합리가 항상 문제야. 하긴 나도 이렇게 무식한 마당에 누굴 탓하고 난리야?"

공터에서는 아직도 아이들이 야구를 하고 있었고 지금은 으슬으슬해졌다. 청년은 어깨에 걸친 가죽 권총집 고리를 풀고 큰 권총을 다리 옆에 놓은 뒤 다시 잠이 들었다.

엔리케가 깨어났을 즈음 밖은 어두웠지만 월계수 잎 사이로 거리의 불빛이 비쳐 들어왔다. 엔리케는 일어나서 집 앞으로 갔다. 그는 그림자와 벽의 테두리를 벗어나지 않는 선에서만 움직였다. 그리고 길 위아래를 훑어봤다. 챙이 좁고 위가 평평한 밀짚모자를 쓴 남자가 길모퉁이 나무 아래 앉아 있었다. 그 남자의 코트나 바지 색은 볼 수 없었지만 깜둥이였다.

엔리케가 현관 뒤편으로 잽싸게 돌아갔지만 그곳엔 빛이라곤 하나도 없었다. 옆집과 그 건너편 집 뒤쪽 창문에서 나온 빛이 잔디에 비쳐 보일 뿐이었다. 뒤편에 사람이 몇이나 있을지 모를 일이다. 엔리케는 알았다. 건너편 옆집에서 라디오 소리가 흘러나오고 있었기 때문에, 소리만 들어서는 아까 낮만큼 인기척을 감지할 수가 없었다.

그러던 중 어디선가 기계음으로 된 사이렌이 점점 큰소리로 들려오는 바람에 청년의 두피가 쭈뼛 곤두섰다. 홍조처럼 갑자기 덮쳐 찌르는 듯한 열기처럼 느껴졌고, 언제 그랬냐는 듯 금세 사라졌다. 사이렌 소리는 라디오에서 나오고 있었다. 광고에서 아나운서의 목소리가 연이어 나왔다. "변하지 않아요, 따를 자 없어요, 최강 가비스 치약."

어둠 속에서 엔리케의 입가에 미소가 걸렸다. 이제 누군가 올 때가 됐다.

안내방송이 끝난 후 아기 우는 소리가 뒤따라 나왔다. 아나운서는 말타말타(Malta-Malta)면 우는 아기를 기쁘게 해줄 수 있을 거라고 했다. 이어서 자동차 경적소리가 들렸고 그린가스를 원하는 소비자의 목소리도 들려왔다. "더 이상 말할 필요가 없어요. 그린가스를 원해요. 더 경제적이고 더 연비가 좋은, 최상의 그린가스."

엔리케는 모든 광고를 외우고 있었다. 전쟁이 끝난 지 15개월이나 흘렀는데도 변한 것이라곤 하나도 없었다. 분명 방송국에서 이전에 사용하던 디스크를 그대로 쓰기 때문이리라. 여전히 사이렌에 속아서 어김없이 두피가 저릿했다. 마치 사냥개가 메추라기의 뜨끈한 냄새를 맡았을 때 즉각적으로 몸이 경직되는 확실한 위험 대처 반응이었다.

처음부터 쭈뼛거리는 느낌이 있었던 건 아니다. 한때는 위험과 공포가 닥치면 뱃속이 텅 빈 느낌이 들었다. 그때마다 엔리케는 몸살이 난 것처럼 힘이 쭉 빠졌다. 그리고 잘 움직일 수조차 없었다. 다리에 힘을 실어 앞으로 몸을 움직여야 하는데 마치 그 두 다리가 죽은 것처럼 느껴졌다. 잠이라도 자는 듯이. 이제는 그 증세가 모두 없어져서 무슨 일이든 별 어려움 없이 해냈다. 용사들이라 해도 처음에는 어마어마한 공포를 체감하는 경우가 있다. 이제는 저릿한 두피의 감각만 남아 있었다. 식은땀을 제외하면 ─어차피 땀이 안 나는 일은 없을 테니까─ 이제 그에게 유일하게 남아 있는 위험 반응이었고, 경고 이상의 의미도 별로 없었다.

엔리케는 가만히 서서 어떤 사람이 밀짚모자를 쓰고 나무에 앉아 있는 걸 내려다봤고, 도로변의 작은 돌이 현관 타일 바닥에 떨어져 있는 걸 봤다. 벽에서 떨어졌는지 살펴봤지만 찾을 수 없었다. 손을 침대 밑에 넣고 뒤져 봤으나 거기에도 돌은 없었다. 무릎을 꿇자마자 또 다른 돌이 타일 바닥으로 굴러 떨어졌다. 돌은 튕기고 굴러 집 옆 길가까지 갔다. 엔리케는 돌을 주웠다. 매끄럽고 평범한 조약돌이었다. 엔리케는 그 돌을 주머니에 넣고 집 안으로 들어가 뒷문으로 가는 계단을 따라 내려갔다.

엔리케는 문 옆에 붙어 서서 권총집에서 콜트 권총을 꺼내들었다. 오른손에 묵직한 무게감이 느껴졌다.

"승리." 엔리케가 조심스레 스페인어로 읊조렸다. 입으로는 '승리'라는 그 단어를 조롱하면서, 그는 맨발로 문 반대편으로 이동했다.

"승리를 이끌어낸 이들을 위하여." 밖에서 누군가가 말했다. 암호 구절의 남은 절반을 불안한 여자 목소리가 재빠르게 뱉어냈다.

엔리케는 문의 이중빗장을 젖히고 왼손으로 문을 열었다. 권총은 아직 그의 오른손에 있었다.

한 여자가 깜깜한 그곳에 바구니 하나를 들고 서 있었다. 머리에는 손수건을 두르고 있었다.

"안녕." 짧게 인사를 한 후 엔리케는 문을 닫고 다시 빗장을 걸었다. 그녀의 숨소리가 어둠 속에서 들려왔다. 여자의 손에 있던 바구니를 받아들고 엔리케는 여자의 어깨를 다독거렸다.

"엔리케." 여자가 불렀다. 엔리케는 여자의 눈빛이 어디를 바라보고 있는지, 표정이 어떤지도 볼 수 없었다.

"위층으로 올라와. 누가 집 앞에서 감시하고 있던데 그 남자가 널 봤을까?"

"아닐 거야." 그녀가 말했다. "공터를 가로질러 왔어."

"그 놈을 보여 줄게. 현관 쪽으로 올라와 봐."

그들은 계단으로 올라갔고 엔리케는 바구니를 가지고 갔다. 바구니를 침대 옆에 놓고 현관 끝으로 가서 살펴봤다. 챙이 좁고 윗면이 평평한 밀짚모자를 쓴 깜둥이는 사라졌다.

"그러니까." 엔리케가 조용히 얘기했다.

"그러니까 뭐?" 젊은 여자가 물었다. 그러면서 엔리케의 팔을 붙들고 경계 태세를 취했다.

"그러니까 그 남자는 갔어. 그 안에 뭐 먹을 거라도 있어?"

"안쓰러워라. 여기 쭉 혼자 있었다니. 어둠이 내릴 때까지 기다리느라 미칠 지경이었어. 하루 종일 여기 올 생각만 했다고."

"여기 있다는 그 자체가 빌어먹을 짓이야. 그 놈들이 날 여기로 데려왔어. 아침 해가 뜨기 전에 보트에서 날 데리고 와서 이곳에 있게 했어. 고작 암호만 알려 주고 먹을 거라곤 아무것도 주지 않았어. 게다가 집 안에선 감시를 하질 않나. 암호를 먹을 수는 없잖아? 다른 목적이 있다고 해도 이런 식으로 날 집 안에 두고 감시하는 건 이해가 안 돼. 정말 쿠바놈들다워. 아니 적어도 예전에 우리는 뭐라도 먹었지. 마리아 넌 어때?"

어둠 속에서 여자가 엔리케의 입술에 강렬하게 키스했다. 꼭 누르는 여자의 도톰한 입술과 맞닿은 몸에서 떨림이 느껴졌다. 그러다 갑자기 엔리케의 경추에 찌르는 듯 새하얀 고통이 찾아 왔다.

"아아! 조심해."

"왜 그래?"

"등 말이야."

"등에 뭐가 있어? 상처라도?"

"네가 한번 봐야 돼."

"지금 한번 볼 수 있을까?"

"나중에. 일단 요기를 좀 하고 여길 빠져나가야 돼. 그 사람들이 여기 보관하고 있는 게 뭐지?"

"아주 많아. 4월에 패전 때부터 있던 거야. 앞날을 대비해서 보관했지."

"먼 미래겠지. 그 사람들도 감시당하는 걸 알고 있었을까?"

"몰랐을 거야."

"거기에 뭐가 있는데?"

"박스에 권총이 몇 개 있어. 탄약도 몇 박스 있고."

"오늘 밤에 모두 옮겨야 돼." 입에 음식을 가득 넣고 우물거리며 엔리케가 말했다. "몇 년 정도 일을 하고 나면 다시 이게 필요할 거야."

"에스카베체* 좋아해?"

"최고지. 이리 가까이 와서 앉아 봐."

"엔리케." 엔리케에게 바짝 다가앉으며 마리아가 말했다. 마리아는 엔리케의 허벅지에 한 손을 얹고 나머지 한 손으로는 그의 목 뒤를 쓰다듬었다. "나의 엔리케."

"살살 만져." 엔리케가 오물거리며 말했다. "등이 엉망이야."

"전쟁에서 돌아온 게 기쁘기는 해?"

"그런 생각은 안 해봤어."

"엔리케, 추초는?"

"레리다에서 전사했어."

"펠리페는?"

"죽었어. 역시나 레리다에서."

"그러면 아르투로는?"

"테뤼엘에서 전사했지."

"비센트는?" 마리아가 낮은 목소리로 물었다. 마리아는 두 손을 포개 엔리케의 허벅지에 올려놓았다.

"전사했지. 셀레다스 길 건너편 공격 때."

"비센트는 우리 오빠야." 마리아는 혼자 우두커니 앉았다. 이제 그녀의 두 손은 그에게서 멀찍이 떨어졌다.

---

* 지중해나 남미에서 생선을 튀겨 새콤한 양념을 한 요리

"나도 알아." 엔리케는 이야기하며 계속 먹었다.

"비센트는 하나뿐인 내 오빠라고."

"네가 알고 있을 거라 생각했어." 엔리케가 말했다.

"몰랐어. 게다가 비센트는 내 친오빠라고. 그런데 오빠가 죽었다고? 그게 정말이야? 전해 들은 게 아니고?"

"잘 들어. 로젤로, 바실리오, 에스테반, 펠 그리고 나는 살았어. 나머진 죽었어."

"전부?"

"전부 다." 엔리케가 말했다.

"견딜 수가 없어." 마리아가 말했다. "도저히 견딜 수가 없어."

"얘기해 봐야 아무 소용없어. 그 사람들은 죽었어."

"비센트가 우리 오빠라서 이러는 것만은 아니야. 오빠는 포기할 수 있어. 하지만 오빠는 우리들 중에 가장 뛰어난 사람이었단 말이야."

"알아. 특별한 사람이었지."

"그만큼의 가치는 없어. 제일 좋은 걸 망쳐 버렸잖아."

"아니. 그만한 가치가 있었지."

"어떻게 그런 말을 할 수가 있어? 그건 범죄야."

"아니. 확실히 가치 있었어."

마리아는 흐느끼기 시작했고 엔리케는 식사를 마저 했다. "울지 마. 이제 우리 임무는 그 사람들을 위해 할 일이 뭔지 고민하는 거야."

"하지만 비센트는 우리 오빠야. 아직도 모르겠어? 내 친오빠라고."

"우리 모두는 형제야. 몇몇은 죽고 몇몇은 아직 살아 있지. 그놈들이 우리는 집으로 보냈어. 그래서 몇몇 사람들만 그곳에 남아 있을 거야. 그렇지 않으면 거긴 아무도 없겠지. 지금부터 일을 시작해야 돼."

"도대체 왜 그 사람들이 모두 살해됐어?"

"우린 전부 공격부대에 있었어. 부상당하거나 죽거나 둘 중하나라고. 너나 할 것 없이 부상당했지."

"비센트 오빠는 어떻게 죽었는데?"

"비센트가 길을 건널 때 오른편에 있던 농가에서 쏜 기관총포에 맞았어. 그쪽 농가에서 도로를 전면 공격했지."

"너도 거기 있었던 거야?"

"응. 내가 첫 번째 중대에 있었거든. 우리 중대가 비센트 오른편에 있었어. 우리가 그 농가를 점령하긴 했는데 시간이 좀 걸렸어. 그 자리에 기관총이 세 개 있었지. 두 개는 집 안에, 한 개는 마구간에 있었어. 접근 자체가 어려웠다고. 우린 탱크를 몰고와서 창문에 불을 지르고는 바로 마지막 총을 격파했어. 대원 여덟 명을 잃었고, 손실이 너무 컸어."

"거기가 어디였는데?"

"셀레다스."

"들어 본 적도 없는 곳이네."

"그럴 거야. 작전이 실패로 끝났으니 앞으로도 들을 일이 없겠지. 거기에서 비센트와 이그나치오가 전사했지."

"그래서 넌 그런 일들이 타당하다고 생각하는 거야? 그 사람들이 작전 실패로 타국에서 죽어도 마땅하다고?"

"다른 나라라는 건 존재하지 않아, 마리아. 스페인어를 쓰는 곳이라면 어디든지. 네가 어디에서 죽느냐가 문제가 아니라고. 자유를 위해 죽는다면 말이야. 어쨌든 중요한 건 죽지 말고 살아야 한다는 거지."

"그래도 여기서 멀리 떨어진 데서 죽은 두 사람을 생각해 봐."

"그 사람들은 죽으러 간 게 아니야. 싸우려고 갔지. 죽음은 하나의 사고일 뿐이라고."

"그러면 패전은? 우리 오빠가 패전으로 죽었고. 추초도 이그나치오도 패전으로 죽은 거잖아."

"그런 건 극히 일부분에 불과해. 불가능한 일들을 맡기도 했어. 그것들을 우리는 해냈지. 그래도 가끔 측면에 있는 사람들은 공격해 오지 않기도 했어. 또 어느 때엔 대포가 부족한 적이 있었고. 그리고 가끔은 충분한 병력도 없는데 명령을 받기도 했어. 셀레다스에서처럼 말이야. 그런 것들이 패전 요인이지. 그래도 결국에는 완전히 패한 것은 아니었고."

마리아는 대답을 미뤘고 엔리케는 식사를 마쳤다.

이제 상쾌한 바람이 나무 사이로 불어와 현관 주변은 조금 서늘해졌다. 엔리케는 접시를 다시 바구니에 갖다 놓고 냅킨으로 입을 슥 닦았다. 손을 조심스레 닦은 뒤 마리아를 감싸 안았다. 마리아는 계속 흐느끼고 있었다.

"그만 울어, 마리아. 이미 엎질러진 물이잖아. 이제 우리가 할 일은 무엇인지 고민해야 돼. 생각보다 할 일이 많거든."

마리아는 입을 열지 않았고 엔리케는 바로 앞 가로등 불빛에 간신히 그녀의 얼굴을 비춰볼 뿐이었다.

"모든 낭만주의를 자제해야 돼. 이 공간이 그 낭만주의의 한 모습이지. 테러는 근절해야 하고. 두 번 다시 혁명적 모험을 하지 않기 위해서라도 우리는 이 일을 계속 해야 하는 거야."

마리아는 여전히 한 마디도 하지 않았고 엔리케는 그녀의 얼굴을 그저 바라볼 뿐이었다. 그 얼굴을 보고 있자니 맡은 임무 외에는 어떤 생각도 할 수 없었던 지난날들이 떠올랐다.

"책에 나온 말처럼 얘기하네. 인간이 아니라."

"미안. 배운 거라고는 그것뿐이야. 내 소명과도 같은 일들이지. 나한테는 유일한 현실이었어."

"죽은 사람들이 나한테는 현실의 전부였어."

"우리는 그들을 명예롭게 생각하지만 그들만이 중요한 건 아니야."

"또 교과서 같은 소리 하고 있네." 마리아의 목소리가 높아졌다. "네 심장은 교과서야."

"미안해, 마리아. 너라면 이해할 거라 생각했어."

"내가 이해하는 사람은 죽은 이들뿐이야."

엔리케는 마리아가 망자를 이해하지 못한다는 걸 알았다. 마리아는 엔리케처럼 죽은 그들의 모습을 보지 못했으니까. 자라마의 올리브 숲에서 비를 맞으며, 퀴조르나에 있던 폭염 속 무너진 집에서, 혹은 테뤼엘의 눈 속에 죽어 있던 그 모습. 엔리케는 마리아가 자신을 비난하는 이유를 알아챘다. 비센트가 죽었는데 엔리케 자신은 살아 있었기 때문이다. 그러자 갑자기 엔리케 자신조차 자기 안에 남아 있는 줄 몰랐던 본연의 작은 인간성이 상처를 받아 마음이 심하게 아파 왔다.

"새 한 마리가 있었어. 새장 안의 흉내지빠귀야."

"그런데?"

"내가 풀어 줬어."

"친절하기도 해." 경멸 섞인 어조로 마리아가 말했다. "군인들은 다 감상적인가 봐?"

"나는 선량한 군인이야."

"믿음이 가네. 그런 사람처럼 얘기하잖아. 우리 오빠 어떤 군인이었는데?"

"아주 훌륭했지. 나보다 밝은 사람이었어. 나는 명랑하진 않았어. 그게 단점이고."

"그렇지만 넌 자아비판을 하고 책에 나오는 것처럼 말할 수 있는 능력이 있잖아."

"내가 좀더 밝았더라면 좋았을 텐데. 그건 배울 수 없었어."

"그리고 그 활달한 사람들이 모두 죽었단 거네."

"꼭 그렇지는 않아. 바실리오도 밝은 친구였어."

"그렇다면 그도 곧 죽겠네." 마리아가 말했다.

"마리아. 그런 식으로 말하지 마. 패배주의자 같잖아."

"넌 책에나 나올 법한 얘기를 하잖아. 내 몸에 손끝 하나 대지
마. 네 말라 비틀어진 마음 때문에 네가 죽도록 싫으니까."

순간 엔리케는 또 씁쓸해졌다. 자기 스스로가 냉혈한이어서
육체적 고통이 아니고서야 상처 받을 일이 없다고 생각했었는
데도 말이다. 그러고 나서 엔리케는 침대에 앉아 몸을 앞으로 숙
였다.

"내 스웨터를 걷어 올려 봐."

"싫어."

엔리케가 스웨터를 걷고 등을 보이며 몸을 구부렸다. "마리
아, 이걸 봐. 이건 책에서 얻은 게 아니야."

"난 볼 수 없어. 보고 싶지도 않고."

"손으로 등 아래쪽을 만져 봐."

마리아의 손가락이 야구공이 통과했을 만하게 패인 자리를
스치는 게 느껴졌다. 그로테스크한 흉터는 수술의가 소독할 때
라텍스 장갑을 끼고 주먹 쥔 손을 넣다가 생긴 것이었다. 등허리
한쪽에서 다른 쪽을 통과하는 흉터였다. 엔리케는 마리아가 상
처를 건드리자 빠르게 움츠러들었다. 그러자 마리아는 엔리케
를 꼭 안고 키스했다. 그녀의 입술은 하얀 고통의 바다 한가운데
있는 섬 같았다. 눈부시게, 견딜 수 없이 솟구치는, 눈이 멀어 버

릴 정도의 파도로 다가와 엔리케를 말끔히 쓸어갔다. 입술은 그곳에, 그대로 거기 있었다. 그러고는 압도당했다. 엔리케가 홀로, 땀에 푹 절어서, 앉자마자 동시에 통증은 사라졌다. 그리고 마리아는 울먹거리며 말했다. "오, 엔리케. 용서해 줘. 제발 용서해 줘."

"괜찮아. 용서할 건 없어. 단지 이 상처는 어떤 책에서도 나온 게 아니라는 거야."

"늘 통증이 있는 거야?"

"뭔가 닿거나 부딪혔을 때만 그렇지."

"그러면 척추는 어때?"

"살짝 스쳤어. 신장도 그렇고. 그래도 괜찮아. 탄약 조각이 한쪽으로 들어갔다가 다른 쪽으로 나왔어. 더 아래쪽이나 다리에도 다른 상처들은 더 있지."

"엔리케, 제발 용서해 줘."

"용서할 게 아무것도 없다고. 불편한 거라고는 잠자리를 가질 수 없어서 즐겁지 않다는 것 뿐."

"회복되면 함께 할 수 있을 거야."

"그래."

"그리고 곧 괜찮아질 거고."

"그래야지."

"내가 널 돌봐 줄 거야."

"아니야. 내가 널 보살펴 줘야지. 이건 전혀 신경 쓰이지 않아.

긁히고 스치는 고통뿐인걸. 괜찮아. 이제 일을 해야지. 여기를 떠나자. 여기 있는 모든 걸 오늘 밤 안에 다 옮겨야 돼. 이 물건들을 의심받지 않을 만한 새로운 장소에 숨겨야 돼. 물건들이 훼손되지 않을 만한 그런 곳으로. 이 물건들이 다시 필요하게 될 때까지는 꽤 긴 시간이 걸릴 거야. 해야 할 일이 한두 가지가 아니야. 우리가 다시 그런 단계에 가기까진 말이지. 교육 시킬 것도 많고. 이 실탄들도 그때가 되면 규격이 안 맞을걸? 이런 기후라면 도화선이 상해. 그리고 우리도 이제 떠나야 돼. 여기 이렇게 오래 머무르는 실수를 저지른 데다 날 이곳에 집어넣은 작자가 위원회의 추궁에 다 불어 버릴 거거든."

"내가 오늘 밤 널 거기로 데려가려고 온 거야. 그 사람들은 이 집이 네가 오늘 지내기에 안전하다고 봤거든."

"이 집은 속임수야."

"우리 이제 나가자."

"진즉에 떠났어야 했어."

"키스해 줘, 엔리케."

"아주 조심스럽게 할 거야."

그리고 어둠 속 침대 위에서, 아기 다루듯 자신을 끌어안았고, 눈을 감고, 두 입술이 맞닿자, 고통 없는 온전한 행복, 순식간에 고통에서 해방되어 고향에 온 느낌, 살아서 고향에 돌아온 느낌, 아무런 아픔도 없다. 사랑받는 편안함, 아직도 고통은 느껴지지 않는다. 사랑이 없어 허허롭던 자리가 더 이상 허허롭지 않아서,

오로지 두 쌍의 입술만 어둠 속에 있다. 행복하게, 친절하게, 꼭 맞닿은 채로, 고향에 돌아와 어둡고, 따뜻하게, 어둠 속에서 아무런 통증도 없이, 그때 돌연 사이렌이 둘 사이에 끼어들어 온 세상의 고통처럼 끝없이 커졌다. 라디오에서 나오는 게 아닌 진짜 사이렌이었다. 한 대도 아닌 두 대였다. 길 양쪽에서 울려 퍼지고 있었다.

엔리케가 고개를 들고 일어났다. 귀향이 참으로 짧았다는 생각이 스쳤다.

"문밖으로 나가서 공터를 가로질러 가. 내가 여기 높이 총을 쏴서 주의를 분산시킬 테니까."

"됐어, 네가 가. 제발. 내가 여기 남아서 총을 쏘면 그 사람들은 네가 이 안에 있다고 생각할 거야."

"따라와. 우리 둘 다 가는 거야. 여기 남아서 지킬 건 아무것도 없어. 이것들 전부 쓸모없어. 버리는 게 나아."

"난 여기 남아 있을래. 남아서 널 지켜 주고 싶어."

마리아가 권총집으로 손을 뻗자 엔리케가 그녀의 얼굴을 내리쳤다.

"아, 제발. 멍청한 짓 하지 마. 자, 어서!"

둘은 계단을 따라 내려가고 있었고 엔리케는 마리아가 바로 옆 가까이에 왔다는 걸 알아챘다. 엔리케가 문을 휙 젖혔고 둘은 함께 문밖으로 나가서 건물을 탈출했다. 엔리케는 뒤돌아 문을 잠갔다. "뛰어. 마리아. 저쪽 방향으로 공터를 지나가. 가라고."

"너랑 같이 가고 싶어."

엔리케는 마리아를 다시 한번 세게 밀쳤다. "뛰어. 풀밭에 뛰어 들어가서 기어가. 날 용서해 마리아. 그래도 가. 난 반대편으로 갈 테니. 어서 가!" 그가 소리쳤다. "제발 좀 가라니까."

둘은 동시에 풀밭으로 뛰어들었다. 엔리케가 스무 걸음쯤 갔을 때 경찰차가 집 앞에 멈춰 섰다. 사이렌은 잦아들었고 엔리케가 바짝 엎드려 포복을 시작했다.

엔리케의 얼굴에 잡초 꽃가루가 덕지덕지 묻었다. 쉴 새 없이 몸을 움직이며 기어가다 보니 엔리케의 손과 무릎은 날카로운 모래알에 촘촘하게 베이고 있었다. 경찰들이 집으로 다가오는 소리가 들렸다. 집을 포위하고 있었다.

엔리케는 포복을 멈추지 않았다. 오로지 정신력으로 무장하고 아무런 고통도 느끼지 않았다.

'그래도 그렇지. 사이렌을 울려? 뒤쪽에 세 번째 차는 따라오지 않는 건가? 스포트라이트나 탐조등은 왜 비추지 않는 거지? 쿠바 놈들 하고는…' 엔리케는 생각했다. '이렇게나 무식하고 극적으로 나오시겠다? 분명 집 안에 아무도 없다는 걸 눈치챘을 테고. 물건을 감시하려고만 온 게 확실한데. 그런데도 이 와중에 사이렌을?'

뒤쪽에서 그들이 문을 부수는 소리가 들려왔다. 그들은 집 전체를 빙 둘러쌌다. 두 번의 호루라기 소리가 집 근처에서 들려왔고 엔리케는 분주히 몸을 움직였다.

'무식한 새끼들.' 엔리케가 생각했다. '그래도 지금쯤이면 바구니랑 그 안에 접시가 있는 걸 틀림없이 봤을 텐데. 도대체 뭐 하는 놈들인 거야! 가택 포위한답시고 하는 게 고작 이거야?'

엔리케는 공터에 거의 이르렀고 일어나서 길 건너편 더 멀리 떨어진 집으로 곧장 달려가야 했다. 엔리케는 적당한 포복법을 찾아냈고 그 방식대로라면 무리가 덜 갔다. 엔리케는 거의 모든 동작을 취하는 데는 도가 텄다. 자세를 급하게 바꿀 때만 통증이 느껴질 뿐이었다. 그래서 두 발을 딛고 일어서는 게 걱정이었다.

잔디 속에서 한쪽 무릎을 딛고 일어났더니 통증이 온몸으로 전해졌으나 그대로 버텼다. 그러고 나서 일어서려고 반대쪽 발을 무릎 옆으로 옮겼더니 다시 통증이 찾아왔다.

엔리케는 옆 공터 뒤쪽에서 길 건너편 집으로 돌진하다 깜빡거리는 탐조등에 걸려들어 빛이 그의 전신을 비췄다. 그쪽을 바라보니 양쪽에 암흑의 날카로운 선이 있었다. 경찰차에서 탐조등을 비추고 있었다. 사이렌도 끄고 쥐죽은 듯 와서는 공터 한편에 차를 세워 뒀었다.

엔리케가 몸을 일으키자 수척하고 여윈 데다 날카롭기까지 한 윤곽이 드러났다. 엔리케가 겨드랑이 밑 권총집에서 큰 권총을 꺼내자 어둠 속에 숨어 있던 차에서는 자동소총으로 그를 겨눴다.

가슴을 흠씬 두들겨 맞는 느낌이었다. 엔리케는 처음 한 방만 느낄 수 있었고 그 다음 총격은 쿵쿵거리는 메아리로 들려올 뿐이었다.

엔리케는 얼굴로 잔디밭을 들이받으며 그대로 고꾸라졌다. 탐조등이 비추고 첫 탄환이 박히기 전쯤이었을까. 문득 생각이 하나 떠올랐다. '그렇게 멍청한 놈들은 아니었군. 손 좀 보면 쓸 만하겠네.'

엔리케에게 또 다른 생각을 할 시간이 있었더라면 그건 아마 반대편 모퉁이에는 차가 없었으면 하는 바람일 거다. 하지만 역시나 반대편 모퉁이에는 차가 있었고, 탐조등이 들판을 샅샅이 뒤지고 있었다. 폭 넓은 빛이 잔디밭 위를 활개 치며 비추고 있었고, 그 잔디밭에는 바로 마리아가 숨어 있었다. 어둠 속 자동 소총 사격수들은 저격 태세를 갖추고 있다. 톰슨기관총의 총구로 탐조등이 비춘 자리를 따라 움직였다.

나무 그림자 아래 어둠 속 차 뒤편에서 탐조등을 비추고 있었다. 그곳에는 깜둥이 하나가 서 있었다. 깜둥이는 윗면이 평평하고 챙이 좁은 밀짚모자에 알파카 코트를 걸치고 있었다. 셔츠 안에 파란색 비즈 주술목걸이를 하고 있었다. 깜둥이는 가만히 서서 탐조등이 작동되는 걸 지켜보고 있었다.

풀밭 위로 탐조등이 비춰졌고 거기엔 마리아가 볼이 땅에 닿을 정도로 바짝 엎드려 있었다. 마리아는 총성이 들려온 후 꼼짝을 못했다. 쿵쿵거리는 심장박동 소리가 바닥에 반사되어 들려올 지경이었다.

"그 여자를 보았나?" 차 안에 있던 한 남자가 물었다.

"반대편 수풀을 뒤지라고 해." 앞좌석에 앉은 중위가 명령했다. "Hola."(스페인어로 "네") 중위는 나무 아래 있던 깜둥이를 불렀다. "집으로 들어가서 잔디밭에서 우리가 있는 곳까지 산개대형으로 돌격하라고 해. 그 안에 딱 두 명만 있는 게 확실한가?"

"네 단 두 명입니다." 목소리를 낮게 깔고 깜둥이가 말했다. "다른 한 명은 포위했습니다."

"이제 가봐."

"네, 중위님." 깜둥이가 대답했다.

밀짚모자를 두 손으로 잡고 깜둥이는 들판 한쪽 끝을 따라 집을 향해 달리기 시작했다. 그 집에 있는 모든 창에서 빛이 새어 나왔다.

잔디밭에는 마리아가 두 손으로 정수리를 꼭 감싸고 바짝 엎드려 있었다. "제발 견딜 수 있게 해줘요." 잔디밭에다 그녀가 속삭였다. 어느 누구에게 말하는 것도 아니었다. 그곳에는 아무도 없었기 때문이다. 그때, 갑자기, 속내를 드러내며, 흐느끼면서, 처녀는 말했다. "도와줘, 비센트, 도와줘, 펠리페, 도와줘, 추초, 도와줘, 아르투로, 도와줘 지금, 엔리케, 도와줘."

그러다가 마리아가 기도를 한 번쯤은 드렸을지도 모른다. 그렇지만 이미 잃어 버리고 없었기에 다른 무언가가 애타게 필요했다.

"붙잡혀도 불지 않게 도와줘요." 마리아가 말했다. 입술이 곧 잔디에 닿을 듯했다. "한마디도 불지 않게 도와줘. 엔리케. 어떤 말도 하지 않게 도와줘. 비센트."

그녀 뒤로 잡초를 치면서 토끼몰이를 하는 사냥꾼들처럼 수
색대가 다가오는 소리가 났다. 수색대는 척후병들처럼 풀밭을
전등으로 비추며 넓은 대형으로 전진해 왔다.

"아, 엔리케. 도와줘요."

마리아는 머리를 감싸고 있던 손을 옆구리로 내리고 주먹을
꼭 쥐었다. "그래, 내가 뛰어가면 저들이 날 쏘겠지. 간단해."

마리아는 조심스럽게 일어나 자동차가 세워진 쪽으로 뛰어
갔다. 탐조등이 마리아를 정면으로 비췄고 마리아는 오직 그 하
얗고 눈이 멀 정도로 밝은 등을 향해 달려갔다. 마리아는 이게
최선이라고 생각했다.

마리아의 뒤편에서 수색대가 소리쳤다. 예상외로 총격은 없
었다. 마리아는 누군가 세게 밀치는 바람에 쓰러졌다. 그 남자에
게 붙들려 숨소리를 들었다.

또 다른 이가 마리아의 팔 아래쪽을 잡고 들어올렸다. 마리아
의 양쪽 팔을 붙들고 차 쪽으로 걸어가게 했다. 그 사람들은 마
리아를 거칠게 다루진 않았지만 계속해서 마리아가 차를 향해
걸어가게 했다.

"싫어, 싫다고."

"비센트 이르투베의 여동생입니다." 중위가 말했다. "유용한
여자죠."

"이전에 심문당한 적도 있습니다." 다른 이가 거들며 한마디

했다.

"심각하게는 아니고요."

"싫어, 싫다고, 싫어." 마리아가 목이 터져라 울었다. "도와줘 비센트, 도와줘, 도와줘 엔리케."

"둘 다 죽었어." 누군가가 말했다. "그들은 널 도와줄 수 없어. 쓸데없는 짓 하지 마."

"아니." 마리아가 말했다. "그 사람들은 날 도와줄 거야. 죽은 이들이 나를 도울 거라고. 아. 그래. 그래, 그렇지. 우리 편 죽은 이들이 날 도울 거야."

"그러면 엔리케를 봐." 중위가 말했다. "엔리케가 널 도울 수 있는지 한번 살펴봐. 저 차 뒤편에 있으니까."

"그 사람은 지금 날 도와주고 있어." 그 처녀, 마리아가 말했다. "지금 저 사람이 날 돕고 있는 게 안 보이나? 고마워, 엔리케, 아 고마워!"

"이러지 마." 중위가 말했다. "이 여자는 미쳤군. 네 명은 물건을 지키고 우리는 그에 맞는 트럭을 하나 보내 주지. 그리고 우리가 이 미친 여자를 상부에 전하도록 하지. 거기서 못 다한 얘기를 마저 할 수 있을 거야."

"안 돼." 마리아가 말했다. 그러면서 중위의 소매를 붙들었다. "지금 모두가 날 돕고 있는 거 모르겠어?"

"전혀. 넌 미쳤어."

"어떤 사람도 아무 이유 없이 죽지 않아." 마리아가 말했다.

"모두가 날 돕고 있어."

"어디 한번 그들을 데려가서 한 시간 안에 너를 돕게 해봐."
중위가 말했다.

"그들은 그렇게 할 거야." 마리아가 말했다. "하나도 걱정 할
필요가 없어. 수많은 사람들이 날 돕고 있으니까."

마리아는 조용히 꿈쩍도 하지 않고 뒷좌석에 앉아 있었다. 이
젠 이상하리만치 자신 있어 보이기까지 했다. 그 자신감이란
500년쯤 전에 루앙이라는 마을 장터에서 마리아와 동갑인 한
소녀*가 느꼈던 것과 똑같았다.

마리아는 이런 일은 생각해 본 적도 없었고, 차 안에 있던 그
어느 누구도 이 일을 생각한 적이 없었다. 잔과 마리아라는 이름
의 두 소녀는 이 불쑥 튀어나온 이상한 자신감을 빼면 비슷한 점
이 하나도 없다. 두 소녀들은 필요하다고 느꼈던 순간 이 자신감
이 바로 솟아났다. 어찌됐든 차 안에 있던 모든 경찰들은 마리아
가 불편하게 느껴졌다. 마리아는 아크등 빛에 환하게 빛나는 얼
굴로 꼿꼿이 앉아 있었다.

차들은 출발했고 앞 차 뒷좌석에 앉은 이들은 기관총을 무거
운 천 가방에 도로 집어넣었다. 개머리판은 벗겨내어 각자의 바
지주머니에 집어넣었다. 손잡이가 달린 총신은 큰 덮개가 달린

---

* 잔다르크를 의미함.

주머니에 넣고, 탄창은 얇은 그물주머니에 꽂아 놓았다.

납작한 밀짚모자를 쓴 깜둥이는 그림자 밖으로 나와 첫 번째 차를 맞이했다. 깜둥이가 앞좌석에 올라타자 네 대의 차는 큰 도로로 나가서 라 아바나까지 이르는 해안도로로 향했다.

앞좌석에는 더 앉을 자리가 없을 만큼 많은 사람이 탔다. 그 깜둥이는 손을 셔츠 안으로 넣고 파란 부두교 목걸이를 만지작거렸다. 그는 아무 말도 하지 않고 앉아 있었고, 손은 여전히 장식을 쥐고 있었다. 깜둥이는 한때 항만 노동자였으나 지금은 아바나 경찰에서 끄나풀로 살고 있다. 그는 오늘 밤 일로 50달러를 벌었다. 아바나에서는 꽤 큰돈이다. 그렇지만 깜둥이는 더 이상 돈에 얽매이지 않기로 했다. 머리를 살짝 흔들다가 다시 아주 천천히 내저었다. 이제 가로등 불빛이 보이고 말레콘 해안으로 가는 길에 들어섰다. 뒤를 돌아보니 한 소녀의 얼굴이 보였다. 소녀의 얼굴은 자랑스럽게 빛나고 있었고 고개는 당당히 들고 있었다.

깜둥이는 겁이 나서 돌아가는 내내 손으로 파란 목걸이를 만지작거리며 꼭 붙들었다. 아무리 해도 두려움은 가시지 않았다. 깜둥이가 옛 주술을 거슬렀기 때문이리라.

한 번은 엔리케였다가, 한 번은 마리아였다가

번역이라는 일, 번역가라는 직업은 내게 좋은 도피처였다. 약사로 일하면서 매일 만날 수 밖에 없는 아픈 사람들에게 지치고 기계적인 일들이 지겨워질 때마다 다른 삶을 꿈꾸곤 했다. 조용한 카페에 앉아 좋아하는 음악을 들으며 노트북을 앞에 두고 번역 작업을 하는 그림 같은 장면. 어쩌면 외국어를 좋아하고 책을 사랑하는 사람이라면 쳇바퀴 같은 생활에 지쳤을 때 한번쯤 이런 생각을 해보지 않았을까 싶기도 하다.

알랭 드 보통의 소설을 읽었다. 한글로 씌어졌지만 문장이 너무 길고 복잡해서 내용 파악이 어려웠다. 영어로 읽으면 어떨까 하고 원서를 구입해서 읽었다. 모르는 어휘도 꽤 있었지만 읽을 수 있을 만한, 그러니까 글을 읽고 무슨 내용인지 알 수 있는 문장들이었다.

이런 경험들이 하나둘 모여 번역 워크숍에 등록하기에 이르렀다. 내가 하면 더 이해하기 쉬운 문장을 만들어 낼 수 있을 거라는 근거 없는 패기로 수업을 듣기 시작했다. 아, 그러나 그 패기도 금방 무너져 버렸다. 수능 영어와 토익 영어에 익숙한, 번역과는 거리가 멀던 내 공부의 한계에 부딪혔다. 해석이 목적이었던 근시안적인 영어공부로 독자들이 쉽게 이해할 수 있는 우리말로 재구성하는 작업을 하려니, 쓰지 않던 근육을 처음 사용하는 느낌이었다. 게다가 한글로 표현해야 하기에 한글 어휘와 맞춤법까지도 나의 발목을 잡았다. 영어로 쓰인 문장, 문단, 페이지를 읽고 난 내 머릿속에는 하나의 그림을 만드는 일과 이 그림을 문장, 문단, 페이지로 만들어 가는 작업이 전혀 다른 차원의 것임을 비로소 깨닫게 되었다. 해석과 번역의 간극이랄까?

그리하여 만나게 된 헤밍웨이의 소설 "Nobody ever dies", 스페인 내전이 끝난 후에 파시스트 군으로 참전했던 엔리케가 15개월 만에 다시 쿠바로 돌아와 연인 마리아와 재회하여 전쟁의 의미를, 그리고 전쟁에서의 죽음의 의미를 이야기한다. 그러는 와중에 반대편 끄나풀인 흑인의 감시와 신고로 엔리케는 총살당하고 마리아는 생포되고 만다.

짧은 이야기지만 헤밍웨이는 여기에 하고 싶은 말을 모두 담았다. 초반에 마리아는 전쟁에서 일어난 죽음이 헛된 것이라고 부정적으로 말했다. 엔리케는 자유를 위해 싸우다 간 그들의 죽음이 헛되지 않았다는 걸 계속해서 상기시켰고 결국 마리아가 잡혀갈 때에는 반대편 경찰들에게 자유를 되찾기 위해 죽은 이들의 죽음이 헛되지 않았다고, 어느 누구도 이유 없이 죽지는 않는다고 외친다.

이유 있는 죽음, 목적이 분명한 죽음은 가치 있는 것이라고 헤밍웨이는 말하고 싶었던 것 같다. 처음에 등장한 자유를 두려워하는 새, 자신을 속여 가며 꼬나풀이 된 흑인의 심경 변화, 사랑하는 가족을 잃어 슬퍼만 하다가 그 죽음의 의미를 새롭게 받아들이는 마리아, 전쟁의 상처를 안고 내면에서 끊임없는 갈등을 겪는 엔리케까지 작품 속 요소 하나하나가 정성스럽게 그의 메시지를 전한다.

여러 번 읽다 보니 한 번은 엔리케가 되어, 또 한 번은 마리아가 되어 이야기의 감정선을 따라가 볼 수도 있었다. 엔리케가 도저히 이해되지 않다가 그런 말을 할 수 밖에 없겠다는 생각에 이르렀을 때, 많은 사람들의 죽음을 얘기하는 이 소설의 제목이 왜 '아무도 죽지 않는다'라는 건지 알게 됐을 때, 역자로서, 또 한 명의 독자로서 머릿속이 상쾌해지는 느낌이었다.

영어의 어휘를 잘 알아야 하는 것은 당연한 것이지만 우리말 구사력이 더 중요하다는 것, 해당하는 단어를 어떻게 바꾸느냐에 따라 글의 맛이 미묘하게 바뀌는 섬세한 작업이라는 것 등 직접 해보기 전에는 몰랐던 번역 작업의 새로운 매력을 알게 되었다. 특히 문학 번역은 역자의 역량이 원작의 느낌을 살리는 여부를 결정하는 데 중요한 변수가 된다는 사실도 깨닫게 되었다. 번역기가 아무리 발달한다 해도 이 분야만큼은 인간의 손을 거쳐야 진정한 작품이 탄생한다는 게 문학 번역의 최고 매력이 아닐까 생각해 본다.

이 일련의 시간을 통해 나 역시 지난날과는 다른 자세로 문학 작품을 만나게 될 것이다. 일반 독자였을 때는 그냥 지나쳤을 법한 실수나 역자의 고민을 발견하는 것도 소소한 재미가 될 것 같다. 번역이라는 경험으로 색다른 관점을 갖게 되는 선물을 받았으니, 이제 다음 여정으로 독서를 통해 그 묘미를 즐기는 일만 남았다.

"The Devil in Manuscript"

by Nathaniel Hawthorne

———————

원고 안의 악마

김충호

옮김

12월의 쓰라리게 추운 겨울날, 나는 우편열차를 타고 어느 큰 마을에 도착했다. 그곳에는 시와 문학을 배우며 자칭 법학도라 하는 재능 있는 젊은이들 부류인 친구의 거처가 있었다. 저녁 식사를 마친 후 첫 일정은 친구가 있는 저명한 법학교수의 연구실을 방문하는 일이었다. 말했듯이, 사무치게 추운 밤이었다. 별빛은 맑았지만 러시아의 노바야제믈랴 제도만큼 추웠다. 길을 따라 늘어선 가게 유리창에 두껍게 성에가 끼어 불빛이 잘 보이지 않을 지경이었다. 마차 바퀴가 얼어붙어 버린 땅과 돌길 위를 천둥소리를 내며 지나갔다. 땅 위에도 지붕 위에도 남아 있는 눈은 없었다. 바람이 맹렬하게 불어닥쳐서 어쩔 수 없이 코트를 돛처럼 펼치고 10노트의 속도로 미친 듯이 달려가는 수밖에 없었다.

하지만 다른 행인들은 맞바람치는 돌풍을 이에 그대로 맞으면서 천천히 나아가야 했으니 이런 나를 엄청나게 부러워했다. 행인 중에 하나가 나자빠져 뒤집어졌지만, 미처 큰소리로 욕설을 내뱉기도 전에 바람의 날개에 실려 순식간에 사라져 버렸다.

이런 악천후의 밤 풍경이 지나가고 나니, 어느새 우리는 활활 눈부시게 타오르는 벽난로 불가에 앉아 있었다. 난롯불이 어찌나 편안하고 기분 좋았는지 뜨거운 석탄 속에 벌렁 드러눕거나 데굴데굴 구르고 싶은 기분이었다. 연구실에는 법률가 사무실에서 볼 수 있는 흔한 가구들이 놓여 있었다. ──양피로 제본한 책들이 즐비하게 꽂혀 있었고, 수많은 재판 관련 서류, 소환장, 그리고 여러 법률 서류들이 책상과 테이블들 위에 널브러져 있었다. 하지만 몇몇 물건들을 보아하니 고객들이 쳐들어오거나 멀리 다른 도시의 법정에 출두하러 가신 학식 높은 법률가 본인이 불쑥 들어올 가능성은 거의 없어 보였다. 두 개의 텀블러 사이에는 기다란 모양의 병이 놓여 있었고, 그 옆에는 법원에서 공인된 서류들과 전혀 다르게 생긴 잉크 얼룩이 진 원고 더미가 놓여 있었다. 내 친구 ── 앞으로 이 친구를 오베론이라고 부르겠다. 우리 사이의 꿈과 우정을 담은 별칭이었다 ──내 친구 오베론은 굉장히 심란한 표정으로 이 원고를 보았다.

"믿네." 오베론이 진지하게 말했다. "아니라면 적어도 믿을 수 있겠어. 이 얼룩진 종이에 악마가 깃들어 있다고, 마음 내키면 믿을 수도 있겠어. 자네는 읽어 봤으니 내가 무슨 말을 하는지 알겠지. 나는 전통과 마법의 기록물에 나타난 대로 그 구상에서 악마의 캐릭터를 구현하려고 노력했단 말이야. 오, 내 두뇌 속에서 무엇이 창조된 것인지 두렵군. 내가 어두운 생각에 실체적 존재를 부여해 주었다니 그 원고를 보기만 해도 공포스러워. 내 눈앞에서 사라졌으면!"

'내 눈앞에서도 사라졌으면 좋겠군' 하고 나는 생각했다.

"자네도 기억하지" 하고 오베론은 말을 이어 갔다. "이 지옥의 물건은 순진무구하게 그 지배력에 순순히 굴복한 이들의 행복을 쪽쪽 빨아먹어 버렸단 말이야. 바로 그렇게 나의 평화는 사라졌네. 다 이 저주받은 원고들 때문이야. 이런 기운을 자네는 한 번도 느껴 본 적 없나?"

"전혀." 나는 대꾸했다. "자네의 즐거운 이야기를 읽고 나니 소설가가 되고 싶다는 욕망이 생기는데, 그 속에 그 주문이 숨어 있다면 또 모르겠군."

"소설가라니!" 오베론이 소리쳤다. 어느 정도 진지했다. "그렇다면 진정 악마의 발톱은 너를 겨냥하고 있다는 말이야! 자넨 망했어! 구원을 바라는 기도조차 할 수 없다고! 허나 우리가 처음이자 마지막 희생자가 될 걸세. 오늘 밤 내가 그 원고를 태워 버릴 생각이니까. 그 악마를 화염 속에 던져 응징을 해야겠어.

"자네 소설을 태워 버린다고!" 다시 말했다. 절박한 생각에 깜짝 놀랐다.

"그렇다네." 작가는 상심한 듯 말했다. "자네는 상상도 못할 거야. 이 이야기를 쓰는 동안 어떤 일이 있었는지. 야망의 망상에 빠져들고, 탄탄한 명성에 무관심하게 되었지. 현실을 흉내 내어 혼란에 빠져들게 하는 유령들이 내 주위를 에워싸게 했어. 그들은 남들이 다니는 세상의 길로부터 나를 벗어나게 하고 이상한 종류의 고독으로 인도했지. ── 군중 속의 고독으로, ── 아무도 내가 하는 일을 바라지 않고, 나처럼 생각하지도 느끼지도 않았네. 이 모든 짓이 다 소설의 소행이야. 원고들이 잿더미가 되면 나 역시 그것들이 존재하기 이전으로 돌아갈 수 있을 거라고 생각하네. 게다가 자네가 생각하는 것보다 피해도 적을 거야. 이 원고는 아무도 출판하려 들지 않았거든."

"그렇다면 확실히 얘기가 달라지겠군." 내가 말했다.

"우편으로 보냈다네." 오베론은 짜증스러운 듯이 얼굴을 붉히며 말을 이어 갔다. "무려 열일곱 군데 출판사로. 아마 그 사람들의 답신을 읽으면 자네는 눈이 휘둥그레질 걸세. 자네도 꼭 읽어 봐야 해. 다만 읽을 수 없는 것이… 내가 답신이 오는 대로 모두 태워 버렸다네. 한 출판사는 교과서 이외에는 책을 내지 않는다고 했고. 다른 출판사는 다른 다섯 편의 소설을 검토 중이라고 했지."

"미국에 출판되지 않은 문학이 얼마나 어마어마하게 많겠나?" 내가 외쳤다.

"알렉산드리아(알렉산드리아 도서관) 원고들도 그거에 비하면 아무것도 아니겠지!" 오베론이 말했다. "다른 출판사는 사업을 접는다고 했지. 내 책을 내기 싫어서 의도적으로 그런 게 틀림없어." 하지만 몇 군데에서는 중간 역할을 철저히 거부하지는 않지만, 출간비의 절반은 내가 지불하고 나머지는 어음으로 내가 부담하는 조건을 내세우더군. 거기에다가 책이 팔리든 안 팔리든 상관없이 높은 비율의 수수료를 지급해야 한다는 거야. 다른 친구는 독자를 미리 구해 두라고 하고 있네."

"이런 나쁜 놈 같으니!" 나는 소리를 쳤다.

"사실일세!" 오베론이 말했다. "짧게 말하자면, 열일곱 곳의 출판사들 중 오직 한 군데만이 내 원고를 읽었다고 확답을 하더군. 그 자도 문학에 손을 좀 댔던 것 같았지. 뻔뻔스럽게도 내 원고를 비판하며 아주 비약적인 발전이 필요하겠다며 독설을 퍼붓고 나서는 자긴 절대로 출판하지 않겠다고 했네."

"그런 놈은 코를 잡아 비틀어야지 않겠나." 내가 한마디 했다.

"출판이라는 사업에 코가 하나 달려 있다면야 비틀어 버리고 얼마나 속이 시원하겠나." 오베론이 답했다. "하지만, 이 불의에 찬 열일곱 곳 중에서 딱 한 명 정직한 사람이 있어 보여. 그가 솔직히 말해 주길, 미국 출판인은 절대 미국 작품을 다루지 않을 거라네. 그나마 유명 작가라면 아주 드물게 낼 수도 있다고 하고. 신인 작가는 아예 취급을 하지 않는다고 하네. 작가가 위험 부담을 진다면 몰라도 말이지."

"이런 하찮은 것들!" 내가 소리쳤다. "문학으로 먹고산다는 사람들이 그런 이유로 아무런 모험도 하지 않겠다고? 그렇다면 결국엔 자네 돈으로 출판을 해야겠구먼."

"그럴 수도 있겠지." 오베론이 답했다. "하지만 이건 악마의 사업이야. 이 사람들 때문에 소설에 대한 자신감이 꺾여서 소설 생각만 해도 혐오스러워. 그리고 실제로 탁자 위에 놓여 있는 원고를 보기만 해도 속이 메슥거린다네. 장담하지만 저 안에 악마가 들어 있네! 활활 타는 불길 속에 들어가 있는 원고를 보면 미칠 듯이 기쁠 것 같아 기대가 된단 말이야. 마치 원수를 응징하거나 사악한 무언가를 파괴하는 느낌일 것 같다고."

나는 이런 그의 결심에 크게 반대하지 않았다. 나 혼자만의 의견이지만, 저자를 편애하는 마음에도 불구하고 말이다. 그의 소설들은 다른 어떤 곳보다도 화려한 불꽃 속에서 가장 훌륭한 모습을 보여 줄 것이다. 실행에 앞서 우린 샴페인 병을 땄다. 이 서글픈 사태를 위로해 줄 샴페인이었다. 각자 큰 잔으로 한 잔씩 들이켰다. 거품이 어지럽게 부글부글 일어나고 있었다. 샴페인은 거품을 내며 목구멍을 타고 내려갔다. 내 눈은 바로 번쩍 뜨였지만 친구 오베론은 슬프고 힘든 상태 그대로였다. 그는 원고를 자기 쪽으로 끌어당겼다. 자연스러운 애정과 증오가 섞여 있었다. 마치 기형아를 안고 있는 아빠의 모습처럼 보였다.

"푸! 헉! 휴!" 그가 소리쳤다. 원고를 팔 길이만큼 쭉 빼 들고 있었다. "그레이가 생각한 천국이 소파에 앉아 새로운 소설을 읽는 거였지. 하지만 이제 보니, 형편없는 책을 써낸 죄인에게는 원고를 계속 읽게 만드는 것이야말로 단테 같은 작가가 생각했을 법한 제대로 된 고문 아닌가?"

"그건 효과 없을 거네. 나쁜 작가도 나름 추종자를 가지고 있기 때문이야."

"나한테는 그마저도 없지. 우리 같은 사람들의 특징인 열렬한 추종자 그마저도 없네." 오베론이 말했다. "하지만 이 원고의 책장을 넘기다 보니 얼마나 많은 추억들이 내게로 쏟아지는지 몰라. 이 장면이 머릿속에 떠오른 건 별빛이 총총한 어느 10월 저녁에 언덕길을 걷고 있을 때였다네. 순수하고 정신이 번쩍 드는 공기 속에서 난 오로지 순수한 영혼이었다네. 하늘을 기어 올라갈 수 있고 은하수를 따라 경주를 할 수도 있었지. 여기 또 다른 이야기도 있군. 어둡고 음산한 3월, 차를 타고 가던 어느 밤에 덜컹거리는 마차 소리와 동행자의 목소리는 꿈처럼 들렸고 눈앞에 떠오르는 나의 환상은 더 밝은 현실처럼 보였다네. 여기 끼적거린 이 페이지는 내가 한밤중에 침대 머리로 소환한 유령들을 묘사하고 있지. 아무리 가라고 해도 떠나지 않았어. 회색 새벽녘이 밝아 올 때까지 여전히 나는 열에 달뜬 눈을 선명하게 뜨고 있었지. 나 자신의 유혹에 희생된 자였지!"

"이 모든 일에는 틀림없이 어떤 행복이 있었을 거야." 나는 그 말을 입증하고 싶은 이상한 갈망에 사로잡혀 이렇게 말했다.

"열병에 달떠도 행복할 수 있겠지." 작가가 대답했다. "나는 온갖 기분을 느끼면서 글을 써 내려갔어! 간혹 내 생각은 땅 밑 귀한 원석과 같았네. 파내려면 고생깨나 해야 하지. 윤을 내고 밝게 보이게 관리를 해야 한단 말이야. 하지만 한 줄기 달콤한 생각이 갑자기 한 페이지 위에 펑펑 쏟아져 내린단 말일세. 마치 사막에 갑자기 흩뿌려지는 물처럼. 하지만 그런 순간이 지나고 나서는 펜을 깨물면서 차갑고 불행한 노동을 계속 해나갔어. 마치 나와 내가 쓰는 원고 사이에 얼음 장벽이 있는 것처럼 괴로웠다네."

"그렇다면 자네가 차갑게 쓴 문단들과 섬광과 같이 열렬하게 쓴 글 사이에 응당한 차이가 있는가?" 내가 물었다.

"그렇지 않아." 오베론이 말했다. 원고는 테이블 위에 휙 던져졌다. "불의 글자로 써 내렸지만 황금 펜의 흔적을 찾을 수가 없네. 요정이 준 동전 같은 내 보물은 값어치 없는 쓰레기가 되었지. 정말 사랑스럽기 짝이 없는 색깔들로 칠해진 것 같았던 내 그림은 빛이 바래고 형체도 알아볼 수 없는 그림의 표면밖에 남지 않았다네. 나는 꿈에서는 유창하고 시적이며 유머러스했지. ─보라고! 아무 의미 없네. 잠에서 깨어나고 보니."

내 친구는 이제 땔 나뭇가지와 마른 조각들을 불 속으로 던지고 있었다. 그는 네브카드네자르(악마)의 아궁이처럼 활활 타오르는 벽난로를 보고 있었다. 그러다 샴페인 병을 붙잡고 술잔을 가득 채워서 연거푸 두세 잔을 벌컥벌컥 들이켰다. 독주가 불안한 마음과 섞여서 그를 남다른 분노의 상태로 몰아넣었다. 그는 격렬하게 그 이야기들을 함부로 움켜쥐었다. 한순간만 더 있었더라면 그 이야기들의 흠결과 아름다움이 다 같이 활활 타오르는 지옥에서 타올랐을 것이다. 하지만, 갑자기, 내 머릿속에 고고한 상상력과 깊은 애상, 그리고 독창적인 생각과 너무나 다양한 훌륭한 점들이 갑자기 떠올라 그 희생이 얼마나 엄청난 것인지 절실히 느끼고 말았다. 난 덥석 그의 팔을 잡으며 말했다.

"설마 정말로 태우려는 건 아니지? 자넨 진심이 아닐 거야."

"가만 내버려 둬." 오베론이 소리쳤다. 눈에는 불이 번뜩였다. "태워 버리겠어! 단 한 음절도 그을려 살아남지 못할 거야. 날 저주받은 작가로 남겨 둘 텐가? 그래서 내가 비웃음과 조롱과 학대, 차가운 무관심, 아니면 불쌍하다면서 양심에 어긋나는 밋밋한 칭찬이나 듣는 신세로 만들 텐가? 나 스스로 못되어먹은 반역자 같은 자의식의 놀림감이 되게 둘 것인가? 무덤의 보호도 못 받는 추방자가 되고 재가 되어 부주의한 발길에 흩어지고 살아서는 불명예를 얻고 죽어서는 조롱으로 기억되는 그런 신세가 되도록 둘 것인가? 내가 이 모든 것을 견뎌야 한다는 말인가? 이 모든 것들로부터 바로 저 난롯불이 나를 구원해 줄 것이네. 그래! 이야기는 다 없애야 하네. 하나 더 쓰기 전에 차라리 내 손이 시들어 늙어 버렸으면 좋겠군!"

결국 일은 저질러지고 말았다. 오베론은 원고를 가장 뜨겁게 타오르는 불 속으로 던져 버렸다. 처음에는 불길이 비실비실 잦아드는 듯하더니 곧 원고를 휘몰아 삼켜 버리고 열렬한 빛의 일부로 만들어 버렸다. 오베론은 활활 타오르는 불덩이를 바라보고 서서 정신이 나간 미친 사람처럼 곧 혼잣말을 시작했다. 난

폭한 긴장감이 흘렀다. 마치 오베론이 상상의 여신을 장작더미에 올려두고 태우려고 하는데, 여신이 격렬히 저항하며 몸부림치는 것 같았다. 자신의 고귀한 생각을 집어삼킨 불 속에서 뭔가 보이는 것처럼 묘사했다. 작가의 마술이 이 책장과 결합했던 수천 가지 환상이 그 해체되는 열기 속에서 눈에 훤히 보이게 되어 영원히 사라지기 전에 번쩍, 반짝이며 섬광을 발했다. 그러는 사이 연기와 살아 꿈틀거리는 불길, 그리고 벌겋게 타올랐다 백열로 달아오르는 석탄이 다양한 풍경의 면모를 보여 주었다.

"저렇게 눈부시게 타오르다니. 마치 내가 저 원고를 강렬한 천재성의 기운에 흠뻑 젖게 만든 것만 같군. 서로 꼭 껴안고 있는 내 연인들이 보여. 그들의 빛나는 심장에서 터져 나오는 저 불길은 얼마나 순수한가. 영원히 그를 괴롭힐 몸을 뒤척이는 악한의 형상도 보이는군, 나의 경건하고 천사 같은 여자들이 불길 사이에 순교자처럼 서 있구나. 그들이 온화한 눈길을 하늘로 치켜들고 있어. 종을 치게. 불이 타오르고 있어. 파멸이 나의 어두운 숲을 가르고 포효하고, 증기가 펑펑 올라오는 호수가 끓어오르며 파도가 치고, 산이 화산이 되고, 섬뜩한 광휘로 하늘이 불타지 않는가. 모든 자연의 기운이 만물을 아우르는 단 하나의 불길이 되었네. 저 악마를 봐. 악마!"

마지막 탄성에 나는 약간 놀랐다. 소설은 거의 다 타 버렸지만, 순간 뿜겨져 나온 엄청난 불길이 마치 깔깔 웃는 것처럼 반짝거리면서 온 방을 환하게 비추며 춤췄고 굴뚝 위로 울부짖는 소리가 들렸다. "너도 저놈 봤지? 틀림없이 봤을 거야. 그를 봤어야 하네!" 오베론이 소리쳤다. "어떻게 그가 나를 쏘아보고 웃었는지. 바로 내가 상상하는 그런 형상이었어. 보라고! 이야기는 사라졌네."

원고 종이들은 실제로 검은 잿더미로 쪼그라들어 있었다. 수많은 불꽃들이 혼란스럽게 원고들 사이에서 바쁘게 움직이는 사이에. 펜의 흔적들은 이제 하얀 선들로 표시되었다. 타 버린 원고 뭉치가 외풍에 앞뒤로 퍼덕거리면서 날렸고 파괴자는 무릎을 꿇고 그것을 지켜보았다.

"불보다 강력한 것이 무엇이 있겠는가?" 오베론이 음울한 음색으로 말했다. "눈에 안 보이고 형체도 없다는 생각조차 불길을 피해갈 수는 없지. 이 짧은 시간 속에, 기나긴 낮과 밤에 걸쳐 창조한 피조물을 다 파괴해 버렸어. 갓 태어나서 처음 빛을 낼 때와 같은 그 생생한 형태로, 나는 다시는 똑같이 써낼 수 없을 걸세. 재와 하얗게 변해 버린 뼛조각을 일어나서 살아 움직이게 할 수 없는 거나 마찬가지야. 저기서, 또한 나는 태어나지 않은 내 마음의 아이를 제물로 바쳤어. 내가 성취했던 모든 것, 앞으로 닥칠 세월들을 위해서 우리가 준비한 이 모든 것이 단번에 평범한 폐허로 사그라져 버리고 이 꺼져 가는 불씨만 남았네. 그건 내 운명이었네. 그런데 이제 뭐가 남았지? 지치고 목적 없는 삶, 이 시간에 대한 기나긴 후회, 그러고 나면 어느덧 이름 없는 무덤, 사람들이 나를 묻고 잊어 버릴 그곳뿐이야!"

작가의 슬픈 불평이 끝날 때 즈음 다 꺼져 가던 불씨가 다시 타오르고 가라앉았다가 마지막으로 흑단 같은 날개를 단 악마와 같은 모습으로 굴뚝 위로 타 올라갔다. 불꽃들이 사라진 순간 큰 외마디 비명이 거리에서 들려왔다. "불이야!" 불이라니! 다른 목소리들이 그 끔찍한 단어를 따라 하자 재빨리 군중의 외침으로 변했다. 오베론은 신선한 흥분 속에서 발걸음을 옮기기 시작했다.

"이런 밤에 불이 나다니!" 오베론이 소리쳤다. "바람은 강풍과 같이 불었고 어디서든 불꽃은 회오리치는군. 지붕은 화약처럼 번쩍거리겠지. 모든 펌프는 얼어 버리고 끓는 물은 엔진에서 나오자마자 얼음으로 변하지. 한 시간 안에 목조가옥이 즐비한 이 마을은 거대한 모닥불이 될 걸세! 얼마나 영광스러운 장면인가. 푸우하!"

거리는 지금 사람들의 발걸음과 말소리로 가득 찼다. 모퉁이 저편에서 자동차 엔진이 도는 소리가 들렸고, 다른 엔진은 포장길 저편에서 덜그럭거리고 있었다. 세 개의 첨탑 종소리가 한꺼번에 들렸다. 경고음은 이웃 마을로 퍼져 나갔다. 서두름, 혼란, 두려움이 뒤섞여 거의 구분할 수가 없었다.

"철로 만든 혀처럼 얼마나 유창한가!" 오베론이 외쳤다. "내 심장은 뛰고 떨리지만 두려움은 없어. 그리고 다른 소리들도 그러하지 ─ 깊고 경이로운 힘찬 오르간처럼. 저 아래 길가에 있는 군중들의 함성과 고함 소리들! 서두르게! 우린 시간을 허비하고 있어. 목청껏 소리를 질러야겠어. 저 엄청난 대소동 안에서. 내 영혼을 저 사나운 혼란과 뒤섞을 걸세. 그리고선 용광로에서 끓는 거품이 되겠어!"

첫 외침이 시작되고 나서부터 내 예감은 그 진실된 불길과 종소리의 중심에서 경고를 보내고 있었다. 이제 우리 위, 아래, 사방에는 대혼란밖에 없었다. 계단에서 발이 엉키고, 간절한 외침과 문을 크게 두드리는 소리, 엔진에서 물을 뿜어내는 소리, 도로 위로 떨어져서 부서지는 가구들. 곧 내 친구는 진실에 눈을 떴다. 그의 광란은 기쁨의 색조를 띠었고, 그는 환희에 젖어 마구 손짓을 하며 거의 침실 천장까지 펄쩍 뛰어 올랐다.

"내 소설 때문이군!" 오베론은 울부짖었다. "굴뚝! 지붕! 악마는 밤에 사라져 잠자리에 들었던 수천 명의 사람들을 공포와 경이로 소스라치게 했어! 내가 여기 서 있네. 승리한 작가! 만세! 만세! 내 머리에서 나온 이야기가 마을을 불태웠다고! 만세!"

작가가 되는 마음

언어를 이해하기 위해서는 문화에 대한 이해가 먼저 필요하다. 하지만 영어 문화권에 체류해 본 적이 없는 수많은 언어 여행자들이 책과 영상 등을 통해서 얻은 이해가 어떨지 가늠이 되지 않는다. 한국에 잠시 여행 온 영어를 사용하는 문화권 친구들은 한국 드라마에 나오는 장면들이 실제 얼마나 자주 일어나는지 물어보곤 한다. 서로 이해가 안 되는 부분에 대해 한참 이야기도 해보고 드라마 특유의 과장된 표현에 대해서 설명을 해주기도 한다. 한국 드라마, 음악, 아이돌을 먼저 접해 보고 여전히 관심이 충만한 그들에게 한국을 이해해 주길 바라는 마음으로 근현대사에 대해, 우리의 정서에 대해서 설명하는 것이 그들이 우리를 이해하는 데에 중요한지는 모를 일이다. 모국이 아닌 나라의 역사와 사회를 듣는 일은 그리 쉽지는 않을 것이다.

너새니얼 호손. 주홍글씨. 큰 바위 얼굴. 작가에 대한 이해가 먼저 필요했다. 문장을 읽어 내리는 데에 먼저 시간을 보냈다. 쉽지 않은 과정이었지만 윤곽은 보였다. 인쇄된 활자를 보고 있자니 느낌을 살리기 어려워 유튜브를 검색하고 누군가 녹음을 해 둔 파일을 여러 차례 들어 보았다. 평면적인 해석 과정에서는 알 수 없었던 서술과 고민, 격정과 분노가 느껴졌다. 소설을 '읽는' 것만으로는 채울 수 없는 상상의 영역이 있었다. 글자를 이해하려고만 했지 소설로 읽어나가지 못했던 것이다. 영어를 사용하는 문화권에 대한 이해가 부족했을 것이다. 영어를 언어로 대했을 뿐이었다. 반대로 생각해 보면 영어권 외국인이 한국문화에 대한 이해 없이 기술적으로만 한국어를 구사한다면, 아무리 유창하게 말한다고 해도 뭔가 아쉽게 느껴지는 부분이 있을 것이었다. 더군다나 너새니얼 호손은 이미 오래전에 작고한 작가이기에 언어의 이해와 문화에 대한 고찰을 떠나 수 세기 전에 쓴 소설을 이해해 나가야 한다는 어려움이 있었다. 지금 내가 창작한 글을 천 년 뒤 한국어를 구사하는 한국인이 아닌 누군가가 번역해 출판을 하게 된다면 나와 같은 생각을 하지 않을까라고 생각해 본다. 매뉴얼이나 업무상 접하는 단순하고 쉬운 문체도 아닐뿐더러 작가가 쓴 글이 어떤 느낌인지 정확하게 확인할 길이 없었다. 해석을 해나가는 과정에서 오역도 나왔고 등장인물의 성향을 잡는 데에도 어려움이 있었다. 이후 등장인물의 성격을 잡고 나니 시들어 있던 문장들이 조금씩 살아나는 느낌이 들었다. 독자에게 원문에 충실한 내용을 전달하기 위해 고려해야 할 부분도 만만치 않았다. 도대체 이렇게 쓴 글을 어떻게 문장으로 살려낼까 하는 고민은 김선형 선생님과의 미팅을 통해서 해소되어 갔다. 사실 선생님의 독려보다는 독설을 듣는 게 더 마음이 편할 것 같다는 생각이 들기도 했다. 물론 그 독설이라는 것은 마지막 미팅까지 쉽게 들어 볼 수 없었지만.

좋은 작품을 우리말로 전하는 과정에 동참하고, 완성해 출판을 한 우리는 오베론보다 나은 작가들이 되었다고 생각한다. 망상과 괴로움에 사로잡혀 발 한걸음 움직이지 못하고 결국 뒷걸음질 치는 가엾은 작가 지망생. 그도 언젠가는 용기 내어 본인의 소설을 출간하는 작가가 되지 않았을까 하는 마음으로 응원을 해본다.

번역에 같이 참여한 여러분들과 우리를 이끌어 주신 선생님께 감사의 말씀을 드리며 다음은 밝고 상냥한 소설을 번역해 가윤이에게 읽어 주는 모습을 상상해 본다. 또한 출판까지 참여할 수 있도록 배려와 응원을 해준 사랑하는 나의 배우자 이민경에게 가장 큰 감사를 드린다.

"The Wintry Peacock"

by D. H. Lawrence

———

싸늘한 겨울 공작

조 현
옮김

뽀드득거리는 눈이 얕게 땅을 덮고 있었다. 하늘은 파랗고 바람은 아주 차고 공기는 맑았다. 한낮에 농부들이 소를 한 시간인가 풀어놓아서, 타이블 마을로 들어가니 외양간 냄새로 못 견딜 지경이었다. 하늘로 뻗은 물푸레 가지가 옅은 빛으로 반짝이며 푸른 하늘에 녹아들고 있었다. 그때 바로 내 앞길에서 공작들을 보았다. 공작은 세 마리였고, 꼬리를 접은 갈색 점박이 새였는데 목은 검푸르고 벼슬은 너덜너덜했다. 공작들은 세공된 듯 정교하게 쌓인 눈 위로 새침하게 종종거렸다. 몸을 천천히 움직여서, 마치 작고 가벼운 나룻배 같았다. 공작은 멋지고 신기한 데가 있었다. 그때 갑자기 바람이 휙 불어와서, 공작들은 바스러질 듯한 배 세 척처럼 꽁지깃을 해진 돛인 양 펼치고 불편하게 총총거리고 팔짝대면서 외풍을 피하려고 했다. 그러고는 벽에 바짝 붙어 새초롬하고 겨울처럼 싸늘하게 움직였다. 아무렇지도 않게 꼬리를 접고 가뿐하고 홀가분해졌다. 공작은 내게 무심했다. 만져 봐도 될 것 같았다. 공작들은 그들의 보금자리인 활짝 열린 우리를 등지고 가 버렸다.

윗집을 막 지나고 있었을 때 젊은 여자 하나가 뒷문에서 막 나오는 것을 보았다. 여름에 이야기를 나눈 적 있는 여자였다. 그녀는 단번에 나를 알아보곤 손을 흔들었다. 들통을 들고 터무니없이 짧은 치마 위에 긴 하얀 앞치마를 입고 면으로 된 보닛을 쓰고 있었다. 나는 모자를 벗어 그녀에게 인사하고 나서 가려던 참이었다. 그런데 여자가 들통을 내려놓고 잽싸게 주위를 살피면서 달음박질쳐 왔다.

"잠깐만 기다려 주실래요? 1분이면 돼요."

여자는 가늘게 어색한 미소를 지어 보이곤 뛰어 들어갔다. 우울한 얼굴에 혈색이 나빴고 코가 불그스름했다. 하지만 순간적으로 그 음울하고 까맣던 눈빛이 나를 어루만지기라도 하듯이 부드러워졌다. 그 잠깐의 황송함에도 남자는 온 세상을 다 가진 것 같게 마련이다.

나는 길에 서서 솜털이 부숭부숭한 암갈색 송아지를 보고 있었다. 송아지는 음매 하고 울었는데 나를 보고 짖어대는 것처럼 보였다. 행복하고 기운차고 다소 뻔뻔스러워 보이는 그 송아지는 따뜻한 우리로 돌아가려는 것 같기도 했고 아닌 것 같기도 했다. 나로서는 어느 쪽인지 알 수 없었다.

이내 여자가 다시 나와서는 고개를 푹 처박고 있었다. 하지만
나를 올려다보고 기묘하게 내밀한 사이인 양 웃었는데, 무언가
마녀 같고 이 세상 것처럼 여겨지지가 않았다.

"기다리게 해서 미안해요. 이 헛간 안에 있을까요? 바람을 피
할 수 있을 거예요."

그래서 우리는 길을 마주하고 열려 있는 헛간의 기둥 사이에
섰다. 여자가 바닥을 내려다보고, 흘끔 곁눈질하자 찌푸린 이마
에 까맣게 팬 작은 골이 눈에 들어왔다. 뭔가 생각을 곱씹고 있
는 것 같았다. 그러더니 내 눈을 빤히 들여다보아서 나는 눈을
껌뻑였고, 고개를 옆으로 돌리고 싶었다. 여자는 내게서 무언가
를 찾고 있었는데 눈초리가 매서웠다. 예민하고 혈색 나쁜 이마
에는 여전히 골이 패여 있었다.

"프랑스어 할 줄 아세요?"

여자가 불쑥 물었다.

"어느 정도는요."

나는 답했다.

"학교에서 배워 둘 걸 그랬어요. 전 한 글자도 모르겠어요."

여자는 고개를 수그리고 얼굴을 흉하게 찡그려 웃고는 까만
눈을 굴렸다.

"자질구레한 일에 매달려 봐야 좋을 게 없죠."

그러나 그녀는 누렇게 뜬 울적한 얼굴을 옆으로 돌리며 내 말

을 듣지 않았다. 갑작스레 그녀가 다시 나를 보았다. 여자는 무언가를 살피고 있었다. 동시에 나를 보고 웃었는데, 내 눈을 부드럽고 깊은 눈길로 바라보며 과분하다는 듯 내게 무한한 신뢰를 보내주는 것 같았다. 나는 어느새 넘어가고 있었다.

"괜찮으시면 이 편지 좀 읽어 주실래요? 프랑스어인데요."

여자는 말하면서 곧바로 얼굴이 어두워지고 쓰라린 표정을 지었다. 나를 흘긋 보았는데 이맛살을 찌푸리고 있었다.

"물론이죠."

"남편에게 온 편지예요."

말하면서도 여전히 나를 주시하고 있었다.

나는 여자를 쳐다보았지만 제대로 알아차리지는 못했다. 그녀가 나를 너무 빤히 바라봐서 당혹스러웠다. 그녀는 슬쩍 주위를 둘러보았다. 그리고 눈치를 보듯 나를 쳐다보더니 주머니에서 편지를 꺼내서 내밀었다. 프랑스에서 타이블 마을의 육군 일병 알프레드 고이테 앞으로 보냈다고 돼 있었다. 나는 편지를 받아들고 읽기 시작했다. 단순한 단어들로 'Mon cher Alfred(친애하는 알프레드)'──는 찢어진 신문 쪼가리에서 나왔다 해도 그러려니 할 법한 말이었다. 나는 계속 읽었다. 편지 속 상투적인 문구의 출처는 프랑스어를 쓰는 어떤 여자였고 받는 이는 한 영국 군인이었다. '저는 당신을 생각해요. 언제나, 항상요. 당신은 가끔 저를 생각하시나요?' 그러다가 어렴풋이, 내가 어떤 남자의 사적인 서신을 읽고 있음을 알아챘다. 하지만 어떻게 이 빤하고 안이한 프랑스어 문구들이 사적인 것이라고 생각할 수 있는가! 이 세상 그 무엇도 이 러브레터보다 진부하고 품위 없을 수는 없었다. 그 어떤 신문이라도 이 이상 명명백백하지는 않다.

굳은살이 박인 듯이 무감각한 심장으로 벨기에 처녀의 토로를 읽다가 정신이 퍼뜩 들었다. 편지는 이어졌다. 'Notre Cher petit bébé — 사랑스럽고 자그마한 우리 아가가 한 주 전에 태어났어요. 당신이 멀리 가 버린 걸 알고 나서, 혹시나 당신이 우리 완벽한 사랑의 결실을 잊어 버릴까봐 저는 정말 죽을 것만 같았죠. 하지만 아이가 위로가 되어 줬어요. 웃는 눈이며 씩씩한 분위기가 영국인 아빠를 닮았지요. 저는 성모님께 소중한 아이 아빠를 보내 달라고 기도해요. 당신이 아이를 팔에 안고 있는 모습을 볼 수 있게, 그리고 우리가 성가족*의 사랑 안에서 하나 되게 해달라고 빌어요. 아, 나의 알프레드. 제가 당신을 얼마나 그리워하는지, 당신 때문에 어찌나 눈물이 나는지 말해도 되나요? 제 마음은 항상 당신 곁에 있어요. 다른 건 아무것도 생각지 않아요. 저는 오로지 당신을 위해, 그리고 우리 아가를 위해서만 산답니다. 당신이 어서 돌아오지 않으시면 저는 죽을 거고, 우리 아가도 죽을 거예요. 하지만 안 되겠죠, 당신은 돌아올 수 없죠. 그래도 제가 갈 수는 있어요. 우리 아이를 데리고 영국으로 갈

---

* 성(聖)가족. 성모 마리아, 예수, 요셉으로 이루어진 거룩한 가정.

수 있어요. 혹시 훌륭하신 당신 부모님께 저를 보이고 싶지 않으시면 다른 마을이나 도시에서 만나도 돼요. 그러면 저는, 영국에서 홀로 아이를 데리고 있는데 보살펴 줄 사람도 없으니까 너무 무섭겠지만요. 그래도 꼭 가야겠어요. 제 아기, 제 작은 알프레드를 아버지에게 데려다주고 말 거예요. 제가 너무나 사랑하는 듬직하고 멋진 알프레드에게요. 아아, 어디로 가야 할지 편지해 줘요. 돈도 어느 정도 갖고 있어요. 한 푼도 없는 알거지는 아니에요. 저랑 제 사랑스런 아가를 건사할 돈은 있어요 ─'

끝까지 읽자 서명이 있었다. '당신의 몹시 행복하지만, 훨씬 더 불행한 일라이자.' 나는 웃고 있었음이 틀림없다.

"웃음이 나오시나 봐요?" 고이테 부인이 빈정대듯 말했다. 나는 고개를 들어 그녀를 쳐다보았다.

"러브레터라는 건 저도 알아요. '알프레드'가 너무 많잖아요."

"아주 아주 많죠."

"그래, 그 여자가 뭐라던가요? 일라이자? 이름이 일라이자라는 건 아는데 그건 다른 문제고요." 그녀는 찡그리고 조소하는 웃음을 터트리며 나를 올려다보았다.

"이 편지는 어디서 난 겁니까?"

"지난주에 우체부가 줬어요."

"남편분은 집에 계시고요?"

"오늘밤에는 오겠거니 해요. 다쳐서 말이죠, 제대 신청을 하고 있었어요. 집에 있었던 건 6주쯤 전이고, 그때부터는 스코틀랜드에 가 있고요. 참, 다리 부상이에요. 뭐, 괜찮아요. 씩씩한 양반이니까요. 절름발이긴 해도요. 좀 절뚝거리거든요. 그 사람은 제대 허가가 날 거라고 생각하는데 전 아니라고 봐요. 결혼은 했냐고요? 6년 됐어요. 그리고 그 사람은 전쟁 첫날 입대했고요. 글쎄, 자기가 그 생활을 좋아할 줄 알았다고 하더라고요. 남아프리카 전쟁을 치렀죠. 그 사람 이제 전쟁엔 질렸어요. 넌더리난대요. 저는 남편 부모님과 같이 살고 있어요. 지금은 제 소유 집도 없어서요. 친정에는 커다란 농장이 있는데, 천 에이커도 넘는 농장이 옥스퍼드주에 있어요. 여기 같진 않아요. 시부모님은 엄청 친절하세요. 그럼요. 더할 나위 없이 좋으셔요. 본인들 딸보다 저를 더 생각해 주신다니까요. 그래도 고향에 있는 거랑은 다르잖아요, 안 그래요? 진짜 제 뜻대로는 못하잖아요. 집에는 저랑 시부모님뿐이에요. 전쟁 전에는 뭘 했냐고요? 음, 그 사람은 뭐든지 했어요. 교육은 잘 받았지만 농장을 더 좋아했어요. 그 다음엔 운전사 일을 했고요. 그래서 프랑스어를 아는 거예요. 프랑스에서 한참동안 어떤 신사분을 모시고 다녀서요."

이 무렵에 공작새들이 파드닥거리며 모퉁이를 돌아서 등장했다.

"안녕, 조이!"

여자가 부르자 새 한 마리가 섬세한 다리를 놀려 앞으로 왔다. 회색 반점이 알록달록하게 박힌 등이 근사했다. 새는 온통 짙은 파란빛인 목을 감으면서 여자에게로 향했다. 여자는 쭈그려 앉았다. "조이, 아가야." 이상스럽게 음침하고 우울하고, 어루만지는 듯한 목소리였다. "넌 꼭 나를 찾아내야 직성이 풀리지?" 여자가 얼굴을 아래로 숙이자 새가 고개를 돌렸다. 새의 부리가 여자의 얼굴에 거의 닿을 듯해 마치 키스하는 것 같았다.

"새가 당신을 정말 좋아하네요."

여자가 고개를 돌려 나를 올려다보며 웃었다.

"네, 좋아하죠. 조이는, 절 사랑해요." 그러고는 새를 보며 말했다. "그리고 저도 조이를 사랑하죠. 아무렴요, 저는 조이를 정말 사랑하지요." 여자는 잠시 새의 깃털을 매만져 주었다. 그런다음 일어나면서 말했다. "참 다정한 새예요."

여자가 "새애-" 발음을 길게 늘어뜨려서 웃음이 나왔다.

"정말 그렇다니까요. 7년 전에 친정집에서부터 같이 왔어요. 다른 새들은 조이의 새끼인데, 새끼는 조이 같지 않잖아요. 그렇지, 아가야아~?" 여자는 마녀 같은 비명조로 말끝을 올렸다.

그녀는 헛간 안에 있는 다른 새는 까맣게 잊고 원래 용건으로 다시 돌아왔다.

"안 읽을 거예요?" 여자가 말했다. "읽어요. 그래야 제가 그게 무슨 소리인 줄 알죠."

"남의 뒤에서 사적인 이야기를 하는 것 같네요."

"어마, 그 사람은 신경 쓰지 마세요. 제 뒤통수를 칠 만큼 쳤다고요. 4년 내내 말이에요. 저 모르게 켕길 짓을 안 했으면 투덜댈 일도 없겠죠. 뭐라고 썼는지나 읽어 봐요."

여자가 시키는 대로 따르는 게 썩 내키지는 않지만, 어쨌거나 시작했다. "나의 친애하는 알프레드."

"그쯤이야 예상했어요. 일라이자의 친애하는 알프레드죠." 여자가 웃었다. "프랑스어로는 뭐라고 부르죠? 엘리자?"

내가 말해 주자 여자가 대단히 업신여기는 투로 따라 말했다. 엘리제, 라.

"계속해요. 안 읽고 있잖아요."

그래서 나는 읽기 시작했다. "가끔 당신 생각이 나요. 당신은 제 생각을 했나요?"

"그 여자 말고도 여럿 생각했을 걸요. 그랬을 거라는 데에 내가 돈을 걸죠." 고이테 부인이 말했다.

"아마 아닐 겁니다." 나는 대답하고 계속했다. "사랑스럽고 작은 아기가 일주일 전에 태어났어요. 아, 사랑스러운 남동생을 팔에 안아들었을 때 어떤 기분이었는지 말해도 되나요."

"분명 그 사람 애예요." 고이테 부인이 소리쳤다.

"아뇨." 나는 말했다. "이 여자 어머니 아이예요."

"그게 믿겨요? 눈 가리고 아웅이잖아요. 봐요, 영락없이 그 여자랑, 그 작자의 애라고요."

"아닙니다. 이 여자의 어머니 아이죠." 나는 계속해서 읽었다. "그 애 눈은 달콤하게 웃어요. 그래도 당신의 아름다운 영국인 눈동자 같지는 않네요."

여자는 갑자기 치맛자락을 후려치면서 배를 부여잡고 폭소를 터뜨렸다. 그러고는 일어나서 손으로 얼굴을 가렸다.

"아름다운 영국인 눈동자라니 안 웃고는 못 배기겠네요."

"남편분 눈이 아름답지 않은가요?"

"예쁘죠, 엄청나죠! 계속해요! 조이, 조이 아가, 아가~야, 조이!" 여자는 공작새를 불렀다.

"음, 우리는 당신이 몹시 그리워요. 다들 당신을 보고 싶어 해요. 당신이 여기서 사랑스런 아기를 볼 수 있었으면 좋겠네요. 아, 알프레드. 당신이 곁에 있었을 때 우리는 얼마나 행복했던가요. 모두들 당신을 무척 사랑했죠. 저희 어머니께서는 아이를 알프레드라고 부르실 거예요. 우리가 절대로 당신을 잊어 버리지 않도록요."

"보나마나 그 사람 애인 게 확실하네요."

"아닙니다." 나는 말을 이었다. "이 어머님의 아이죠. 음, 어머니는 아주 잘 지내시고, 아버지는 어제 집에 오셨어요. 휴가 나오셨어요. 오셔서 아들, 그러니까 제 작은 남동생을 보고 기뻐하시면서 아이 이름을 당신을 따라 짓기를 바라셨어요. 당신은 그 힘들었던 시간에도 우리 모두한테 몹시 상냥했으니까요. 절대로 잊지 않을게요. 그걸 생각하니 눈물이 날 것만 같네요. 아, 당신은 멀리 떨어져서 영국에 있으니까 아마도 다시는 볼 수 없겠죠. 친애하는 어머님, 아버님께서는 좀 어떠신가요? 당신 상처가 나아 가까스로 걸을 수도 있다니 다행이에요."

"친애하는 부인은 어떤지나 물어보라고 하죠!" 고이테 부인이 소리를 질렀다. "그 여자한테 아내가 있다는 말도 안 했어요. 이렇게 가엾은 애를 꼬드겼다고 생각해 봐요!"

"답장을 해주면 무척 기쁠 거예요. 하지만 당신은 영국에 있으니까, 이전에 자상하게 챙기던 가족은 잊어 버리겠죠."

"오죽했겠어요? 애, 조이!"

"당신이 없었더라면 우리는 지금 살아서 슬퍼하고 기뻐하지도 못 했겠죠. 그건 너무 힘든 일이에요. 그래도 잃은 걸 조금은 극복했고, 더 이상은 가난에 허덕이지도 않아요. 작은 알프레드가 제게 크나큰 위로가 되어 주니까요. 그 아이를 가슴에 안고서 듬직하고 친절한 알프레드를 생각하죠. 그 힘들었던 순간이 어쩌면 제일 행복했던 순간이었을지도 몰라요. 이제는 그 시절이 영영 지나가 버렸다는 생각에 눈물이 나요."

"어휴, 이런 불쌍한 여자애를 꼬여내다니 부끄럽지도 않은가 봐!" 고이테 부인이 소리 질렀다. "그 사람이 결혼했다는 건 알지도 못하고 희망을 키웠겠죠. 짐승만도 못한 짓이라고요."

"그거야 모르지요. 불안한 여자가 어떻게 사랑에 빠지는지야 아시잖습니까? 결혼을 했든지 안 했든지요. 그리고 남편분이라고 무슨 수가 있었겠습니까. 여자가 사랑에 빠지겠다고 작정을 해버렸는데요?"

"그럴 마음이 있었으면 참았겠죠."

"글쎄요, 우리가 전부 영웅은 아니거든요."

"아이고, 그거랑은 다르죠! 듬직하고 친절한 알프레드라니!

살다 살다 별 헛소리를 다 듣겠네요. 계속해 봐요. 마지막에는 뭐라고 해요?"

"음, '영국에서 어떻게 지내는지 듣고 싶어요. 상냥한 당신 부모님께 저희 안부를 잘 전해 주세요. 앞으로도 항상 행복하기를 바랄게요. 당신을 몹시 사랑하고, 항상 감사하는 엘리제.'"

일순간 침묵이 흘렀다. 고이테 부인은 고개를 떨어뜨리고, 어쩐지 싸하게 정신을 다른 데 팔고 있었다. 갑자기 여자가 얼굴을 들었다. 눈빛이 번득이고 있었다.

"이건 짐승 같은 짓이라고요. 비열해요. 이런 처지의 여자애를 건드리다니."

"아니죠. 남편분이 꾀어내기야 했겠습니까. 그리고 프랑스 여자들이 뭐 그리 대단히 순진무구한 처녀들이겠어요? 남편 분보다도 고단수일걸요."

"어휴, 그 사람은 세상에서 제일 멍청한 사람이고요."

"그거 보세요!"

"하지만 그 사람 애가 분명하다니까요."

"제 생각은 다른데요."

"틀림없어요."

"저런, 정 그렇게 생각하고 싶으시다면야 할 수 없죠."

"그게 아니면 이런 걸 쓸 이유가 없잖아요?"

나는 길로 나가서 소를 보았다.

"지금 소를 몰고 있는 게 누굽니까?" 내가 물었다. 여자도 따라 나왔다.

"옆 농가 남자애예요."

"그렇군요. 벨기에 여자들이란! 그네들 편지가 어디서 끝날지는 절대 모르는 거예요. 어쨌든 그건 남편분 사정이니까 부인께서는 끼어들지 마시죠."

"세상에나!" 그녀는 경멸스러워하며 쉿소리를 질렀다. "내가 끼어드는 게 아니죠! 얼마나 비열하고 못돼먹었냐고요. 내가 그렇게, 러브레터를 보냈는데." 그녀는 손으로 얼굴을 가리고 악의 서린 웃음을 터트렸다. "항상 소포를 보냈어요. 다 이 여자한테로 들어갔을 거라 생각하죠? 알아요. 원래 그런 사람이니까. 자기들끼리 내 편지를 비웃었을 게 눈에 선해요. 그렇다는 데에 뭐든지 걸 수 있다고요."

"아니오. 남편분은 들킬까봐 무서워서 편지를 태워 버렸을 겁니다."

여자의 노란 얼굴이 노여움으로 검게 물들었다. 갑자기 여자를 부르는 목소리가 들렸다. 여자는 머리를 헛간 밖으로 쑥 내밀고 쌀쌀맞게 대꾸했다.

"알았어요!" 그리고 나를 봤다. "저분이 저를 보살펴 주시는 그 사람 어머님이세요."

여자는 내 면전에 대고 마녀 같은 웃음을 지었다. 그리고 우리는 길을 내려왔다.

다음날 아침에 일어나 보니 깊고 푹신하게 눈이 쌓여서 집이 어두컴컴했다. 바람에 날린 눈이 큰 서쪽 창에 몰아치면서 은막을 만들어 창을 다 덮어 버렸다. 밖에 나가자 아래로 보이는 골짜기가 온통 하얘서 섬뜩했다. 밑에 있는 나무들은 까맣고 가느다래서 흡사 철사 같아 보였고, 아른아른한 눈의 수의(壽衣) 사이로 새카만 바위가 얼굴을 내밀고 있었다. 하늘은 검고 노랗고 우중충했고, 그 하늘이 무겁게 짓누르고 있는 이 설백색 세상은 움푹 꺼지고 창백하게 질려서, 검은색으로 장식되어 있었다. 망자의 골짜기에 있는 기분이었다. 나는 그곳의 수감자였다. 도처에 눈이 깊이 쌓여서 사방으로 휘날리고 있었다. 그래서 오전 내내 실내에 머무르며 마찻길을 보았다. 마찻길은 눈더미를 수북이 얹고 있는 딸기나무나 기둥 위로 눈이 쌓여 한 뼘이나 길어진 문설주를 향해 나 있었다. 아니면 흑백의 골짜기를 내려다보기도 했다. 그곳은 미동조차 없는, 삶이 끝나 버린 빈 석관이었다.

온종일 무엇 하나 꿈쩍이지 않았다. 딸기나무의 눈더미가 쏟아져 내리는 일은 없었다. 골짜기는 죽음의 숲처럼 추상화되어 있었다. 나는 움푹 팬 골짜기 너머 휑한 고지 위에, 절반쯤 눈에 파묻혀 있는 작은 농가를 보았다. 그리고 눈 덮인 타이블 마을과, 그곳의 까만 마녀 같은 왜소한 고이테 부인을 떠올렸다. 눈은 내가 도망치고 싶었던 영향력 앞에 나를 발가벗겨 놓은 것 같았다.

맑다고 할 수 있을, 반쯤 선명한 빛이 희끄무레하게 들이치던 오후 네 시 무렵이었다. 잠에서 깨어 보니 저 아래쪽의 눈 속에서, 시커먼 가시나무들이 흡사 작은 야만인 무리인 듯 난쟁이처럼 옹그리고 서 있는 곳 근처의 백색 평온에서, 어떤 움직임이 보였다. 나는 뚫어져라 쳐다보았다. 확실했다. 거기 퍼덕이고 몸부림치는 뭔가가 있었다. 커다란 새가 분명한 것이 눈 속에서 용을 쓰고 있었다. 궁금해졌다. 이 골짜기에서 가장 커다란 새는 큰매인데, 나만 한 놈이 종종 내 창문 너머에 매달려 딱딱거리면서 계곡가에 있는 먹잇감을 노리고 날아다녔다. 하지만 이 새는 매치고는 너무 크고, 내가 아는 그 어떤 새보다도 컸다. 곰곰이 커다란 야생 조류를 떠올려 보았다. 기러기인가? 맹금류?

여전히 그 새는 기를 쓰면서 분투하고 있었다. 그리고 까만 반점처럼 가만히 있다가 다시 몸부림쳤다. 나는 집 밖으로 나가서 바위틈에 다리가 부러질 위험을 감수하고 가파른 비탈 아래로 내려갔다. 지형을 잘 알고 있는데도 가시나무 쪽으로 가까이 가기 전부터 심하게 후들후들 떨렸다.

그래, 그건 새였다. 조이, 푸른 목의 회갈색 공작이었다. 조이는 눈에 젖어서 기진맥진해 있었다.

"조이, 조이야, 이런!" 나는 휘청거리며 비틀비틀 조이에게 다가갔다. 조이는 애처롭게도 눈 속에서 퍼드덕거리며 몸부림치고 있었다. 너무 지쳐서 몸을 일으키지는 못하고, 가끔씩 눈 위로 파란 목을 내밀었다가 내려놨다가 하면서 눈을 깜빡거렸는데, 볏이 온통 다 닳아빠져 있었다.

"조이야! 이 녀석아!" 나는 달래듯이 불렀다. 눈이 휘몰아치며 이랑을 만드는 와중에도 조이는 끝끝내 누워 눈을 끔뻑거리고만 있었다. 그동안 나는 가까이 가서 조이를 다독이고 쓸어 주고, 잘 달래서 팔로 안아 들었다. 내가 안아 들자 조이는 축축하게 젖은 기다란 목을 멀리 뻗었다. 그러면서도 가만히 안겨 있는 걸 보니 아마 몸부림칠 기운도 없이 지친 모양이었다. 조이는 가없은 볏을 내게서 멀찍이 떨어뜨리고 있었는데, 덜컥 죽어 버릴 것처럼 축 늘어지고 시들시들하게 보였다.

조이가 예상만큼 무겁진 않았지만 다시 집으로 데리고 가는 일은 고투였다. 우리는 불에서 너무 가깝지 않게 조이를 내려놓고 천으로 찬찬히 닦아 주었다. 조이는 몸을 맡기고 힘없이 피하기만 하면서 간간이 보드라운 목을 멀리 뻗었다. 그러고 나서 조이에게 따뜻한 먹이를 놓아 주었다. 내가 먹이를 조이의 부리에 대 주면서 어떻게든 먹여 보려고 했지만 조이는 무시했다. 우리가 뭘 하고 있는 건지 모르겠다는 듯이, 불가해하게 자기 안으로만 움츠러들었다. 그래서 우리는 조이를 천을 댄 바구니에 내려놓고, 오도카니 웅크리고 있게 내버려 두었다. 먹이는 조이 옆에 놓았다. 블라인드를 쳤고, 집안은 따뜻했던, 밤이었다. 가끔 조이는 몸을 움직거렸으나 대부분은 희한하게 생긴 볏을 한쪽으로 기댄 채 오그리고 있었다. 먹이도 건드리지 않고 소리나 움직임에도 무심했다. 브랜디나 각성제를 써 볼까 의논을 하기도 했지만 가만히 내버려두는 게 최선이라는 걸 깨달았다.

그런데 밤에 조이가 쿵쿵거리고 돌아다니는 소리가 들렸다.

나는 촛불을 하나 켜 들고 걱정스럽게 일어났다. 조이는 먹이를 얼마 먹지도 않고 사방에 잔뜩 흘려 놓아서 난장판을 만들어 놓았다. 그러고는 무거운 안락의자 뒤에 자리를 잡고 있었다. 나는 조이가 나았거나, 낫고 있다고 결론 내렸다.

다음날 아침은 청명하고, 눈이 다 얼음이 되었기에 조이를 도로 타이블 마을로 데려가기로 했다. 조이는 몇 번 퍼덕거린 다음, 순순히 커다란 어망에 들어가 앉아서 몹시 불안해하며 닳고 헐은 머리를 들어 바깥을 엿보았다. 나는 조이를 데리고 출발했다. 골짜기로 미끄러지듯 내려간 다음 세찬 물줄기 옆으로 진 파리한 그늘 밑으로 쭉 나아갔다. 그리고 어린 소나무 숲이 둘러싼 하얀 골짜기를 힘겹게 올라가서, 눈이 쌓여 새하얗게 빛나는 곳으로 들어갔다. 위쪽은 바람이 좀 잠잠했다. 조이는 커다랗고 걱정스러운 눈을 반짝거리며 눈에 아무것도 담지 않고, 불가해하게 줄곧 지켜보는 것 같았다. 내가 타이블 마을 읍 근처로 들어가자 조이가 가방 안에서 난동을 부렸다. 이곳을 알아봐서 그런지는 모르겠지만 말이다. 헛간으로 다가가자 조이는 잽싸게 이쪽저쪽을 보더니 목을 길게 쫙 내밀었다. 그러는 녀석이 왠지 조금 무서웠다. 조이는 시끄럽고 맹렬하게 울면서 불길한 부리를 벌렸다. 나는 꼼짝 않고 서서 조이가 가방 안에서 버둥거리는 걸 보고 있었다. 온몸이 조이가 몸부림치는 대로 흔들리고 있었지만 아직 풀어 줄 생각은 없었다.

고이테 부인이 집을 지나쳐 쏜살 같이 달려왔다. 날카롭게 탐색하듯이 고개를 앞으로 휙 내밀고 있었다. 그 여자는 나를 보고 앞으로 왔다.

"조이가 당신한테 있었어요?" 여자는 내가 도둑이라도 된 것처럼 날카롭게 외쳤다.

가방을 열자 조이는 축 늘어진 채 지금은 눈이 닿는 것도 싫다는 듯 퍼덕거리고 있었다. 여자는 조이를 안아 들고 부리에 입을 맞췄다. 여자의 붉어진 얼굴이 멋졌다. 눈이 반짝이고 숱 많은 머리가 늘어져 있었는데, 그 어느 때보다도 더 마녀 같았다. 여자는 말이 없었다.

그녀 뒤로 머리가 하얗게 센 여자가 하나 따라 나왔다. 둥글고 다소 누리끼리한 안색에 적대적인 태도를 취하고 있었다.

"당신이 조이를 데려갔었단 말이죠?" 여자가 매섭게 물었다. 나는 간밤에 조이를 구조했다고 대답했다.

뒤쪽에서 호리호리한 남자가 천천히 다가왔다. 콧수염이 새하얗고 바지에 큰 땜질 자국이 있었다.

"거, 새가 돌아왔구만!" 남자는 며느리에게 말했다. 그의 부인이 내가 어떻게 조이를 발견했는지 설명했다.

"어." 백발의 남자가 말을 이었다. "우리 알프레드가 겁을 좀 줘서 쫓아버렸지요! 저 놈이 필시 계곡을 넘어 날아갔을 텐데, 고걸 찾아냈으니 매기가 어찌나 운이 좋은가요. 아니었으면 얼어 죽었지요. 그것이 겁이 오죽 많습니까?"

"그거야 그렇죠. 여기가 공작새가 사는 땅은 아니니까요."

"암, 그렇지요." 고이테 씨가 대답했다. 그는 일부러 아주 천천히, 가만가만 말했는데 꼭 목소리에 피아노 약음 페달이라도 걸어 놓은 것 같았다. 그는 자기 며느리가 공작 앞에 쭈그리고서 새카만 머리가 붉게 달아오른 모양새를 지켜보았다. 공작은 한동안 그 파랗고 긴 목을 그녀의 무릎에 내려놓고 있었다. 노인은 반백이 된 수염에, 머리카락도 가느다랗고 희끗희끗한데도 얼굴이 마치 청년처럼 젊어 보이고 섬세하다시피 했다. 파란 눈은 무엇인지 이유를 알 수 없는 쾌락의 원천으로 반짝반짝 빛나고, 피부는 매끈하고 보드랍고, 코는 섬세한 아치를 그렸다. 살짝 흐트러진 잿빛 머리가 어쩐지 사랑에 빠진 젊은이처럼 근사하게 보였다.

"이것이 돌아왔다고 말해 줘야 쓰겠다." 그는 천천히 말하고 돌아서 불렀다. "알프레드, 알프레드! 어디로 갔어?"

그리고 다시 우리를 돌아봤다.

"애야, 좀 일어나 봐라, 매기야. 나리도 일어나시지요. 고놈의 새가 뭘 그리 대단타고 말야."

짧고 두꺼운 코트에 반바지를 입은 젊은 남자가 절뚝이면서 다가오고 있었다. 덴마크 사람처럼 생겼고 골반이 튼실했다.

"돌아왔다." 아버지가 아들에게 말했다. "고게 돌아왔어. 그리프 로우 너머로 날아갔던 것을 나리께서 데리고 오셨다구."

아들이 나를 보았다. 그러거나 말거나 하등 상관없다는 태도로 모자를 비뚤게 쓰고 한 손을 반바지 주머니에 찔러 넣고 있었지만, 말은 없었다.

"나리, 안에 잠깐 들어가시지요."

나이 든 여자가 내게 말했다.

"그렇지, 들어와서 차나 뭐라도 좀 드십시다. 저 새를 날라 주셨으니 뭘 좀 드셔야지요. 매기도 오너라. 그럼 들어가시죠."

그래서 우리는 실내로 들어갔다. 집 안에 사람이 많아 번잡스럽고 답답했으며, 거실은 부담스럽게 아늑하고 너무 따뜻했다. 아들은 마지막에 따라와서 문가에 서 있었다. 아버지가 내게 말을 걸었다.

매기가 탁자에 찻잔을 놓았다. 시어머니는 낙농장으로 다시 들어갔다.

"이리 됐으니까 다시 기운이 좀 들겠지, 매기." 시아버지가 며느리에게 말했다. 그러고는 내게 말했다. "애가 통 밝지를 않았다구요. 알프레드는 집에 왔지, 새는 날아가 버렸지. 우리 애가 수요일 밤에 집에 왔잖습니까요. 나리도 아시죠? 알프레드요. 애가 수요일에 오니까는 둘 사이에 할 일이 꽤나 있었던 모양입디다. 안 그랬냐, 매기야?"

그는 볼을 붉히고 있는 잘생긴 며느리를 향해 심술궂게 눈을 반짝였다.

"아휴, 조용히 좀 하세요, 아버님. 말씀만 들으면 노망나신 분인 줄 알겠어요." 여자는 삐친 것처럼 말했지만 정말로 그럴 수는 없었다.

"오늘 아침에야 좀 밝아지더라구." 시아버지가 천천히 계속했다. "지난 이틀간은 영 저기압이었단 말입죠. 쟤가 수요일에 나리를 보고 나서부터 어찌나 쌀쌀맞은지 아주 북동풍이 쌩쌩 붑디다."

"아버지, 그만 좀 말씀하세요. 하도 따분해서 철 냄비라도 아버님 말씀 다 들어 주다가는 다리가 떨어져 나가겠어요. 갑자기 그 많은 말이 어디서 샘솟았는지 모르겠네요." 매기는 살살 달래는 투로 신랄하게 말했다.

"거야 잃어버린 데서 찾았지. 들어와서 좀 앉지 그러냐, 알프레드?"

하지만 알프레드는 휙 돌아서 사라져 버렸다.

"쟤가 지금 편지 문제 때문에 속이 말이 아니라오." 아버지가 내게 은밀하게 말했다. "어미라고 뭐 아는 게 있어야 말이지. 다 한때 치기지 뭐, 그렇잖아요? 하! 다 먼 나라 이야기고 이리로 올 것도 아닌데 굳이 문제를 만들어서 득 되는 게 뭡니까요? 며 늘애한테 내가 그렇게 말했지요. 신경 쓸 거 아니라구요. 그렇잖습니까?"

시어머니가 다시 들어오자 대화는 무던하게 흘러갔다. 매기는 이따금 태평하고 만족스럽다는 눈빛을 내게 보내면서 남자들 사이를 돌아다녔다. 나는 매기에게 치렛말을 몇 마디 했지만, 듣지 않는 듯 보였다. 매기는 어쩐지 불길하게, 마녀가 친절을 베풀 듯이 우아하게 내 시중을 들어 주었다. 푹 수그린 까만 머리가 겸손해 보이기도, 강경해 보이기도 했다. 매기는 어린 아이처럼 즐거워하면서 시아버지와 나를 보살폈다. 하지만 미간에는 검은 나방이라도 앉아 있는 것처럼 어쩐지 불길한 구석이 있었다. 그리고 큰 덩치를 구부정하니 움츠리고 있는 모습도 뭔가 불길해 보였다.

여자는 시아버지 근처 난롯가의 낮은 의자에 앉았다. 고개를 떨어트리고 있어서 정신이 다른 데 가 있는 것 같았다. 가끔씩 불현듯 정신을 차리고는 우리를 쳐다보며 웃고 떠들다가도 다시 잊어버리곤 했다. 하지만 시커먼 망각에 빠져 있는 거구를 보면 우리와 아주 가까이 있는 것 같았다.

열려 있던 문으로 공작이 태연하게 활보하며 천천히 들어왔다. 그 녀석은 매기 옆으로 가서 웅크리며 파란 목을 감았다. 여자는 새를 흘끗 보았지만 정말로 보는 것 같지는 않았다. 새는 가만히 앉아서 조는 것 같았고, 매기도 웅크리고 조용하게 앉아 있는 게 멍해 보였다. 그러다가 다시 묵직한 발소리가 들리더니 알프레드가 들어왔다. 그는 자기 아내를 보고, 제 아내 옆에 웅크리고 있는 공작을 보았다. 거구의 알프레드는 문가를 다 차지하고 서서 손을 반바지 앞주머니에 찔러 넣고 있었다. 누구도 아무 말도 하지 않았다. 그리고 그는 발뒤축을 빙글 돌려 다시 나가 버렸다.

나도 가려고 자리에서 일어났다. 문득 정신이 든 매기가 흠칫 소스라쳤다.

"꼭 가셔야 되나요?" 매기는 일어나서 내게 가까이 다가와 앞을 가로막더니 고개를 모로 꼬고 나를 올려다보았다. "좀 더 있다 가시면 안 돼요? 바깥에 일이 없으니까 오늘은 그냥 오붓하게 있으면 되는데요." 그리고 웃으면서 야릇하게 이를 드러냈다. 여자는 턱이 길었다.

나는 꼭 가야 한다고 말했다. 공작은 난롯가에 누워 기다랗고 푸른 목을 뻗었다가 다시 감았다. 매기가 아직도 내 앞에 바짝 붙어 서 있어서, 나는 조끼 단추가 몹시 신경 쓰였다.

"다시 오실 거죠? 꼭 오세요."

나는 약속했다.

"언제 차 한잔하러 오세요. 약속이에요!"

나는 약속했다. 언젠가는.

그녀의 존재에서 벗어나던 순간 나는 그녀에게서 완전히 사라져 버렸다. 마찬가지로 조이에게서도 완전히 사라졌다. 멍하니 생각에 잠긴 신기한 상태로 여자는 곧바로 나를 다시 잊어 버렸다. 나는 떠나면서 그걸 알았다. 그러나 함께 있었을 때에는 그녀와 자칫 육체적 접촉이 있을 뻔했던 것처럼 느껴졌다.

하늘이 온통 핏기 없고 누르스름했다. 밖으로 나갔을 때는 해가 없어서 쌓인 눈이 파랗고 차가웠다. 나는 서둘러 언덕을 내려가면서 매기를 생각했다. 길이 급경사면을 따라 굽이져 있었다. 뽀드득거리는 눈 위를 지나가느라 고생하고 있을 때였다. 웬 사람 형상이 나를 가로막으려고 가파른 비탈을 성큼성큼 내려오고 있는 걸 알아차렸다. 바지 앞주머니에 손을 반쯤 찔러 넣은 남자. 어깨가 떡 벌어진, 야산을 경작하는 진짜 농부. 당연히 알프레드였다. 그가 돌담 옆에서 나를 기다리고 있었다.

"이보시오." 알프레드는 내가 다가가자 말했다.

나는 그의 앞에 무춤 멈춰 서서 부루퉁한 파란 눈을 쳐다보았다. 이마에 이상야릇한 오만함이 묻어났다. 그 파란 눈은 건방지게 나를 쳐다보았다.

"편지에 대해서 뭐 아는 게 있소? 프랑스어로 된 건데. 집사람이 열어 본 게 내 편지라오."

"예. 제게 읽어 달라고 부탁했죠."

알프레드는 나를 똑바로 보았다. 그는 어찌할 바를 모르고 있었다.

"안에 뭐가 있었소?"

"예? 모르십니까?"

"태웠다고 하오."

"보여 주지도 않고서요?"

알프레드가 슬쩍 고개를 끄덕였다. 그는 이다음에 어떤 행동을 취해야 할지 고심하고 있는 것처럼 보였다. 알프레드는 편지의 내용을 알고 싶어 했다. 아는 게 틀림없다. 그러니, 내게 물어보지 않고는 못 배길 것이다. 아내가 그를 도발했을 테니까 말이다. 동시에, 그는 불쌍한 나에게 애꿎게 화풀이를 하려는 게 틀림없었다. 그래서 나를 보았다. 나도 그를 주시했다. 누구도 말이 없었다. 알프레드는 내게 거듭 부탁하고 싶지는 않은 모양이었다. 하지만 나는 그저 그를 보며 생각할 뿐이었다.

갑자기 알프레드가 고개를 젖혀 골짜기를 내다보았다. 그러고는 자세를 바꾸었다. 기마병으로 복무했던 사람이었다. 그리고 기밀사항이라는 듯이 나를 보았다.

"내가 아직 보기도 전에 여자가 그 빌어먹을 걸 태워 버렸던 말이오."

"음." 나는 천천히 대답했다. "부인분 혼자서는 그 안에 뭐가 들었는지 알 수 없죠."

그는 계속 나를 노려보았다. 나는 혼자 씩 웃었다.

"내용을 읽어 주고 싶진 않았습니다."

알프레드는 얼굴에 갑자기 열이 확 올라 목에 핏대가 섰다. 그리고 언짢은 기색으로 다시 동요하고 있었다.

"벨기에 여자가 한 주 전에 애를 낳았다고 합니다. 알프레드라고 부르기로 했다네요."

알프레드가 내 눈을 마주보았다. 나는 빙긋이 웃고 있었다. 그도 웃기 시작했다.

"행운을 빌어 줘야겠네요."

"잘 되길 바라죠."

"그래서 그 여자한테는 뭐라고 말해 주었소?"

"그 아이는 노모님 아이니까 형씨의 여자 친구에게는 남동생이 된다고요. 그 여자가 가족의 친구로서 당신에게 편지를 쓰는 거란 이야깁니다."

알프레드는 한동안 농부의 독기를 품은 교묘한 웃음을 지으며 서 있었다.

"그리 알아들었소?"

"다른 수가 있나요."

그는 그대로 서서 히죽거리고 있다가 짧게 웃음을 터뜨렸다.

"잘 됐군." 그리고 수수께끼처럼 외쳤다.

그는 한 번 더 크게 웃으면서, 아내와의 한판승부에서 크게 이겼다고 확신하고 있었다.

"다른 여자 분은 어떻습니까?"

"누구?"

"엘리제 말입니다."

"아." 그가 안절부절못하며 자세를 고쳤다. "아주 좋아요."

"그녀에게로 돌아가시겠지요."

알프레드가 나를 보더니 입가를 찌그러뜨렸다.

"그거 난 아니요. 누명을 쓴 거지요. 모함이오."

"'사랑하는 아기(cher petit bébé)'가 작은 알프레드가 아니라는 말씀이십니까?"

"어쩌면."

"어쩌면요?"

"그래요, 한 파운드짜리 치즈에 지저분하게 꼬이는 벌레가 워낙 많았어야지." 그는 난폭하게 웃었지만 동시에 불안한 기색이 있었다.

"그 여자가 정확히 뭐라고 했소?"

나는 할 수 있는 데까지 편지 구절을 되뇌기 시작했다.

"Mon cher Alfred, Figure-toi comme je suis déslée-"

알프레드는 혼란스러워하며 들었다. 내가 기억나는 부분까지 끝마치자 그가 말했다.

"당신 말이 얼마나 그럴싸했는지 벨기에 여자들이 알아야 되는데 말이오."

"연습이죠."

"꽤 해본 솜씨였소."

잠시 정적이 흘렀다.

"이러나저러나, 어차피 난 편지를 받아 보지도 못한 거니까."

눈 쌓인 곳 반대편에는 햇빛이 비쳤고 바람이 맑고 살을 엘 듯 불었다. 나는 코를 풀고 떠날 채비를 했다.

"그러면 그 여자는 아무것도 모르는 거요?" 알프레드는 말을 이으며 타이블 방향의 언덕으로 고개를 홱 치켜들었다.

"제가 말한 것 말고는 모릅니다. 정말 편지를 태웠다면요."

"나는 태웠을 거라고 믿어요. 헌데 그 여자는 작은 악마라오. 꼭 결판을 내고 말 거요." 알프레드는 완강하고 뚱하게 턱을 내밀었다. 갑자기, 그가 새삼스럽게 내게 몸을 돌렸다.

"그런데 왜 그놈, 공작새 목을 비틀어 버리지 않았소? 그, 조이 말이오."

"왜요? 뭐 하러?"

"나는 짐승이 싫어요. 내가 그놈을 한번 혼쭐내 줬지요."

나는 웃었다. 그는 서서 생각에 잠겼다.

"가여운 작은 엘리제." 알프레드가 중얼거렸다.

"그 여자는 작나요? 몸집이 자그마해요?" 내가 묻자 그가 갑자기 머리를 처들었다.

"아니, 좀 커요."

"당신 아내보다 더 크겠군요."

그가 다시 내 눈을 보았다. 알프레드가 한 번 더 요란하게 웃음을 터트리자, 눈 덮여 황량한 적막한 골짜기가 다시금 쩌렁쩌렁 울렸다.

"아이고, 하느님, 이거 기절하겠군." 알프레드는 굉장히 재미있어했다. 그리고 편안하게 서서는 한 발을 뗐다. 손은 반바지 앞주머니에 찔러 넣고 고개는 뒤로 젖힌, 잘생긴 남자의 모습이었다.

"하지만 내가 빌어먹을 조이를 ─" 그는 생각에 잠겼다.

나는 언덕 아래로 내달리며 큰 소리로 껄껄 웃어댔다.

치열하게 글 읽는 재미

다른 사람들에게 책을 고르는 기준을 물어본 적이 있다. 다음엔 무슨 책을 읽을지, 어떻게 고르세요? 실은 저녁은 뭘 먹을지 정하는 것만큼이나 어렵다. 서점이나 존경하는 사람의 추천 목록에 기댈 때도 있고, 좋아하는 작가 작품을 쭉 읽는 경우도 있고, 그냥 표지가 예쁘니까 한 번 골라 보는 때도 있고. 방법은 아주 많지만 나는 그냥 한 번 골라 보는 걸 좋아한다. 성공할 때도 있고, 아닐 때도 있고, 확률은 반반이다. 어쨌든 책은 열어 보기 전까지는 모르는 거니까 이번에는 부디 뽑기 운이 좋았기를 바라며 읽어 보는 수밖에.

「싸늘한 겨울 공작」을 처음 시작할 때도 그랬다. 좋아하는 작가 꼬리 물기를 하고 싶었는데 랜덤게임이 됐다. 무슨 작품을 해야 하나 고민하고 있던 중에 김선형 선생님이 "로렌스 작품은 어때요?"라고 하시는 거다. 한 번도 안 읽어 본 작가라서 머릿속이 새하얘졌다. 하지만 뭐가 나한테 맞는지도 잘 모르겠고, 기왕 추천도 해주셨으니까 그냥 로렌스에서 뽑아 보자, 하고 골랐다. 제일 짧은 걸로. 그러다가 이 작품이 걸렸다. 귀여운(?) 동물 마스코트도 나오고, 불륜의 냄새도 나는, 정체가 불분명한 연애편지를 둘러싼 치정극. 아주 좋다. 내 운을 좀 믿어 보기로 했다. 그런데 그게 모든 고난의 시작일 줄이야.

나는 여태까지 독자로만 살아왔다. 뭔가를 읽다가 재미가 없거나 모르겠거나 어려운 부분이 있으면 마음대로 다 건너뛰는 특권을 누려온 셈이다. 그런데 번역을 하려니까 모르는 부분을 모르는 채로 둘 수가 없었다. 일단 내용을 다 알아야 뭐라도 옮길 것 아닌가. 그런데 그 내용을 다 안다는 게 생각보다 엄청 막막한 일이었다. 모르는 부분이 이해될 때까지 아는 부분을 보고, 또 보고, 또 또 보고. 내용을 대충이라도 다 아는 경지에 이르는 길은 아주 멀고 험했다. 한 문장 한 문장도 어려웠지만, 그 문장이 나온 맥락을 먼저 읽어야 하는 것이 제일 어려웠다. 나는 왜 이렇게 불성실한 독서습관을 갖고 있던 건지 스스로 원망도 참 많이 했다. 게다가 분명히 짧다고 고른 소설인데, 막상 열어 보니 끝날 기미가 안 보였다. 도중에 포기도 수십 번은 했다. 그러다가 마음 굳게 먹고 다시 한 번 시작해 보면 처음 보는 것처럼 아주 새롭고, 더 이상은 못하겠다고 생각했을 때 기적적으로 끝났다. 마감기한과 어떻게든 해야 한다는 책임감이 얼마나 중요한지도 이번에 배웠다.

그래도 고생을 한 만큼 얻은 것도 아주 많다. 특히, 이 소설에 정이 참 많이 들었다. 처음에는 이미 인물의 성격도, 말투도, 줄거리며 결말이 전부 정해져 있는 '완성된 작품'을 옮기는 작업에 애착이 과연 생길까 싶기도 했다. 내 역할은 아주 미미할 거라고만 생각했다. 그러니까 뭘 골라도 엇비슷할 거라고 생각했는데, 전혀 아니었다. 내가 고른 언어들로 만들어진 소설을 읽는 경험은 굉장히 신기했다. 개인적으로 등장인물 중에 알프레드가 참 얄미운데, 그 얄미운 알프레드를 어느 정도로 재수 없는 인물로 표현할지에 대한 선택권이 나에게 있다는 사실에 새삼 놀라기도 했다. 같은 문장을 두고도 "그는 그러거나 말거나 하등 상관없다는 태도로"로 옮길 수도 있고, "그는 아랑곳 않고"로 옮길 수도 있다. 이건 전적으로 내가 선택할 수 있는 부분이다. 내가 어떤 사람의 성격을 만드는 중대한 결정을 내릴 수 있는 기회가 얼마나 있을까? 소소하지만 한편으로는 몹시 중요한, 이런 재미가 있으니까 작품을 끝까지 옮겨낼 수 있었던 것 같다.

돌이켜보면 순간의 잘못된 선택을 수습하느라 오래도록 고생을 한 것이 아닌가 싶지만… 덕분에 무언가에 온정신을 쏟아보는 쉽지 않은 경험을 했다. 밤새 혈투를 벌인 끝에 간신히 끝을 내고 아침 해를 맞던 순간은 내가 무심코 흘려보냈던 다른 순간들보다 훨씬 밀도 높은 시간들이었다. 선생님께서 '번역은 좋아서 하는 막노동이다'라고 하셨던 말이 무슨 뜻인지 이제 아주 조금은 알 것 같다. 글을 치열하게 읽는 재미를 드디어 좀 알게 된 걸까? 번역을 하겠다고 시작했지만, 개인적으로는 진지하게 문학 읽는 법을 더 많이 배웠던 시간이었다. 살면서 번역을 해볼 일이 얼마나 더 있을지는 모르겠지만, 여기서 배웠던 설렘들은 앞으로도 오래오래 간직하고 싶다.

좌담회
옮기고 나서 보이는 것들

옮기고 나서 보이는 것들

"내가 번역을 한다"

임유진 수업에서 시작한 번역 워크숍이 이제 책이라는 결과물로 나오게 되었습니다. 소감과 함께 간단한 자기소개로 좌담회 시작하도록 하겠습니다.

김부민 저는 대학에서는 경영을 전공했고, 대학원에서는 재무를 전공했는데 어쩌다 보니 이렇게 출판 번역을 하게 됐어요. 최근에 번역 일을 시작했고, 아직 초보지만 인문학, 과학서를 주로합니다. 문학 번역 수업은 어떤지 궁금해서 들어봤는데 어쩌다 보니 책까지 나오게 되네요. 참 독특한 경험이었고, 이렇게 다같이 모여 책까지 내게 된다는 게 뜻깊은 경험이었습니다.

---

* 2017년 11월 11일 , 『처음, 옮기다』의 출간에 앞서 역자 8인과 코디네이터 김선형, 엑스북스 에디터 임유진, 조소영이 엑스플렉스에 모여 이야기한 기록.

김충호 17년차 직장인입니다. 아이에게 예쁜 동화책을 번역해서 읽어주는 모습을 상상하면서 번역 수업에 참여하게 됐습니다. 번역을 하면서 문학에 대해 메말랐었던 감정들에 대해 생각해 볼 수 있었습니다. 회사 생활을 시작하면서 주로 자기계발서나 업무에 필요한 것 위주로 읽었고, 대학원을 졸업할 무렵에는 물론 더 딱딱한 원서, 원론을 접했기 때문에 처음에 번역을 하고 방향을 잡을 때 제가 제일 굳어 있지 않았나 싶습니다. 김선형 선생님이 고생하셨죠. 처음에 선정했던, 제 나름대로 도전할 수 있겠다 싶었던 소설은 선생님께서 맞지 않다고 해주셨고…

김선형 처음에 고르셨던 작품이 캐서린 맨스필드의 「가든파티」였어요.

김충호 머릿속에 그려지는 번역물과 제가 표현하는 글하고는 다르더라고요. 머릿속으로는 가든파티의 분주한 모습 이런 걸 상상했는데 글은 전혀 다른 느낌으로, 계속 간결하게 끊어져 나가는 문장이 나오더라고요. 지금까지 회사에서, 대학원에서 써왔던 그런 투였죠. 이후 「원고 안의 악마」를 하면서 주인공의 모습이 누구나 갖고 있는 모습이라고 생각했어요. 자만에 빠진 주인공의 모습이요. 그걸 보면서 살아온 날이 짧지만 앞으로 겸손하게 살아야겠다, 배울 게 많겠다는 걸 느꼈고요. 이번 책이 출판에 이르게 됐는데, 아직 여전히 저는 아기가 스스로 책을 읽기 전까지는 아기를 위한 책을 번역해 책으로 꾸며 주고 싶어요.

이민정 저는 지금 대학에서 통번역을 공부하고 있는데, 처음부터 "난 통번역을 전공할 거니까 이 수업을 들어야지"라고 생각했던 건 아니에요. 제가 처음 이 수업을 들을 때만 해도 어느 대학에 갈지 확정되지도 않았고 원한다면 대학에 안 갈 수도 있다고 생각했었거든요. 제가 고등학생일 때 취미가 번역이었어요. 해외연예인을 좋아했는데 아무도 번역을 안 해줘서 자급자족을 하느라 번역을 했는데요. 읽고 싶은 칼럼이 번역이 안 되어 있으면 영어로는 잘 안 읽히니까 차라리 한국어로 번역을 해서 다른 사람들도 읽었으면 좋겠다는 마음에서 시작했는데, 그걸 아는 친구들이 번역 워크숍을 소개해 줬어요. 이왕 하는 김에 문학번역도 해보자는 마음으로 시작했고, 이 수업을 듣던 중에 지금 학교에 합격했다는 소식을 들어서 대학에서 통번역까지 배우고 있어요.

이번에 버지니아 울프의 「어떤 학회」를 번역했는데요, 저는 늘 그런 열망이 있었어요. 여성 작가의 이야기를 번역하고 싶다, 그 중에서도 특히 여자들의 이야기를 번역하고 싶다는 생각이요. 그런데 마침 「어떤 학회」라는 작품이 어린 여자들이 새로운 세상을 알아가게 되는 내용의 이야기고, 제가 좋아하는 작가의 작품이라 선정하게 되었어요.

김선형 그 소설 너무 좋아요! 제가 진짜 좋아하는 소설이에요.

임유진 대학에서 배우기 전에 이런 수업을 먼저 해보니까 수업에 더 도움이 되던가요?

이민정 사실 통번역은 실무통역, 번역이라 문학 번역은 교양 수업으로 듣고 있어요. 이번에 『처음, 옮기다』를 하면서 교정을 계속 본 경험이 있으니까 대학 들어와서 처음으로 번역을 시작한 친구들에 비해 저는 특히 문학 번역을 하면서 단어를 섬세하게 고르는 방법을 배운 것 같아요. 결과적으로는 도움이 됐죠.

정호수 저는 평범하게 회사를 다니는 회사원인데, 어렸을 때부터 외국어를 좋아했어요. 지금도 굉장히 좋아하고요. 외국어를 배우는 그 자체가 일종의 취미고, 외국어를 통해 새로운 이야기를 듣고 받아들이고 커뮤니케이션하는 걸 굉장히 좋아했어요. 그래서 고등학교도 외고를 진학해서 졸업을 했고 대학교는 약간 드라이하지만 저도 경제학과를 가긴 했는데… 일반적으로 통용되는 학문이지만 별로 저랑 성향이 맞다고 생각을 한 적은 없어요. 항상 제가 관심이 있고 좋아하던 건 외국어 분야였고, 그 중에서도 제일 좋아하던 건 두 언어가 있을 때 아무리 두 언어의 전문가라고 할지라도 이 언어를 다른 언어로 변환할 때 약간의 뉘앙스 차이가 생길 수밖에 없잖아요? 그 미묘한 차이를 발견하는 것 자체가 너무너무 재밌었어요. 그리고 그런 걸 익히는 것 자체가 저에게 있어서 큰 즐거움이었기 때문에 그 연장선인 번역에는 늘 관심이 있었어요. 그래서 언젠가는 번역을 직접 해보고 싶다는 마음이 있었는데 우연한 기회에 워크숍에 대해 알게 되었고 말로는 '나는 외국어를 좋아하고 번역을 좋아해, 나는 번역을 잘할 수 있어'라고 하지만 실제로는 어떨지 모르겠어서 도전을 해봤습니다. 워크숍 내내 굉장히 행복하게 수업을 들으며 많은 걸 배웠고, 무척 즐거운 경험이었습니다. 사실 수업 자체만으로도 배운 것이 많고 즐거웠지만 그 과정에서 결과물이 실제로 내 이름으로 나온다는 게 또한 기쁘고 뿌듯했고, 한편으로는 제 이름이 박혀서 출판되는 것에서 오는 책임감도 같이 느끼게 되었습니다.

조현 저는 대학교에서는 불교학을 전공하고 국어국문과를 복수 전공했어요. 제가 엄청난 불교신자라 불교학을 선택했던 건 아니고, 원래 제 성향이 좀 잘 가다 옆으로 빠지는 걸 좋아해요. 그런 사람 있잖아요. 하하하. 원래 고등학교 때만 해도 국문과를 갈 생각이었는데 갑자기 철학이 너무 재밌고 동양철학을 배우고 싶어서 불교학과로 노선을 틀었어요. 가서 보니까 제가 생각했던 것과 좀 다르더라고요. 모든 대학생들이 그렇듯이.

불교학과가 굉장히 종교적일 것 같은데 오히려 언어 수업이 많아요. 이 나라에서 저 나라로 전파되었던 종교라 번역에 대해 교수님들도 생각을 많이 하시고요. 수업도 산스크리트어, 팔리어, 티베트어, 한문 수업도 열리는데, 사실 이렇게 많이 열리다 보니까 전문적으로 습득을 하기는 어렵지만 기초를 조금씩 다 구경할 정도는 되죠. 그래서 번역에 관심을 가지고 있기는 했는데, 저는 어렸을 때부터 외국어를 참 못했어요. 외국어가 신기하고 재밌고 시간 투자를 많이 해도 지겹지 않은 그런 매력을 가지고 있긴 하지만 자신감은 별로 없었죠.

그러다 한번은 중국 여행을 가게 돼서 30시간 동안 기차를 타야 했는데, 그때 한국어로 된 책으로는 도저히 그 시간을 버틸 수 없을 것 같아서 영어책을 가지고 갔어요. 20시간을 읽어도 안 끝나는 책이 있는 게 너무 좋았어요. 몰입하는 느낌도 들고. 그러면서 영어 읽기에 재미를 붙여 갔어요. 특별한 계기보다는 사소한 계기들이 모였던 것 같아요. 대학교를 다니며 번역에 관심이 생겼었고, 영어소설을 읽으며 시간을 보냈던 경험이 모여서 계기가 만들어진 거죠.

지금은 불교학도 국문학도 크게 상관없는 스마트기기에 들어가는 한국어 음성을 관리하는 일을 해요. 한국어와 관련된 일이기는 한데. 처음에는 어떤 일인지도 모르고 우연찮게 들어갔는데, 3개월차가 되니 마음이 싱숭생숭하더라고요. 이 일이 맞는 걸까 하다가 좋아하는 걸 하면서 정신적 안정을 찾고 새로운 자극을 받고 싶고, 다른 사람들도 만나 보고 싶고, 대학시절 문학 수업을 들으면서 즐거웠던 경험도 있고… 그런 여러 가지 마음 끝에 번역 워크숍에 오게 됐어요.

저는 로렌스 작품을 번역했는데, 사실 그 전까지 로렌스는 굳이 손을 대려고 하지 않았던 작가였는데 이제 번역을 해야 되잖아요. 일단 제일 짧은 작품을 골라 놓고, 그 다음부터 작가의 작품을 읽기 시작했어요. 『채털리 부인의 연인』, 『무지개』… 읽어야 된다는 압박감에 읽기 시작했는데 생각보다 작가가 참 재밌는 사람이더라고요. 그래서 좋은 작가를 발굴했다 싶기도 하고, 얼어간다는 생각도 들고. 그렇게 읽어 나갔지만 작품은 너무 어려워서 아주아주…

김선형 정말 고생 많이 하셨어요. 제 작업실에 제일 많이 찾아오셨거든요. 정말 자주 오셔서 자주 고치셨는데 노력한 보람이 있었어요. 그리고 로렌스의 소설이 들어가면서 이 단편소설집 자체가 컬러풀해졌어요. 다른 소설들은 읽으면 무슨 말인지 아는 소설들이 대부분인데, 로렌스 작품은 굉장히 애매모호해서 읽는 이에게 생각을 하게 하는 부분이 있고, 화자의 보이스가 굉장히 많아요. 첫 부분 동작 묘사부터 힘드셨잖아요. 근데 조현 씨가 가지고 있는 장점이 한글 문체가 굉장히 찰지거든요. 근데 그게 영어를 정말 자의적으로 맘대로 해석해서… 하하하. 처음엔 그러니까 현 씨가 소설을 쓰신 거죠. 그래서 그걸 맞춰가는 과정에서 정말 많이 배우신 것 같아요. 사실 작품이 어려운 경우에는 배우는 과정이 더 풍성해진다고 해야 하나? 현 씨 같은 경우는 정말 많이 만났는데 그 과정에서 결과적으로는 서로 좋은 경험을 했던 것 같아요. 그리고 제일 중요한 건 역시 로렌스가 들어가면서 『처음, 옮기다』 컬렉션이 풍부해졌다는 점이에요.

이윤지 저는 워크숍 1기생이라 과정이 끝난 지도 거의 1년이 넘어서 한참 전을 되새겨 봤는데, 오신 분들 이야기를 들어보니 다들 하고 싶다는 마음이 먼저인 것 같네요. 저는 사실 번역이라는 것 자체가 "하고 싶다"보다는 "할 수 있다"에 시작점이 찍힌 편이에요. 대학에서 영문학을 전공했고 4학년 때부터 출판사 의뢰로 도서 검토서 같은 작업을 스무 건 정도 한 경험이 있었어요. 하지만 계속 번역 쪽은 내 일이 아니라고 생각했죠. 자기소개에도 썼지만 저에게는 영문학을 전공했다는 게 큰 족쇄이자 어떻게 보면 또 하나의 무기였던 시기가 있었는데, 그것의 의미는… 그래도 서울에서 영문학으로 이름 있는 학교를 졸업했다 보니 공연 쪽 회사에 취직을 했을 때 영어 관련 일이 대부분 저한테 넘어왔어요. 사소한 기사 번역부터 홍보문구 번역을 다듬는 거나. 그렇게 하다 보니 나중에는 배우 통역이랑 대본 번역 초고까지 3년 회사를 옮기며 일하는 동안 일의 범위가 점점 넓어지더라고요. 작년 여름에 이 번역 워크숍을 듣게 된 계기는 퇴사하고 하려던 일이 크게 틀어지면서 갑자기 삶에 공백이 생긴 거였어요. 여러 가지에 회의심이 들고 제 자신을 돌아보게 됐어요. 그동안 내가 해왔던 것 중에 그나마 계속 꾸준히 해왔던, 할 수 있는 것에서 다음 스텝을 찾아보자는 생각을 했고, 그래서 번역 워크숍에 참여하게 됐죠. 그전까지는 그냥 내 의지보다는 주변에서 일거리를 던져 주니까 했던 거라면 여기는 제 의지로 들어온 거니까 스스로 재미를 찾아서 글을 옮겨야 하고 원서를 접해야 하는 과정들이 있었기 때문에, 오히려 1년 전 여름에 이 워크숍을 통해서 그동안 전공하면서 짜내려고 해도 짜내지지 않았던 영문학에 대한 애정이 생겼던 것 같아요. 더불어 번역에 대해 더 깊이 공부해 보고 싶다는 생각을 굳히게 되었고 올 초에 대학원 진학을 했어요. 번역학을 공부하고 있고요. 번역 실무보다는 번역이라는 현상을 둘러싼 제반 이론을 공부하고 있는데 지금 두 학기째 끙끙거리며 즐겁게 다니고 있어요.

코넌 도일 작품을 고른 이유는… 제가 추리소설을 굉장히 좋아해요. 근데 막상 작품을 고르려고 읽었던 추리소설을 생각해 보니 영미권보다는 일본 추리소설을 더 많이 읽고 좋아했더라고요. 그래서 어차피 저작권 때문에 오래전 작품들 중에서 골라야 하니까 추리소설하면 떠오르는 고전에서 과감하게 고르기로 하고 코넌 도일 작품을 뒤졌어요. 그러다가 챌린저 박사 시리즈를 읽게 됐는데 재밌더라고요. 시리즈 중에 감사하게도 단편이 있었고요. 사실 저는 코넌 도일이 셜록 홈스 외에 다른 시리즈물을 썼다는 걸 몰랐어요. 이거야! 산속에서 심을 본 심마니의 마음을 느꼈어요.

김선형 심지어 SF잖아요.

이윤지 네, 생각했던 정통 추리소설 장르는 아니지만 번역할 때 재미도 있을 것 같고 제한되는 것도 좀 적을 것 같다는 느낌에 골랐어요.

김선형 영문학 워크숍 1기 분들은 최지원 씨도 그렇고 이윤지 씨도 그렇고 프로들이 많았어요. 번역 관련 일을 많이 하신 분들이요. 최지원 씨는 영상번역을 업으로 하고 계시던 분이고, 이윤지 씨도 무대에서 꽤 유명한 연극 번역에 참여하셨고요.

이윤지 번역 초고를 맡았던 거라 저에 대한 크레딧은 아무것도 남아 있지 않지만요.

김선형 1기 분들의 경우 경험이 워낙 많으셨어요. 다만 출판 번역에 대한 감이 없으셨을 뿐. 영어 실력, 번역 실력은 있으신데 출판 번역, 문학 번역에 대한 감이 처음에 조금 없으셨을 뿐이거든요. 영문학 번역 워크숍 1기는 스킬을 가지신 분들이 문학이란 무엇인가(다른 분야에 도전하는 것), 출판을 위해서 글쓰기를 한다는 게 어떤 것인가에 대해 초점을 맞췄다면, 2기는 실제로 번역을 하는 과정에서 기술적인 부분이나 아마추어가 번역을 접하면서 새롭게, 말하자면 문장과 문장의 문제가 아니라, 이야기에 대한 감이나 자신이 하고 있는 일과 다른 일에 재미를 느끼는 것이 중심이 되었죠. 혜민 씨는 약사시고, 경제 경영 쪽에서 오신 분도 있고, 현 씨도 그렇고… 2기 분들은 대부분이 전혀 다른 분야에서 오셨어요. 일탈이라고 해야 할까요. 수업분위기도 달랐어요. 1기에는 지원 씨나 윤지 씨 말고도 연극 쪽에서 계속 번역하고 계시는 분도 계셔서, 1기는 그런 프로페셔널한 분들이 문학 번역에 대한 코드를 맞춰가는 수업이었다면 2기는 재밌게 이야기를 발견하는 수업이었어요.

송혜민 제 직업은 약사이고요, 번역 워크숍을 신청하게 된 계기는 다소 읽기 어렵게 번역된 소설을 읽고서 내가 해도 이것보다는 낫겠다는 생각이 들어서, 하하하. 그래서 원서를 읽어봤는데 원서가 더 잘 읽히는 거예요. 그러다 번역 워크숍이 있다는 걸 우연히 접하게 됐고, 진짜 '한번 해볼까' 싶어서 등록을 하게 됐어요. 수업을 듣는 과정이 생각보다 버거웠지만 아, 내가 겉으로 보던 거랑 실제로 하는 것과는 정말 다른 차원의 일이구나, 라는 생각이 들었어요. 저는 사실 출판을 하는 것도 되게 가볍게 생각했어요. 다른 분들은 어떠셨는지 모르겠지만, '아 이렇게 까지 하려는 건 아니었는데 일을 너무 크게 벌였나?' 싶은. 다른 분들은 다들 열심히 하시는데 나는 내가 그 정도 주제도 아니고 내가 잘 못 끼는 것 같은 느낌에 부담스럽기도 했어요. 책이 딱 나오면 뭔가 다른 느낌이 들 것 같기도 해요. 아직은 잘 모르겠어요.

소감이라고 하기에는 아직 끝난 게 아닌 것 같은 기분이라서요. 하여튼 번역을 실제로 해보면서 똑같은 텍스트라고 하더라도 개인의 경험에 따라 다르게 보이는 것들이 새로웠고 자극이 됐습니다.

임유진 담당편집자도 번역가 출신이신데요, 언어는 다르지만 번역을 하는 사람으로서 이제 막 새롭게 번역을 시작한 사람들의 작품을 보며 소감이 남달랐을 것 같습니다.

조소영 저는 일본어를 했고요, 가쿠타 미쓰요 책을 번역했고, 내년에도 한 권이 더 출간될 예정입니다. 사실 저는 서양 쪽보다는 아무래도 일본어에 관심이 더 많았고, 대학에서도 국어국문학을 전공했던 터라 이 책의 수록 작품이 영문학 작품들인데 너무 배경지식 없이 원고를 보는 것 같아 걱정이 많이 됐어요. 근데 이게 또 결국은 소설이고 이야기고 하다 보니 이야기 자체가 재밌으니까 극복이 되더라고요. 번역도 매끄럽게 된 편이라 이게 초보자의 번역인가? 믿어지지 않을 정도였고, 전 무척 재밌게 읽었어요. 다양한 장르의 소설을 선정했다는 점도 물론 좋았는데, 이 책은 역자 후기를 보는 맛이 또 있더라고요. 참여해 주신 분들의 후기를 읽으면서 처음에 번역을 하고 싶어서 원서도 읽어보고 이것저것 기웃거렸던 예전 생각도 많이 나고, '나는 처음에 어땠더라?' 하는 걸 떠올리게 됐어요.

"경험을 나누면서 읽는 것이 쓰는 것으로
변환되는 과정에 있는 궁극적인 보람"

임유진 사실 출판이라는 게 그렇거든요. 책이 나오면 전문가가
돼요. 자기 이름으로 된 책이 있으면 다른 사람들은 그 사람을
전문가로 인정을 해줘요. 출판을 한다는 건 그런 의미인 것 같아
요. '사람들이 이 책을 안 사면 어떡하지?' 같은 걱정보다는 이
책이 베스트셀러가 아니더라도 그런 점에서 출간이 유의미할
것 같고요. 저도 오래 필자를 만나며 작업해 왔지만 필자분들이
책을 한 권 내면서 막 작업을 끝냈을 때에는 '다시는 안 보고 싶
다' 하는데, 책이 나오고 나면 바로 '다음 책 뭐하지?' 하고 준비
를 하세요. 책을 내본 사람만 아는 감정인 것 같아요. 아마 앞으
로 계속 번역을 하실 분도 계시고, 이번 일은 좋은 경험이었어
하고 마실 분도 계시겠지만 책이 나오고 보면 한 번 더 해보면
어떨까 하는 마음이 드실 거라는 확신이 들어요.

이번에 처음으로 독자에서 역자가 된 경험을 하신 거잖아요. 늘
읽어왔던 건데 눈으로 읽는 거랑 내가 표현을 고르는 거랑 다르
다는 걸 많이 느끼셨을 텐데, 그렇게 하면서 내가 완전히 다른
독자가 되는 경험을 하셨던 것 같습니다. 김선형 선생님께서 번
역 워크숍을 하고 싶어 하셨던 이유 자체도 번역자를 키워낸다
는 의미보다는 다르게 읽는 경험을 하면서 세계를 넓히고 싶고
그런 동료를 만나고 싶다는 생각으로 워크숍을 꾸린 것이었는

데, 이 결과물이 취지에도 잘 부합돼서 참 아름다운 프로젝트였다 싶습니다.

김선형 사실 책으로 내자는 걸 제가 우겼어요. 활자로 박혀야 역자로서의 경험이 완성된다고요. 자비출판을 할 수 있으면, 심지어 내가 얼마를 내더라도 했으면 좋겠다고 워크숍을 시작할 때부터 말씀을 드렸는데요, 사실 저는 그 말을 한 걸 천 번도 더 후회를 했습니다. 하하하. 내가 왜 이 고생을 사서 하나 천백 번 정도 후회를 했는데요. 마지막에 원고를 보는데 역시, 제가 번역을 하는 이유 중 하나는 출판되어서 나오는 중독성, 방금 말해 주신 그 부분이더라고요. 아 내가 다시 번역을 하면 인간이 아니다 하는 생각이 들다가도 딱 책이 내 이름으로 나오고 그 책을 내가 다시 읽게 되면 굉장히 달라요. 그게 저는 번역자의 궁극적인 보람이라고 생각하거든요. 그 책이 책으로 나와 누군가가 읽는다는 거요.

8회의 번역 워크숍이라는 게 굉장히 짧기도 하고, 역자 양성이라는 게 가능한 프로젝트인지 저는 잘 모르겠어요. 양성이라는 말 자체가 어불성설이고, 사실 역자는 역자가 될 DNA를 가진 분들이 자연스럽게 되시는 거예요. 대신에 경험을 나누면서 읽는 것이 쓰는 것으로 변환되는 과정에 있는 궁극적인 보람, 특히 그것이 문학 텍스트일 경우에는 문학의 의미라는 건 기술 번역의 의미와 많이 달라서 문학은 문장과 문장 사이, 문단과 문단

사이, 챕터와 챕터 사이에 의미가 있다고 생각하거든요. 그런 종류의 시각을 공유하는 게 이 워크숍의 중요한 목적이었고요. 제가 후회를 하긴 했지만 처음부터 우기고 싶었던 것은 이 워크숍이 의미가 있으려면 반드시 활자로 된 것을 손에 쥐어 봐야 된다는 게 제 믿음이었는데, 나중에 책이 나와서 그 믿음이 확인됐으면 좋겠어요. 지금은 어떨지 모르겠지만 여러분들이 그 보람을 느낄 수 있으면 좋을 것 같아요.

임유진 『처음, 옮기다』는 출판을 위한 글쓰기, 출판을 위해 글을 다듬고 언어를 고르는 과정이었잖아요. 피드백을 받고 퇴고를 하시면서 나 혼자 보기 위해 작업하는 것과 출판을 위한 언어를 살펴보는 과정이 어떠셨는지 자유롭게 이야기해 주셔도 좋을 것 같아요.

최지원 머릿속에서는 물 흐르듯 받아들여지는 이야기도 한글 문장으로 바꾸는 과정에서 덜컥덜컥 걸리는 게 많았어요. 그러다 보면 그 엉성한 문장을 따라 머리도 뒤죽박죽이 되더라고요. '문학' 번역은 어휘 선정이 자유롭다는 게 좋은 점이기도 하고 힘든 점이기도 한 것 같아요. 처음에는 겁이 나서 사전에 나오는 어휘를 그대로 사용하다가, 그런다고 좋은 문장이 나오지 않는다는 걸 절감한 뒤부터 조금 자유롭게 어휘를 사용하게 되었어요. 그런데 어느 정도까지 자유로워도 되는지, 라는 문제가 또 닥치더라고요.

이민정 저는 지금까지 번역했던 게 거의 인터뷰나 칼럼이라 정보를 옮기는 게 더 중요했기 때문에 그런 거에 대해서는 큰 고민이 없었어요. 처음 작품을 읽을 때 읽는 것 자체는 즐거운데, 번역을 하다 보니까 어느 순간 내가 기계적으로 하고 있다는 느낌이 들더라고요. 중간에 보이스를 잃어버리기도 했고요. 제가 가지고 있는 보이스와 다르다 보니, 어떻게 할까 고민을 하다 어차피 버지니아 울프도 여성 작가니까 한국 여성 작가들이 젊은 시절에 쓴 글을 보자, 해서 젊은 한국 여성 작가의 글을 많이 읽었어요. 근데 사실 통통 튀는 보이스가 많지 않아요. 저는 전에도 읽었었지만 김애란, 황정은 작가의 글을 이 글을 준비하면서 다시 읽어 보면서 한국 문학을 새롭게 다층적으로 읽게 되었어요. 그리고 선생님께서 보이스를 많이 접하려면 단편소설을 읽으라고 조언해 주셔서 계간지를 구독하게 됐고요. 그러면서 더 많은 글들을 읽을 수 있었습니다. 이번에는 이 작품의 보이스를 찾느라 여성 작가의 글만 읽었지만 찾는 과정에서 다른 보이스들도 눈에 들어오더라고요. 그전에는 그냥 표면에 드러나지 않고 안쪽에만 있었던 것들을 이제 분석하면서 볼 수 있는 눈이 생긴 것 같아요.

이윤지 제가 공연 쪽 일을 했던 이유는 공연 보는 걸 좋아하고 악기 다루는 걸 좋아해서였는데, 역시나 보고 즐길 땐 좋았는데 관계자가 되니까 너무 많은 것을 무찌르고 넘어서야 되더라고요. 번역도 그럴 거라고 생각은 했지만, 아 이렇게 또 '독자일 때가 좋았다'며 후회를…. 이전에는 번역을 한다고 해도 소소하게 페이스북이나 블로그에 제 만족을 위해 올렸던 거라 그냥 100% 제 목소리로, 제가 느낀 대로 올려도 문제가 되지 않았는데, 출판이 된다고 생각하니 이건 어떤 분이 이 글을 읽을지 모르니 너무 제 주관을 강요해서는 안 될 것 같다는 생각이 들더라고요. 그래서 제가 느낀 것을 어느 정도 객관화시키는 데에 시간을 많이 썼습니다. 제가 너무 제 맘대로 해석해서 그대로 옮겨놓으면 제가 쓴 안경을 다른 독자 분들에게 강요하는 꼴밖에 안 되는 것 같아 그걸 배제하면서도, 근데 이 부분은 이게 재밌었어요!를 전달할 수 있는가, 이게 웃기는 포인트였는데! 이걸 살리는 걸 고민하는 게 힘들었습니다.

김부민 다른 분들이랑 저랑 좀 달랐던 게 다른 분들은 소설 자체에 색채감이 있었어요. 그런데 제가 했던 「드라큘라의 손님」이라는 작품은 사실 전체적으로 모노톤이에요. 등장인물도 전부 남자고요. 저는 처음 번역을 하고 봤더니 제가 목소리를 더 입힌 것 같더라고요. 저는 제가 입힌 목소리를 계속 빼면서 모노톤에 가깝게 하려는 노력을 했어요. 뭔가 이중적인 느낌? 작업을 해서 나아지면 나아질수록 사실 그냥 보기에는 더 안 좋아지는 느낌? 그 느낌을 살리려고 하다 보니 힘들더라고요. 문학 번역이 아니라 다른 출판 번역은 이런 일이 잘 없거든요. 제가 과학책이나 인문학 책을 할 때에는 색이 없으면 좀 입혀서 독자들이 재밌게 읽게 하는 게 목표인데, 해보지 못한 경험을 하는 게 새로웠어요.

김선형 원문의 보이스에 가까워지려는 나름의 노력이네요.

정호수 균형이 필요한 것 같아요. 적당히 객관화를 유지하고 원문에 가깝게 유지하면서 거기에 보이스를 입혀야 하니까. 번역하면서 느꼈던 것 중 하나가 역자가 제1의 독자라고 하셨잖아요. 가장 먼저 보는 사람이고 내가 느낀 걸 세상에 다시 전달하는 것이기 때문에 읽으면서 느꼈던 재밌는 포인트나 설명할 수는 없지만 느껴지는 뉘앙스를 보여 주고 싶은데 거기에서 표현력의 한계를 느끼게 됐어요. 내 느낌을 표현하기 위해 원문을 훼손하면 안 되고, 나중에 독자가 원문을 비교하면서 '나는 이렇게 안 읽었는데' 하고 생각할 수도 있기 때문에 원문을 그대로 가져가되 뉘앙스도 살리고 싶은 욕심이 있었죠. 그 균형을 잡는 게 어려운 점 중 하나였습니다. 번역이라는 게 그 언어를 잘한다고 되는 게 아니고 한국어를 잘해야 한다는 얘기를 많이 하잖아요. 그걸 정말 절감한 게, 내가 이렇게 한국어 문법을 몰랐구나… 문법적인 건 찾아볼 수가 있는데 한글적인 표현이 무엇인지에 대한 인식 자체가 없으니까 그런 부분이 제일 어려웠던 것 같아요.

김선형 호수 씨 같은 경우는 텍스트 자체도 그런 부분을 덧붙이는 텍스트였어요. 에드거 앨런 포는 19세기 영어를 쓰는데 그 중에서도 굉장히 고풍스러운 단어들을 쓰고 있거든요. 그걸 읽을 수 있는 레벨을 맞추는 것 자체가 굉장히 어려운 작업이었어요. 문장 자체가 엄청나게 꼬여 있었는데, 제가 그대로 둔 건 호수 씨가 영어를 잘하기 때문이었어요. 그래서 도전할 만한 텍스트가 있어야 계속 배울 수 있다는 점도 있었고, 18세기 말 19세기 초반의 텍스트임에도 불구하고 그 보이스를 어떻게든 살려볼 수 있지 않을까 싶었죠. 원래 굉장히 기괴한 이야기이기도 하고, 문장이 한글로 쓰면 어색한 경우에도 사실 밀고나간 부분이 있어요. 그래서 각자 텍스트를 선택할 때도 사실 저는 보이스를 어느 정도 고려하면서 고르려고 했어요.

"좋아서 하는 번역"

김선형 제가 생각하기에 번역자는 퍼포머에 더 가까운 것 같아요. 언제나, 모든 연기를 할 수 있는 퍼포머가 아니고요. 자기 캐릭터와 자기 보이스에 맞는 작품을 해야만 잘할 수 있는 퍼포머죠. 출판사는 번역자를 섭외할 때 분명 캐스팅을 한다는 생각을 할 거예요. 제가 단편을 나눌 때에도 '어떤 부분을 훈련할 것인가?'라는 부분을 고려해서 텍스트를 선정했어요. 대부분 굉장히 잘 맞았는데 안 맞았던 게 캐서린 맨스필드를 골랐던 (웃음) "충호 씨가 맨스필드는 아니다…" 하하하.

김충호 저도 아기자기하게 할 수 있는데… 나의 가든파티를 물거품으로… 하하하.

김선형 일단 아기자기한 파티는 아니예요, 하하.

임유진 성별이 다른 작가의 작품이 번역이나 문체에 영향을 주기도 하나요?

김선형 헤밍웨이를 혜민 씨가 했거든요. 헤밍웨이는 굉장히 남성스러운 문체를 갖고 있죠.

송혜민 제가 글을 써본 건 아니라서 제 문체 자체를 잘 모르겠어요. 그런데 쓰다 보니까 제 문체에 대해 지적을 받았던 게 장황하고 수식적이라는 거였는데 헤밍웨이는 정반대였어요. 간결하죠. 그런 부분을 맞춰가는 게 어려웠던 것 같아요.

임유진 애초에 자기 문체가 뭔지 모를 때 생기는 이슈가 있을 수 있겠네요.

송혜민 선생님이 해주시는 말씀을 듣고 없앨 부분을 없애는 과정이 많았어요.

임유진 김선형 선생님께서 번역자는 퍼포머인 것 같다는 얘기를 해주셨는데 후기에 무대 얘기를 써주셨던 분이 계시잖아요.

정호수 전데요. 제가 포의 작품을 골랐던 이유는 작년에 뮤지컬 「에드거 앨런 포」를 본 게 계기가 됐어요. 그전까지는 포에 대한 이미지가 「검은 고양이」 같은 것밖에 없었기 때문에 기괴하고 무섭다, 섬뜩하다는 느낌만 있어서 별로 좋아하지 않았는데요. 공연 자체는 픽션도 섞여 있지만 포의 일생을 전반적으로 다루고 있어 포를 새롭게 보게 됐어요. 뮤지컬 무대 위에서 배우의 목소리로 표현된 연기가 무척 인상적이기도 했고요. 제가 그동안은 모범생에 정해진 길만 밟던 사람이었는데, 작년은 공연을 보고 다니면서 여러 가지 자신에의 고정관념을 깨는 한해였거든요. 그런 시기라서 그런지 더 인상 깊게 다가왔던 부분도 있어 포를 하기로 하고 그 작품을 골랐거든요. 이제까지 알았던 포의 이미지와도 다른 걸 보여주는 작품이기도 했고, 이렇게 익살스러운 작품도 쓰는구나 싶었고, 일종의 허세가 가득한 캐릭터 자체의 이미지도 뮤지컬 무대 위에서 봤던 그 배우와 자꾸 겹쳐지더라고요. 그렇다면 그 사람의 이미지를 대입해서 그 사람의 보이스로 해보면 어떨까 싶었어요. 무대에서 연기를 잘하는 배우는 그 대사를 외워서 기계적으로 하는 게 아니라 감정을 자기가 소화해서 표현하는 역할이 있기 때문에 번역가도 그런 면이 있지 않나 싶어서 후기에도 적었습니다.

조소영 저는 이민정 씨의 후기를 읽었을 때 '아, 내가 처음 번역을 하고 싶었을 때 어땠더라?' 하는 기억이 가장 많이 떠올랐어요. 그래서 후기를 평이하게 자꾸 고치려는 시도를 할 때 안타까웠고. (웃음) 저도 번역을 조금 하고, 편집자로서 다른 사람이 한 번역을 고치거나 하기도 했는데 그럴 때의 저 자신을 겹쳐 보게 되더라고요. 덕질을 하다가 번역에 뛰어들게 됐다거나 하는 계기도 그렇고요. 사실 다들 시작은 무언가를 너무 좋아하는 마음이죠. 그런데 마침 우리나라 것이 아니라 다른 언어를 배워야 하고, 그렇게 언어를 배우다 보니 그 언어를 사랑하게 되는 식으로 이어지는 흐름을 느낄 수 있었어요. 아마 다들 출판 번역에 이르게 되기까지 외국어 스킬을 쌓아올리기 위해 시간 투자도 많이 하고 책도 많이 읽으셨을 것이고… 정말 어떤 수련이 필요한 거잖아요. 실력이 어느 수준 이상에 이르게 됐다는 증거라고 생각하며 다들 작업에 임해 주셨던 것 같다는 생각이 들었습니다.

임유진 덕질 얘기가 나온 김에 엑스북스에서 출간된 『해리포터

이펙트』이야기를 잠시 하고 싶어요. 엑스북스는 글쓰기 책읽기 관련된 책이 나오는 출판사예요. 이 책은, 미국 한 대학교에서 해리포터를 가지고 수업을 하는 과정이 있었고, 그 과정에서 나온 크리티컬 에세이가 출판된 거거든요. 그렇게 학생들이 자기가 좋아하는 것에 대해 연구하고 무언가 결과물을 써낸다는 의미가 저희가 하고 싶은 방향과 잘 맞았고, 번역도 우리나라 덕후들이 하면 좋겠다는 생각이 들어서 번역자도 공개 모집을 해서 얼마나 해리포터를 좋아하는지 보여 달라는 식으로 선정을 했어요. 이 해리포터를 읽기 위해 어렸을 때부터 영어 공부를 하다가 지금 외국에서 일을 하거나 외국 대학에 진학하거나 번역가가 되기도 해요. 국적을 막론하고 자기가 너무 좋아하는 걸 잘하고 싶고 이 결과물이 덕질의 완성 같은 느낌이더라고요. 그래서 저는 이 『처음, 옮기다』 출간을 앞두고 이렇게 좌담회를 하고 있으니 같은 선상에 있다는 느낌이 들어 새삼 감동적이었어요.

김선형 전세계 번역가들에게 왜 번역을 하냐고 물어보면 전부 "좋아서"라고 대답해요. 굉장히 유명한 번역가들에게 물어봐도 다 그래요. 왜 번역을 하냐고 물어볼 때 돈 때문에 한다는 사람은 없어요. 다들 좋아서 하죠. 미국의 스페인어 번역가인데 그 번역가가 "자기가 굉장히 사랑하는 외국인 애인을 말이 안 통하는 우리 집안에 소개시켜 주는 그런 연애가 번역이다"라는 말을 한 적이 있는데, 모두들 덕질에서 시작한다는 게 맞는 것 같아요. 좋아서. 왜냐면 그 막노동의 보람으로, 하하. 다른 현실 제반 조건들이 말이 안 되거든요. 여기나 미국이나 마찬가지로 "좋아서"라는 게 중요한 팩터인 것 같아요.

이민정 제 후기 얘기가 나와서 말씀 드리는 건데 처음엔 출판이 될지 모르고 썼어요. 원래 저희끼리 소량으로 찍어서 갖기로 했잖아요. 그래서 맥주 한 캔을 마시고 엄청 솔직하게 순식간에 썼어요. 근데 이게 출판이 된다고 생각하니까 자꾸 다시 보이는 거죠. 비문도 보이고, 이 내용은 좀 자극적이지 않을까, 너무 사적이지 않나 그런 생각이 들었어요. 처음에 번역을 어떻게 시작했냐면 제가 인정받고 싶다는 욕심이 큰 편인데 제가 존경하는 선생님께서 제가 번역한 결과물을 보고 처음으로 칭찬을 해주셨던 거예요. 그 선생님이 칭찬을 잘 안 하시는 분이었거든요. 그게 되게 저한테는 감동이었던 거죠. 제가 지금까지 달려오게 된 원동력이 그거였던 것 같아요. 덕질도 그렇지만 제가 처음으로 페미니즘에 대해 알게 된 것도 그 선생님이 많은 영향을 주셨어요. 한국에도 좋은 글들이 많지만 외국에는 업데이트되고 있는 글들이 많고 훨씬 진보적으로 쓰여 있으니까 칼럼을 찾아보라고 해서 봤는데 제가 지금까지 알고 있던 거랑 너무 다른 거예요. 사람들이 어떻게 고통받고 있고 어떻게 싸우고 있는지 생생하게 쓰여 있었는데, 사실 한국에는 그런 자료가 제가 고등학생 때만 해도 그렇게 많지 않았거든요. 글을 읽으면서 제가 읽는 것도 좋지만 제 또래 여자애들이 이 글을 많이 읽었으면 좋겠다는 생각이 들었어요. 사실 모두가 영어를 잘하고, 그걸 다 읽을 수 있는 건 아니니까 열심히 사전을 찾아보면서 번역을 해서, 거의 아무도 안 보지만 그래도 블로그 같은 데에 조금씩이라도 올렸어요. 그리고 그런 걸 하다 보니 번역에도 흥미가 많이 생겼었어요. 그런 내용을 후기에 쭉 썼다가 어머니가 보시고 "이 내용은 실리면 안 될 것 같아"(일동 웃음) 어머니에 맞서서 설득을 해보려고요. 솔직하게 쓰고 싶다고요.

"번역은 어떻게든 다리를 놓는 행위니까요"

임유진 바깥의 시선을 인식하면 글이 달라지죠. '남한테 보여 준다'고 생각하면 잘 쓰던 사람도 잘 못 쓰게 되거든요. 번역도 마찬가지가 아닐까 싶어요. 내 친구들에게 보여 주고 싶어서 하는 것과 이렇게 출판물이 되어 나오는 것은 분명 다르겠죠. 출판을 염두에 둔다는 것은 결국 바깥의 시선을 생각하는 작업이기 때문이니 말이죠. 원고 수정을 하시면서 그런 부분이 의식이 되시던가요?

이민정 이걸 팔아도 될까? (일동 웃음)

김부민 이 작품집에 실린 소설들이 국내에 거의 소개가 안 된 작품으로 알고 있어요. 한두 개 나와 있다 하더라도 구판본을 업데이트한다는 의미가 있잖아요. 모든 분야가 사실 미국을 중심으로, 영어라는 언어를 중심으로 돌아가는데 누군가는 이걸 번역해야 한다는 생각이 들어요.

임유진 하기 힘들 때 돌파하는 방법이 있을까요?

이윤지 저 같은 경우 회사에서 '이것을 해야' 월급을 받았는데요. 전달받은 분량에 착오가 있어서 밤을 새면서 했던 적이 있는데, 뭐하는 짓인가… 싶다가도 돈을 받으니까요. (웃음) 그러면 할 수 있습니다.

김부민 마감이 오면 또 하게 되더라고요. 사실 하면서 어떤 부분은 원문으로 그대로 내버려 두고 싶다는 생각이 드는 때마저 있는데, 이것은 번역자가 누릴 수 있는 호사는 아니잖아요.

김선형 설령 무슨 말인지 모른다 하더라도, 말이 되게 만들어 둬야 하죠.

임유진 정말 잘하시는 분들은 잘 모르는 부분도 너무 매끄럽게 해둬서 편집자가 오역을 찾아내지 못한다고도 들었어요.

김선형 번역에 대해서 저도 고민을 많이 했어요. 번역은 완벽하게 충실해야 한다, 하는 기준이 있는데 사실은 사람이 자기 마음을 옆 사람에게 소통을 할 때도 완벽하게 하지 못하는데 번역으로 완벽히 전달하는 게 불가능한 거잖아요. 사람이 전지전능하지도 않고. 자기 마음이나 소설을 쓸 때도 완벽한 소통이라는 건 불가능한 것 같아요. 의미라는 그 자체가 완벽하지 않기 때문이죠. 번역도 똑같은 소통의 행위이기 때문에 완벽한 상태를 계속 지향하는 것만으로도 무척 가치 있다고 생각해요. 어떻게든 다리를 놓는 행위니까요.

그렇기 때문에 번역가도 사람이고, 번역은 사람이 하는, 사람과의 소통행위이기 때문에, 제가 생각하기에 물론 나쁜 번역이 있긴 하지만 문학 번역에서 중요한 건 문장 하나하나의 충실성보다는 그 책을 향유하는 심리적 경험에 근접하는가, 원작 소설을 읽을 때의 심리적 경험에 근접하는가, 가 가장 중요한 문제라고 생각해요. 충실성이라는 프레임으로 번역학계에서 현장 번역을 점검하면서 1세대 번역가 많은 분들에게 상처를 입혔는데요. 오역을 기계적으로 집어내면서요. 이윤기 선생님이 펜을 꺾으신 중요한 요인이었다고 알고 있습니다. 그런데 저희 세대에서 그만큼 소설을 향유할 수 있게 전달해 주신 분들은 없기 때문에 실제로 번역가의 작업을 평가할 때 총체적·심리적 경험이라는 평가가 중요하다고 생각합니다. 기계적으로 정확하다는 것은 저는 중요하지 않다고 봅니다. 물론 중요한 정보를 바꾸면 안 되지

만, 한두 문장을 잘못 번역했다고 해서——해본 사람은 알겠지
만 오역이 없는 번역은 없거든요——오역을 판단하는 기준도 사
람마다 다릅니다. 좋은 번역이 무엇인가에 대한 판단 기준도 달
라져야 하는 것 같아요.

임유진 많은 분들이 이야기해 주신 것처럼 '내가 느끼는 게 바로
이건데, 이게 전달이 될 것인가', 하는 게 고민의 포인트가 되는
것 같습니다. 책의 정서와 느낌을 읽는 사람에게 최대한 가깝게
전달하는 것, 그게 역자로서의 아이덴티티를 가지고 텍스트를
대하는 게 아닐까 싶어요.

조현 저는 로렌스 작품 중 제일 짧다고 고른 작품인데도 옮겨 보
니 17페이지가 나오더라고요. 그런데 그 17페이지 중에 사람이
다섯 명이 나와요. 다섯 명이 굉장히 많은 수는 아니지만 나오는
사람 모두가 말을 분명하게 해주지 않는 거예요. 애매모호하기
만 하고. 저는 영어에 자신이 없다 보니 이 부분이 불안했어요.
작중 인물들이 원래 애매모호하게 말을 해서 내가 못 알아들은
건지 내가 부족해서 숨겨진 보이스를 못 읽어내는 건지 만약 그
렇다면 큰일인데, 하면서 열심히 찾아보았습니다. 로렌스가 원
래 글을 그렇게 쓰는 사람인지 궁금해서 로렌스가 쓴 다른 글도
다 찾아 읽었어요. 그러다 보니 로렌스의 작품은 약간 이야기의
흐름이 있긴 하지만 의식의 흐름으로 잘 넘어가는 성향이라는

제 나름의 결론을 내리게 되었습니다.

제가 옮긴 작품에 편지가 나오는데 편지에 대한 해석이 애매해요. 번역을 끝내고 나서도 계속 "왜?"라는 물음이 남았어요. 김선형 선생님이 왜 이런 행동을 해서 이런 결과가 나왔을지에 대해 질문을 하셨지만 저는 알기 어려웠어요. 분명히 대답할 순 없지만 제 나름의 짐작은 있죠. 그런데 저는 그때까지는 사람 심리라는 게 이 정도까지 불분명할 거라는 생각을 안 했거든요. 세상엔 정말 여러 가지 다양한 종류의 사람이 있다는 걸 머리로는 알지만 일상을 살면서 평소에 그렇게 많이 만나게 되지는 않잖아요. 평소에 소설 같은 일이 일어나지 않고 사람들을 소설 읽듯 읽지 않으니 이해하기 쉽지 않았어요. 이 작품을 번역한 이후로는 지하철을 타서 괜히 작품 속 인물과 비슷한 30대 남자들이 있으면 가서 관찰도 하곤 해요. 전에는 아무런 관심도 없었거든요. 지금은 지하철에 타서 뭔가 미묘해 보이면 쳐다보고 관찰하게 되었어요. 제가 그 당시에 카페에서 알바를 했었는데, 이전엔 사람들한테 아무 관심이 없었는데 번역 후에는 갑자기 모든 사람들이 궁금해졌어요. 일상이 좀 더 재미있어졌달까? 평소에 다른 사람들에게 관심이 없어서 몰랐던 부분을, 소설을 번역하면서 많이 알게 된 측면이 있겠다 싶었어요. 책을 읽은 것도 도움이 많이 됐지만 주변을 관찰한 게 좋았어요. 친구들이 하는 말도 더 신경써서 듣게 되고요.

김선형 그 소설이 아주 좋은 작품이어서 그랬던 것 같아요. 사람을 복잡하게 만드는 거죠. 그게 텍스트의 힘일 거예요. 단순한 거였다면 그렇게 생각하게 되지 않잖아요. 조현 씨의 경우 처음 번역을 시작했을 때와 마지막에 달라진 점은 이해도에 확실히 차이가 생겼다는 거예요. 그만큼 열심히 생각했다는 거겠죠.

김충호 저는 사실 텍스트를 읽을 시간이 많이 없었어요. 무엇보다 잘 읽히지도 않았고요. 분량이 그렇게 많은 것도 아닌데 말이죠. 이상했어요. 영어를 오래 공부한 세대인데, 왜 안 읽히지? 고민을 했죠. 그래서 출퇴근 시간에, 점심시간에, 아기 재우고서 계속 봤는데도 머릿속에 잘 안 들어왔어요. 그러다 이 소설을 바라보는 원어민의 생각은 어떨까? 궁금해졌어요. 유튜브에 원어민이 읽는 소설이 있어서 출퇴근 시간에 듣고 있으니 묘사 부분과 캐릭터의 감정기복이 생기면서 차이 나게 읽히는 지점이 있더라고요. 그렇게 원어민이 읽는 소설을 두세 번 정도 오디오로 들어 봤죠. 번역을 진행할 때 여전히 풀리지 않는 구조는 차치하더라도 나머지 그림이 그려졌습니다. 김선형 선생님께서 계속 도와주셨고, 유튜브에서 들었던 것도 도움이 많이 되었습니다. 번역을 다 하기까지 인물이 이렇게까지 이상한 사람인 줄은 몰랐어요. 평범하게 남들 하는 공부하고 직장에 다니는 삶이어서 인물이 이렇게까지 특이할 수 있다고 생각하지 못했거든요. 그러다 보니 주인공의 독특함을 이해하지 못했던 것 같습니다. 저는 그 전까지 도대체 이 인물이 어떤 사람인지 어느 정도의 목소리를 내고 있는지 그 '보이스'를 파악하는 게 가장 어려웠던 것 같아요. 그리고 완결을 짓고 완전히 끝내기 전에 두세 번 볼 때도 사실 확신이 없었거든요. 작품 내용상 마지막 클라이막스에서 빵, 하고 터뜨려 줘야 하는 상황이었음에도 불구하고 과연 제가 번역한 보이스는 독자들이 읽었을 때 주욱 당기다가 그 정점에서 꽉 터지는 느낌이 날까? 그런 고민을 했죠.

김선형 재미있으셨어요?

김충호 저는 과정이 재미있었어요. 무엇보다도 결혼하고 아이를 맞이하고 이렇게 시간을 별도로 내서 어떤 결과물을 낸다는 게 쉽지는 않더라고요. 출근해서는 어느 정도 정해진 규정과 규칙을 준수하며 일을 해야 하고, 학교를 다닌다고 해도 정해진 시간표가 있는데 이런 번역 작업 같은 경우 제가 스스로 시간을 내어야 하니까요. 그리고 한꺼번에 번역을 할 수 없으니 중간중간 끊기는 감정선을 유지하기 위해 노력하는 일 자체가 어려웠던 것 같습니다.

임유진 안 풀리는 번역 작업, 감 잡을 수 없는 화자의 보이스 등을 찾아내는 데 있어 책을 읽은 분도 계시고 유튜브를 본 분도 계시고 사람들을 관찰한 분도 계시는데요. 번역에 필요한 목소리나 느낌을 찾아내는 자기만의 방법이나 팁이 있을까요?

김부민 저만 그런 건 아닌 것 같지만, 막힌 건 따져보면 이유가 있고, 혼자선 풀기 힘들 거든요. 그래서 다른 시각이 필요하다고 봐요. 하다못해 구글 번역기에 가서 한번 돌려라도 봐야 다른 게 보이죠. 다른 사람이 한 걸 봐야 내가 어떻게 했는지가 비로소 보인달까요. 새로운 시각이 필요한 거죠. 혼자 붙들고 있는다고 풀리지 않아요.

정호수 그럴 때 영영사전 같은 게 도움이 되기도 해요. 비슷한 말을 찾아보는 거죠. 내가 평소 쓰는 단어, 내가 아는 단어는 한정되어 있는데 여기서는 적절하지 않으니까 다른 걸 찾기도 하고요. 제가 번역한 작품 같은 경우, '괴이의 천사'라고 해서 명칭은 천사이지만 실상은 악마 같은 이상한 애가 나와요. 이 인물의 억양에 독일어가 섞여 있거든요. 독일어 발음으로 영어를 쓰고 있어서 애가 이런 말투를 쓰고 있다는 걸 보여 주고 싶은데 표현할 방법이 없는 거예요. 한참 고민하다가 「비정상회담」의 독일 다니엘이 한국말 하는 걸 관찰했어요. 그러면서 발음도 좀 어눌하게 만들어 보고 그랬는데 결과적으로 캐릭터가 우습게 보일 수 있다는 이야기를 들었어요. 이 캐릭터는 그런 캐릭터가 아니니까 우스워 보이는 요소를 뺐어요. 그리고 독일어를 조금씩 집어넣는 방향으로 수정을 했는데, 그 부분에서 고민을 굉장히 많이 했어요. 내가 읽었던 내용은 이런 건데 한글만 보면 그걸 사람들이 모르잖아요.

김충호 저희는 중간중간 서로의 번역을 봐줬는데, 처음에 괴이의 천사 캐릭터는 우스꽝스러운 느낌이었어요. 하지만 나중에 수정된 괴이의 천사는 잔인하고 무섭고 굉장히 묵직한 느낌을 받았어요.

이윤지 저는 번역을 할 때 고민하는 게 두 가지 경우가 있는데, 하나는 영어 자체가 이해가 안 될 때, 다른 하나는 영어는 이해했는데 이걸 표현할 마땅한 한국어를 찾지 못할 때예요. 영어가 이해가 안 될 땐 다른 분들이 하시는 것처럼 구글에 일단 돌려보죠. 이번 소설 같은 경우는 시리즈여서 시리즈 전체를 관통하는 설정이나 맥락이 있었는데 그렇게 앞뒤로 읽고 나서야 아, 이전 편에 나온 배경을 모르면 결코 알 수 없는 거였구나, 하는 깨달음을 얻기도 하고요. 후자의 경우, 한국어 표현을 찾기 어려울 때는 우선 직역을 해놓고 문장의 구조를 굉장히 많이 바꿔 봐요. 영어와 한국어의 문장 구조가 다르니까 퍼즐을 짜맞추듯이 단어 위치를 바꾸거나 품사를 바꿔 보는 거죠. 그래서 결과를 놓고 보면 원문과는 동떨어질 때가 있지만 오히려 그게 맥락상 어울리는 경우가 있더라고요. 그리고 그렇게 나만의 답을 찾아내는 희열이 있죠.

"그 일이 즐겁지 않으면
결코 할 수 없다는 거예요"

임유진 번역을 배운 후 예전과 같이 텍스트를 즐기는지 아니면 조금은 분석하거나 해체하면서 보게 되는지. 독자로서의 입장이 바뀌게 되었나요?

최지원 번역을 직접 경험하기 전에는 아무런 의심 없이 한글 문장을 받아들였다면, 번역을 하게 되면서 번역된 결과물 이외에 또 얼마나 많은 다른 의미가 있을지 생각해 보게 됐어요. 번역을 하면서 함축적이거나 중의적인 문장을 만나면 어쩔 수 없이 여러 가지 의미 중 하나를 선택하게 되는데 그러면서 드러나지 못하는 다른 여러 의미들이 빛을 보지 못하게 된다는 걸 더 의식하게 됐어요.

송혜민 저는 번역을 하려고 오긴 왔는데 문학 텍스트를 읽는 방법에 대해 더 많이 배운 것 같아요. 번역을 또 하고 싶을지는 잘 모르겠지만요. 사실 이 수업을 듣기 전에는 문학 텍스트를 꺼렸어요. 비효율적이라고 느꼈던 것도 같고요. 그런데 지금은 대단한 정보를 얻는 것만이 책을 읽는 이유가 아니라는 걸 알게 된 것 같습니다. 책 읽는 맛, 같은 걸 알게 된 느낌? 분위기를 즐기는 재미를 알게 된 것 같습니다. 영어 텍스트를 접할 때도 이걸 번역하면 어떻게 되지? 이런 생각을 하게 되는데, 아무생각 없이 보는 것보다 텍스트에 대해 깊이 이해하게 되는 것 같아요. 한글을 읽을 때도 반대로 영어로 하면 어떻게 될지 생각하면서 보면 머리에서 재미있는 일들이 일어나는 것 같아요.

임유진 권수가 많은 것보다 한번 '센' 경험을 하고 나면 더 많이 달라지는 것 같아요. 양보다는 경험의 강도랄까요?

정호수 저는 워크숍을 하기 전에는 막연하게 동경처럼 번역을 하고 싶다는 생각만 있었는데, 번역 워크숍을 통해 한번 실제로 해보니 '하고 싶다!'라는 마음에 더 힘을 실어 주는 경험이 된 것 같습니다. 아직 자신은 별로 없지만, 이제껏 제가 살아오면서 좋아하는 것과는 거리가 있는 걸 해왔기 때문에 이제는 제가 진심으로 좋아하는 일이 무엇인지 고민하고 확인할 시기가 되지 않았나 생각도 들고요. 좀더 해보고 싶다는 희망사항이 그래서 생겼습니다.

최근에 회사에서 기술번역을 하게 될 일이 있었는데 이전이라면 당연히 드라이하게 직독직해를 했겠지만——저는 원문을 그대로 가져와야 한다, 틀리게 하면 안 된다 하는 압박감이 있었거든요——그런데 기술번역임에도 불구하고 이 표현을 이렇게 바꾸면 읽는 사람이 더 이해하기 쉽겠구나, 하고 생각하게 된 것 같아요. 예전엔 정확하기만 하면 괜찮아, 라고 생각했다면 이제는 좀더 적절한 단어를 제대로 쓰자, 로 달라졌죠.

조현 저는 이번 경험이 정말 재밌었어요. 선생님을 찾아가는 게 당연하다는 생각이 들 정도로. 늘 제겐 이 번역이 우선순위였어요. 재미있으니까. 이런 경험을 한다는 게 굉장히 드물고, 쉽게 오는 기회가 아니잖아요. 취미는 취미로 남겨두고, 번역을 다시 하지 않는다 하더라도 저는 앞으로 계속 번역을 아예 안 해본 사람보다 훨씬 관심 있는 독자가 되겠죠. 영어에 대해서도 많이 배웠고요. 제가 살면서 이렇게 영어를 잘하는 집단과 오래 있어본 게 처음이에요. (웃음) 자극을 많이 받기도 했고 앞으로도 아마 영어공부를 계속 할 것 같아요. 문학도, 글쓰기도 재밌더라고요. 사람들이랑 책을 읽고 소감을 나누는 것도 너무 재밌어서 친구들한테도 계속 이야기하고 추천했어요. 그래서 친구도 글쓰기 수업을 듣게 됐고요. 또 사람들과 책 이야기하는 게 너무 재밌어서 북클럽에 가입해서 책 이야기 하는 시간을 정기적으로 갖고 있어요. 이걸 하다 보니, 내가 안 해본 일이 세상에 아직도 많은데 찾아보면 정말 많지 않을까? 싶어서 이것저것 해보고 있어요. 글쓰기도 재밌어서 올해 목표가 장편소설 쓰기인데, 현재 100페이지 정도 완성을 했어요. 내가 해냈다! 하는 만족감. 번역 원고를 수정하면서 한 호흡에 고치려고 12시간 동안 내리 수정했던 경험이 다른 일을 할 때에도 굉장히 도움이 많이 되고 있습니다.

김선형 프로세스에 참여하면 향유할 수 있게 되죠. 어렸을 때 오케스트라에 참여를 해보게 되면 클래식을 듣게 되고요. 번역을 해보면 글 쓰는 일, 읽는 일에 다른 방식으로 임하게 되죠. 향유하게 되죠. 연극반을 하고 나면 시야가 달라지는 것처럼요. 창작 과정에 참여하는 경험을 하게 되면 언제나 그 일을 더 풍요롭게 즐기게 됩니다.

이민정 확실히 예전에 비해 어떤 텍스트든 더 깊게 읽을 수 있는 힘이 생긴 것 같아요. 이 수업에 다니지 않았다면 통번역 수업이 아마 재미없게 느껴졌을 수도 있을 것 같아요. 제가 학교에서 배우는 건 "통번역하는 사람은 보이지 않아야 한다"는 거거든요. 제가 상상한 통번역과는 조금 다르지만 이 경험을 했기 때문에 '아 그래도 이게 전부는 아니다'라는 생각을 한켠에 할 수 있다는 생각이 들어요. 그걸 알기 때문에 학교도 더 즐겁게 다닐 수 있는 거죠.

임유진 사실 번역이라는 게 거의 막노동에 가까운 일인데 아직도 번역을 하고 싶어하는 사람들을 많이 만납니다. 그런 친구들에게 힘들지만 해본 사람만이 느끼는 세계에 대한 이야기나 해주고 싶은 말이 있으실까요? 번역 꿈나무들에게?

이민정 저희가 아직 꿈나무인데요. (웃음)

김부민 힘들 때마다 독자를 생각하면 마음이 풀릴 때가 많아요. 때려치우고 싶은데 하루에 정해진 양을 다 할 때까지 참는 것, 대충 넘어가지 않고 붙들고 있는 이유는 저 역시 어렸을 때 책을 보면서 많이 배웠고, 따져보면 저도 함께 읽을 수 있는 좋은 책을 만들고 싶기 때문이에요. 고생스럽고 힘들지만 막상 책이 잘 나왔을 때의 행복감이 무척 커요. 이걸 알아주는 사람들이 많지 않지만 그래도 누군가는 알아주거든요. 그런 게 고유한 경험이라는 생각이 듭니다.

김선형 저는 번역이 막노동이기는 하지만 이만 한 돈을 다른 일을 하면서 버는 것보다 번역을 하면서 버는 게 더 좋아요. 저는 번역이 제일 편하기도 하고요. 저는 운이 좋아서 항상 제가 좋아하는 텍스트를 번역하게 되었는데, 번역의 보람이라는 게 결국 작가에게서 나온다는 생각이 들어요. 작가가 나에게 보람을 주지 않으면 그 작업이 제일 힘들거든요. 그 책에 내 이름이 나가는 것 자체가 싫다면 그게 제일 괴롭겠죠. 600, 800페이지 번역을 하는 건 힘들지 않아요. 저는 베개용 책 전문 번역가인데 (웃음) 그것들이 힘들다고 생각하진 않아요.

번역가가 되고 싶은 사람들에게 해주고 싶은 말은, 그 일이 즐겁지 않으면 결코 할 수 없다는 거예요. 그 일을 하는 속도가 빠르다고 생각하지 않으면 결코 할 수 없고요. 읽어내는 속도만큼 아웃풋이 빠르지 않으면 이 일을 직업으로 할 수 없어요. 저는 번역가는 DNA가 있어야 한다고 보고, 텍스트를 좋아해야 하고 과정이 막노동일지언정 즐겨야 하고 그렇지 않으면 안 되는 것 같아요. 이 번역가라는 직업의 좋은 점이라고 한다면 정년이 없고, 인세 수입이 있고, 책이 쌓여 갈수록 업계에서 입지가 단단해진다는 점이죠. 회사 같은 데는 나이를 먹으면 더 이상 올라갈 데가 없지만, 저는 지금이 제 커리어의 시작이라고 생각해요. 좋아서 하지 않으면 과정 자체가 노동이지만, 좋고 몰입하게 되면 그 과정은 그 어떤 일보다 쉬운 일이 됩니다. 엉덩이를 붙이고 앉아서 시간을 투입하는 일, 출판 일이라는 게 혼자 하는 일이라 혼자 시간을 견뎌야 하는데, 이 혼자 있는 시간을 견디게 하는 게 다시 결국 '책', '텍스트'라는 말로 돌아옵니다.

내가 단순히 영어를 잘하니까 번역으로 밥을 먹고 살아보자, 라고 한다면 정말 말려야 하지만 그게 아니라 긴 호흡으로 과정을 즐기고 싶다고 한다면 전 어느 직업에 비해서도 나쁘지 않다고 생각해요. 전 제 삶이 좋고, 직업이 좋고, 이렇게 해서 가르칠 수 있고 경험을 나눌 수 있는 게 고맙고 좋아요. 여러분이 향유할 수 있게 되었다고 말하는 것 자체가 감사해요.

임유진 저도 이 작업을 통해 번역이란 읽어내고 해석하고 글로 써내는 이 일들을 종합하는 일이라는 생각이 들었습니다. 그런 맥락에서 이 『처음, 옮기다』가 글쓰기, 책쓰기를 모토로 하는 저희 출판사에서 나온 것이 의미가 있다는 생각도 들고요. 저희가 이 자리를 마련하고자 했던 것은 이 의미를 전하고 싶기도 하고, 또 처음 옮기신 분들의 설렘과 감동을 독자분들께 전하고 싶다는 마음이 들어서였거든요. 다들 좋은 말씀 감사드리고, 여러분께도 좋은 시간이 되셨길 바랍니다.

지은이 소개

(작품 수록순)

아서 코넌 도일 Arthur Conan Doyle, 1859~1930

1859년 스코틀랜드에서 태어났다. 애든버러대학에서 의학을 공부한 후 환자를 진료하면서 글을 쓰기도 했지만 작가로서 자리를 잡지는 못했다.

1887년, 비로소 명탐정 셜록 홈스가 등장하는 첫 작품 『주홍색 연구』를 발표했고, 1890년 두 번째 장편 『네 사람의 서명』, 1892년 단편집 『셜록 홈스의 모험』으로 인기 작가의 반열에 올랐다. 이후 '셜록 홈스' 시리즈만으로 두 편의 장편과 네 권의 단편집을 발표하며 미스터리 소설 역사에 한 획을 긋게 된다. 도일은 40년의 세월 동안 꾸준히 홈스 시리즈를 발표하며 미스터리의 보급에 기여했다. 이후 애거서 크리스티, 도러시 세이어스, 앤서니 버클리, S.S.밴 다인 등의 작가들이 등장하는 데 발판이 되어 주었다.

버지니아 울프 Virginia Woolf, 1882~1941

1882년 영국 런던에서 태어났다. 빅토리아 시대 소위 최고의 지성들이 모인 환경에서 자랐고, 주로 아버지에게 교육을 받았다. 어머니의 사망 후 정신질환 증세를 보이기 시작했는데, 아버지의 사망 이후 울프의 병세는 더욱 악화되었다. 런던 블룸즈버리에 자리를 잡은 울프는 케임브리지 출신의 학자, 문인, 비평가들과 '블룸즈버리그룹'을 만들어 활동했다.

1905년부터 문예 비평을 썼고, 1915년 첫 소설 『출항』을 발표했다. 이후 『댈러웨이 부인』, 『현대소설론』 등의 소설과 평론을 발표했다. 1927년 '의식의 흐름' 기법으로 쓰인 『등대로』를 발표하며 소설의 새로운 영역을 개척했고 『올랜도』, 『물결』, 『세월』 등을 계속해서 발표했다. 1941년 3월 우즈 강에서 투신자살했다.

에드거 앨런 포 Edgar Allan Poe, 1809~1849

1809년 미국 보스턴에 정착한 이민자 출신 배우인 부모 밑에서 태어났다. 태어난 지 1년 만에 아버지가 떠나고 어머니마저 병으로 사망하면서 상인 존 앨런에게 입양되었다. 1826년 버지니아대학에 입학했지만 양부와의 갈등으로 1년도 채 되지 않아 자퇴하고 글을 쓰기 시

작했다. 1827년 시집 『티무르』를 발표했고, 단편 소설 「병 속에서 발견된 원고」, 「군중 속의
사람」 등과 장편 소설 『아서 고든 핌 이야기』, 단편집 『그로테스크와 아라베스크에 대한 이
야기』 등을 연이어 발표하면서 작가로서의 명성을 얻기 시작했다. 1841년 『모르그가의 살
인』을 발표하며 미스터리의 문을 열었고, 이후 『마리로제 미스터리』, 『도둑맞은 편지』,
『황금 곤충』 등을 발표하며 미스터리의 원형을 만들어 냈다는 평을 듣는다. 환상적이고
기괴한 소재를 바탕으로 특유의 기묘한 분위기를 부각하는 작품을 주로 썼다. 환상 공포 문
학의 대명사이자 19세기 낭만주의 문학의 선두주자로 꼽히며, 그의 문학적 경향은 이후 보
들레르 등 많은 작가들에게 영향을 주었다.

브램 스토커 Bram Stoker, 1847~1912

1847년 11월에 더블린에서 태어났다. 트리니티 칼리지에서 과학을 공부했고 운동선수인 동
시에 철학학회나 역사학회 모임의 회장으로 활동하며 적극적인 학창 시절을 보냈지만, 가정
형편이 넉넉하지 않아 학업을 중단하고 공무원으로 취업했다. 그는 12년 동안 성실하게 근
무하는 와중에 바쁜 시간을 쪼개서 글을 쓰며 프리랜서 저널리스트와 연극평론가로 활동했
다. 1878년부터 배우 헨리 어빙의 비서로 일하며 극장을 경영하면서 본격적으로 소설을 집
필하기 시작했다. 『뱀의 고갯길』, 『샤스타의 어깨』 등의 소설을 발표했으며 1897년 『드라큘
라』를 발표하며 큰 성공을 거두었다. 흡혈귀 전설에서 아이디어를 얻은 이 소설은 흡혈귀 문
학의 고전으로 손꼽히며 오늘날까지 사랑 받고 있다. 이후 『칠성의 보석』이나 『흰 벌레의 소
굴』과 같은 모험소설과 『헨리 어빙에 대한 개인적 회상』을 비롯, 역사적 사실에 추측과 성찰
을 덧붙인 『유명한 사기꾼들』을 발표했다.

H. G. 웰스 Herbert George Wells, 1866~1946

1866년 영국 켄트주에서 태어났다. 부모의 이혼과 아버지의 파산으로 학업을 그만두고 포목
점과 약국의 수습 점원으로 일하며 생계를 꾸렸다. 미드허스트 문법학교의 보조 교사로 채용
된 데 이어 사우스켄싱턴 과학사범학교에 국비 장학생으로 입학하며 뒤늦게 학업에 정진하
지만 생물학과 동물학 외의 다른 과목에는 흥미를 느끼지 못해 과정 도중 학교를 떠난다. 이
후 다시 공부를 시작해 런던대학을 졸업한 후 유니버시티 코레스폰던스 칼리지에서 생물학
강사로 재직하면서 글을 쓰기 시작한다.

학창 시절 『사이언스 스쿨 저널』에 연재한 단편소설 「크로닉 아르고 호」를 퇴고하여 『타임머
신』으로 출간하였다. 『타임머신』의 큰 성공 이후 『모로 박사의 섬』, 『투명 인간』, 『우주 전쟁』
을 연이어 발표하며 'SF의 창시자'로 자리매김하였다. 이와 동시에 정치학과 사회문제 분야

까지 두루 아우르는 글을 저술했으며 당대 최고의 지식인 중 한 사람으로 꼽혔다. 다양한 주제와 장르를 다룬 200여 권에 달하는 저서를 남겼다.

어니스트 헤밍웨이 Ernest Miller Hemingway, 1899~1961

1899년 미국 일리노이주에서 태어났다. 고등학생 때 학교 주간지 편집을 맡아 직접 기사와 단편을 썼으며, 졸업 후 『캔자스시티 스타』의 수습기자로 일했다. 제1차 세계대전 때 적십자 야전병원 수송차 운전병으로 이탈리아 전선에 투입됐다가 다리에 중상을 입고 귀국했다. 휴전 후 캐나다 『토론토 스타』의 특파원이 되어 유럽 각지를 돌며 그리스-터키 전쟁을 보도하기도 했다.

1923년 『세 편의 단편과 열 편의 시(詩)』를 시작으로 『우리들의 시대에』, 『봄의 분류(奔流)』, 『태양은 다시 떠오른다』를 발표했다. 전쟁문학의 걸작 『무기여 잘 있거라』는 그가 작가로서 명성을 얻는 데 공헌했으며, 『누구를 위하여 종을 울리나』는 출판되자마자 수십만 부가 넘는 판매고를 올린다. 또한 1952년에 출간된 『노인과 바다』로 퓰리처상과 노벨문학상을 수상한다. 이후 신경쇠약과 우울증에 시달리다가 1961년 자택에서 자살로 추정되는 엽총 사고로 생을 마감했다.

너새니얼 호손 Nathaniel Hawthorne, 1804~1864

1804년 미국 매사추세츠주에서 태어났다. 청교도의 사상, 생활에 깊은 관심을 가지고 이에 대한 많은 작품을 썼다. 1825년 보든 대학을 졸업한 후 12년간 칩거 생활을 하며 독서와 습작으로 시간을 보낸다. 1828년 첫 소설 『팬쇼』를 출판하지만 작품에 불만을 느껴 모두 수거해 파기한다. 한동안 주로 단편을 집필했고, 여러 잡지에 발표했던 작품 중 18편을 추려 『트와이스 톨드 테일스』라는 단편집을 출간해 호평을 받으며 이름을 알리게 된다. 30세 무렵 「로저 맬빈의 매장」, 「젊은 굿맨 브라운」 등의 소설들이 문학적으로 높은 평가를 받으면서 작가로서의 명성을 얻기 시작하지만 작품의 문학적 성공에도 불구하고 충분한 수입은 얻지 못해 경제난에서 벗어나기 위해 보스턴 세관에 취직하기도 했고 협동 농장에 들어가 살기도 했다. 이후 고향으로 돌아와 1850년 청교도주의가 지배하던 17세기 미국의 어두운 사회상을 그린 소설 『주홍 글씨』를 발표했다. 1864년 여행 중 60세를 일기로 사망한다.

D. H. 로렌스 David Herbert Richards Lawrence, 1885~1930

1885년 노팅엄셔주의 탄광촌 이스트우드에서 태어났다. 광부인 아버지와 교사였던 어머니 사이에서 태어나 가난과 가정 불화를 겪으며 어린 시절을 보냈다. 1898년 노팅엄고등학교에 장학생으로 입학하였으며, 1908년 노팅엄대학을 졸업한 후 초등학교 교원이 되었고 1911년에 소설을 출판했다. 1912년 어머니를 여읜 뒤 대학 시절 은사의 아내이자 여섯 살 연상의 독일 여인 프리다 위클리를 만나 사랑에 빠져 1914년 결혼했다. 『아들과 연인』, 『무지개』, 『채털리 부인의 연인』 등 인간의 성과 연애에 관한 소설을 발표해 발매 금지 처분을 받기도 한다. 성을 대담하게 묘사했으며 근대문명이 인간 생활에 미치는 악영향을 주제로 한 작품이 많다. 1930년, 폐결핵으로 짧은 생애를 마감했다.

엮은이/옮긴이 소개

(가나다순)

김선형

엘리너 파전의 "황금빛 먼지와 오래된 책이 가득한 작은 방"을 꿈꾸며 살아가다 보니 어느 순간 구제불능성 픽션중독자가 되어 버린 스스로를 발견했다. 읽고 쓰고 상상하는 일 말고는 별로 세상에 쓸모가 없다는 걸 깨달았을 무렵에 이미 좋아하는 일로 먹고 살고 있었다. 영원한 덕질의 대상 셰익스피어를 공부하기 위해 르네상스 영문학을 공부했고, 그 공부의 내공으로 그럭저럭 문학번역자로 버티고 있다. 실비아 플라스, 토니 모리슨, 수전 손택, 더글러스 아담스, 닉 혼비, 시리 허스트베트, 분에 넘치게 좋은 작가들의 목소리를 한글로 옮길 수 있었다는 걸 진심으로 행운이라 여기고 감사하는 마음으로 살며 일하고 있다. 힘들수록 뿌듯한, 깊은 독서의 보람을 전하고 나누는 문화를 조성하는 데 작은 힘이라도 보태고 싶다는 꿈을 꾸고 있다.

김부민

대학에서는 경영학을 전공하고, 석사과정에서는 재무학을 전공했는데, 어쩌다 보니 번역가가 되어 버렸다. 논리가 살아있는 책을 논리가 살아있는 번역서로 만들고 싶다. 문학도 싫진 않지만, 역시 지식을 전하는 책을 '잘' 번역하고 싶다. 그런데 문학 번역 수업은 왜 듣고, 단편소설은 뭐하러 번역했냐고? 지식에는 양념이 필요하고, 번역에는 아름다움이 필요하니까.

김충호

딸 가윤이에게 예쁜 동화를 선물해 주려고 참여한 프로젝트에 어린이와 거리가 먼 장르의 단편소설을 번역하게 되었다. 스스로에게 질문을 던지는 소설을 접하고 번역을 하는 과정 중에 인간의 다양한 모습 중에 한 조각을 마주치게 된다. 등장인물들에게 투영되어 있는 모습을 한글로 이어나가는 작업이 쉽다 할 수 없었다. 직장인으로 퇴근 이후 시간과 주말에 도전한 프로젝트로 결과물을 가지게 되어 기쁘게 생각하며 앞으로도 다양한 도전을 하는 멋진 아빠이자 남편의 모습을 보여 주고 싶다.

노현정

영어가 좋아서 영어교육을 공부했지만 하면 할수록 영어를 뺀 교육만 좋아졌다. 그렇게 세계 시민교육을 업으로 삼아 지속가능한 세상과 진정한 행복을 고민하며 산다. 그런데 더 넓은 세계를 품고 싶어질수록 영어를 잘 하고 싶어졌다. 더 많은 생각을 이야기하고 싶어질수록 글을 잘 쓰고 싶어졌다. 두 가지를 모두 할 수 있는 것이 번역이라 생각하고 덤벼들었다. 결과적으로 정답이었지만, 그 시작이 문학이라는 점은 다시 생각해도 행운이자 무리수였다. 덕분에 쉽게 내 것이 될 수 없는 번역에 더 큰 매력을 느꼈고, 요즘은 출판 번역을 배우고 있다. 언어 능력과 번역 실력은 별개임을 매일같이 깨닫는다. 오늘은 남이 쓴 글을 재미있게 번역하고 내일은 나를 오롯이 담은 글을 쓰는 것이 꿈이다.

송혜민

좋아하는 것이 많아야 인생이 즐겁다고 생각한다. 그러한 이유로 이것저것 해보는 것이 취미이다. 약간은 무료한 일상에서 돌파구를 찾다가 영문학 번역을 만나게 됐다. 여행, 영화, 책으로 세상 들여다보는 걸 즐기며 배움으로 내 세계를 넓힐 때 느끼는 두근거림이 삶의 원동력이랄까? 언젠가는 요가 선생님도 하고 싶은, 본업은 어쩌다 약사.

이민정

관심있는 분야의 글을 찾아 읽다 다른 사람들과도 좋은 글을 나누고 싶어 번역을 시작했다. 재수 시절, 입시가 끝나고 붕 떠버린 시간에 뭔가 생산적인 활동을 하고 싶어 고깃집 알바비로 문학 번역 워크숍에 등록했다. 워크숍에 다니던 중 합격 소식을 들었고, 현재는 대학에서 통번역을 공부하고 있다. 글을 통해 더 넓은 세계를 만날 수 있음을 축복이라 여긴다. 그리고 그 세계에 더 많은 사람이 다가갈 수 있도록 길을 열어 주는 번역은 사명이라고 생각한다.

이윤지

항상 얕고 넓은 관심사를 건져내는 허름한 그물을 펼쳐놓고 "덕자불고필유린(德者不孤必有隣)"이라는 논어 문구를 멋대로 "덕후는 외롭지 않고 반드시 덕친이 있다"고 새긴다. 뭔가 읽기를 좋아한다는 걸 자각한 건 스무 살이 넘어서였고, 영문학을 전공하긴 했지만 원대한 꿈이나 열정이 있어서 선택한 건 아니었다. 그런데 전공이라는 게 무서운 족쇄이자 무디긴 해도 무기여서, 소소하게 끊임없이 영어 관련 일에 발을 담그게 되었고 어느새 적극적으로 번역, 번역학에 머리를 디밀게 되었다.

정호수

재미있는 이야기를 찾는 것과 아는 척하기를 좋아하던 아이가 성장해서 여전히 어리지만 소심한 성인이 되었다. 경제학을 전공했지만 늘 언어와 관련된 교양성적이 더 좋았고, 외국어로 말하고 쓰는 순간이 행복했다. 언어마다 톡톡 튀는, 그만의 개성이 있다는 점과 그 사이에서 존재하는 미묘한 차이를 발견하는 것이 번역이란 작업의 가장 큰 매력이 아닐까 생각한다. 언어 간의 차이점을 찾아서 그 틈을 메꾸고 그에 대한 설명을 하는 작업이 재미있어서 워크숍에 참여했다. 언젠가는 무대 위의 언어를 번역해 보여 주고 싶다.

조현

스무 살에 중국을 여행하던 중 30시간짜리 기차 안에서 원서 읽기에 입문했다. 이후 통근 지하철에서 시간 보낼 요량으로 읽던 원서가 예상외로 너무 재밌어져 번역 워크숍 등록에까지 이르렀다. 지금은 다시 영어와 하등 상관없는 삶을 살고 있지만, 작은 책방들과 북클럽과 이런저런 모임들을 열심히 찾아다니면서 좋아하는 것을 하나씩 늘려가는 중.

최지원

그 무렵 어문계열 신입생답게(?) 복수 전공으로 경영학을 선택하지 않고 영문학을 선택했고 대학 생활의 종착지가 고작 사무실은 아닐 거라고 고개를 가로저었다. 그러나 현실의 파도를 피하지 못하고 회사에 다니다 익사 직전에 탈출을 감행, 결국 나대로 살겠다며 영상 번역에 몸담았는데, 알고 보니 원하는 건 문학 번역이라는 걸 뒤늦게 깨달은 나이 많은 도전자.

처음, 옮기다 : 어느 영문학 번역 워크숍의 기록

지은이 아서 코넌 도일·버지니아 울프·에드거 앨런 포·브램 스토커·H. G. 웰스·어니스트
헤밍웨이·너새니얼 호손·D. H. 로렌스

엮은이 김선형

옮긴이 김부민·김충호·노현정·송혜민·이민정·이윤지·정호수·조현·최지원

발행인 유재건 | **편집인** 임유진 | **펴낸곳** 엑스북스

등록번호 105-91-96264호 | **주소** 서울시 마포구 와우산로 180 (4층 402호)

대표전화 02-334-1412 | **팩스** 02-334-1413

초판 1쇄 인쇄 2017년 12월 1일 | **초판 1쇄 발행** 2017년 12월 8일

엑스북스(xbooks)는 (주)그린비출판사의 글쓰기·책쓰기 임프린트 브랜드입니다. 이 도서
의 국립중앙도서관 출판예정도서목록(CIP)은 서지정보유통지원시스템 홈페이지(http://
seoji.nl.go.kr)와 국가자료공동목록시스템(http://www.nl.go.kr/kolisnet)에서 이용하실 수 있
습니다. (CIP제어번호: CIP2017032087)

ISBN 979-11-86846-24-7 03840